戦国倭人伝第一部

本能寺奇伝

世川行介

彩雲出版

戦国倭人伝　第一部

本能寺奇伝

野田嘉子
高橋幸子
加藤美由紀
松田栄子
長岡素子
岡田訓代

本書は、六人の女性読者に捧げられる。

目次

装丁　小室造本意匠室

本能寺奇伝

序の章　叡山討伐

蟬が鳴き狂っている。
「誰ぞ、あの長袖（僧兵）どもを黙らせるよい知恵は持たぬか。
あれば遠慮なく申せ。耳を貸す。」
岐阜城主織田信長は、ことさら焦《あせ》った様子も見せず、普段と変わらぬ抑揚《よくよう》にとぼしい口調で
そう言うと、大広間にはべっている家臣たちを見渡した。
元亀《げんき》二（一五七一）年、夏。反織田勢力につよく肩入れする比叡山延暦寺にどう対処したら
よいか、それを協議するために、織田家の重職たちが、城下を一望できる金華《きんか》山頂上の岐阜城
に呼び集められている。
金華山は、以前は稲葉山と呼ばれ、一代の梟雄《きょうゆう》斎藤道三《どうさん》一族の居城があったが、信長は、道
三の孫義興《よしおき》を滅ぼし美濃《みの》の国を手に入れたのを機に金華山と改め、みずからの居城とした。天
下への野心を持つ信長にとって、京への地の利が、それまでの尾張とは雲泥の差だったからだ。
大広間には、家老の林通勝《みちかつ》、尾張軍団の雄である佐久間盛信《もりのぶ》、その二人を筆頭に、柴田勝家、
池田恒興《つねおき》、丹羽《にわ》長秀、木下藤吉郎といった中堅の将が並び、末席あたりには、新参の明智十兵

衛光秀の姿もあった。

「はっ。」

一同が面《おも》を伏せた。

駿河の雄今川義元を桶狭間で討ち破ってからの信長は、美濃を平定し、足利十五代将軍義昭の後見人として上洛《じょうらく》すると、畿内平定に邁進《まいしん》していたが、その道程はけっして順風満帆というわけではなかった。むしろ、古い権威を守ろうとする者たちの死にもの狂いの抵抗にあって、ずいぶんと難儀な目に遭っていた。

「長袖どもだけではない。あの戯《たわ》け公方《くぼう》にも一泡吹かせるような策を考えよ。」

信長は一人の男の顔を思い浮かべながら、憎々しげにそう言った。

反織田闘争の首謀者は、信長から「戯け公方」と罵詈《ばり》される足利十五代将軍足利義昭だった。

もともとは足利義昭を十五代将軍位に就かせるために上洛した信長だったが、お互いの思い描く幕府のありようがあまりにも違いすぎていて、わずかばかりの間に、この二人は、誰よりも激しく憎悪しあう間柄となっていった。

「あの将軍さまに一泡吹かせる策になりまするると、さてさて…。」

木下藤吉郎が少しおどけた声で首をひねってみせた。

「なにぶんにも、今の織田はまわりじゅう敵だらけでございますからのう…。」

信長の幼馴染《おさななじみ》を売り物にしている池田恒興が嘆息《たんそく》した。

将軍義昭は、天《あま》の下を統《す》べる器量など微塵《みじん》も持ち合わせていないくせに、無類の策謀好きとでも言えばいいのか、人をあやつる策謀を何よりも好んだ。人心攪乱《かくらん》によって乱を起こそうとするその心性は、京の町にたむろする心卑しい公家によく似ていた。

十五代つづいた足利将軍家のその残光を存分に利用して、義昭は、信長に阿波《あわ》（徳島県）に追い返された三好三人衆、世間知らずの田舎大名にすぎない越前（福井県）の朝倉義景《よしかげ》、名将と誉めそやされた甲斐（山梨県）の武田信玄を糾合《きゅうごう》して、大規模な織田包囲網を組織した。

そして、その反織田包囲網の陰にいたのが、正親町《おおぎまち》天皇の弟である座主覚恕《ざすかくじょ》がひきいる比叡山延暦寺（天台宗総本山）や、顕如《けんにょ》にひきいられた石山本願寺（浄土真宗）の仏僧や門徒たちだった。

息のかかった畿内の小大名たちがつぎつぎと織田軍に屈服するのに焦った僧たちは、信長が比叡山の寺領を侵害したことをきっかけに、また、本願寺が信長から石山退去を命じられたのをきっかけに、門徒を煽《あお》りに煽って、反織田闘争を大がかりにした。

そのため、それまで劣勢だった朝倉や近江の浅井長政、阿波に逃げ帰っていた三好衆が急に勢いづき、信長は、京都の四方を敵に囲まれる破目《はめ》となった。

「なんぞ知恵はないのか？」

信長が訊《き》いた。

「……。」

どこからも声が返ってこない。

遠い昔、あまりの無法ぶりで、「意にならぬもの。賀茂川の水、双六《すごろく》の賽《さい》、山法師（比叡山の僧兵）」と白河法皇を嘆かせた比叡山延暦寺の僧兵たちは、人に仏の道を説くもおこがましいならず者ばかりではあったが、仏を背に負っているだけに厄介な存在で、だれも迂闊《うかつ》な発言はできない。信長は無表情を装いながら、将からの答えを待った。

「……。」

蟬の声ばかりが響く広間で、宿老の林通勝はうつむいたきりだった。いつもは討ての殺せのと勇ましい言葉ばかり口にする柴田勝家さえも、むつかしい表情で沈黙を守り、他の将にいたっては、いかにも思いあぐねたような表情をつくってみせて、信長の視線を懸命に避けていた。

「どうやら今日は、知恵なき者ばかりを集めたようじゃな。」

このような席での家臣の沈黙を、信長は一番嫌う。長くつづく沈黙に、軽い皮肉を口にした。だが、そう言う信長にも、今回は策の持ち合わせがなかった。もし信長の胸中に有効な策があったなら、信長がまずそれを口にして、それを聴いた諸将たちの間で役目の奪い合いがはじまり、お調子者の木下藤吉郎あたりが厚かましい科白《かはく》で役目を奪い取るというのが、これまでの織田家の作戦会議のありようであったからだ。

その皮肉に、信長の気性の烈《はげ》しさを知っている重臣たちは、思わず居住まいを正した。

「されば、」

林通勝があわてて意見を述べた。

「帝《みかど》に御仲介を願い奉《たてまつ》って、比叡山とは一時和睦《わぼく》を結ぶということにしては如何《いかが》でござろうか？」

その意見に、居合わせた多くの将がうなずいた。

林通勝の策は、当時としては一番まっとうな策だった。前年の元亀元（一五七〇）年に、織田・徳川連合軍と朝倉・浅井連合軍が命運をかけて戦った姉川の戦さのあと、敗走して比叡山にたてこもった朝倉・浅井の連合軍に苦しめられたときも、正親町天皇の調停による和議によって織田軍は難逃れをした。その時は、信長の密命を受けた明智光秀が単身京に走り、二日かけて義昭を懐柔《かいじゅう》し、義昭が正親町天皇に言上《ごんじょう》し、朝倉・浅井軍を自国に引き上げさせたのであった。

しかし、

「ふん。ぬしは相変わらずじゃのう。その無能でよく織田の筆頭家老が何十年もつとまるものじゃ。」

信長は林に憎々しげな視線を投げつけると、その策を一蹴した。

「考えてもみよ。あれから一年しか経《た》っておらぬ。二度も同じ策が使えるか。そんなことをすれば、ますますやつらを増長させるだけよ。そんな生ぬるい手では話にならぬ。林よ。策とは知恵を使うものじゃ。ぬしには知恵を紡ぐ頭がないのか。」

信長は、嫌悪する相手に対しては容赦のない辛辣《しんらつ》な皮肉を投げつける男だった。二十三年前、父の織田信秀が病死すると、信長が織田の嫡男《ちゃくなん》であるにもかかわらず、弟の信行をかかえて信長に反逆した林通勝を、信長は内心嫌っていた。

「はっ。」

宿老でありながら主君から人前で辱《はずかし》められて、林はうなだれた。

それから、柴田勝家、丹羽長秀などが歯切れ悪くぼそりぼそりと意見を述べたが、どれも信長を満足させられるものではなかった。

「……。」

織田家に仕官してわずか三年の新参者である明智光秀は、ことさらに発言することもなく、ただ諸将の意見に耳を傾けていた。

状況的には相当きわどい場所に追い詰められているにもかかわらず、織田の将たちが口にする策はどれもみな、愚にもつかぬものばかりであった。信長という頭脳を失うと何もできぬ凡将たちが、それでも信長の歓心を買おうと無い知恵を絞って意見を述べあう光景に、幼児めいたものを感じ、光秀は小さくほほえんだ。

明智光秀は、信長と同じ三十八歳。寡黙《かもく》な男だったが、ほほえむと、たわんだ目袋が柔和さを感じさせる。かれは、三年ほど前に、信長の正室お濃《のう》の方の斡旋《あっせん》により目通りを許され、当時は義秋と名乗っていた足利義昭の上洛支援の利を説き、実質的には信長上洛の糸口を提供し、以後、織田家と足利幕府の二つから禄《ろく》をもらう身となっている。

その光秀の笑みを、上座の信長が眼にとめた。

「――。」

信長の表情が歪んだ。信長は家臣たちに視線を向けると、

「もうよい。ぬしたちの無能はようわかった。ぬしたちの言葉に耳を貸すは時の無駄じゃ。」

少し苛立《いらだ》った声で家臣たちの発言を封じた。

その言葉に、お調子者の木下藤吉郎が、ここぞと膝《ひざ》を進め、何やら口を開きかけた時、

「光秀。そなた、よい策はないか。」

信長が、末席の光秀に声をかけた。

突然の下問《かもん》に、諸将の視線が光秀に集中した。

「はっ。」

と答えながら、光秀が困惑の表情を見せた。

「そなたも知恵なしか？」

信長が嗤《わら》うように言った。

「――！」

その嗤いに、光秀の眼が激しく光った。

光秀は居住まいを正し、

「されば。いっそ、叡山など焼き払ってしまってはいかがか。」

信長を見つめ、そう言い放った。

「何？」

思いがけない返答に、信長が驚愕《きょうがく》の表情を浮かべた。大広間が静寂に包まれ、そして、すぐにざわめきが起きた。

「なにを畏《おそ》れ多いことを言わっしゃる！

北嶺《ほくれい》（比叡山の別称）には、尊い御仏、薬師如来がおわす。帝でさえ一目置く高僧もおおぜ

い住んでおられる。伝教大師（最澄《さいちょう》）の開山以来八百年の伝統ある重宝文物もあまたある。それを焼き払えなどとは言語道断、鬼畜《きちく》にも劣る所業じゃ。」

白い眉《まゆ》を震わせて即座に異を唱えたのは、織田家一の格式を誇る長老の佐久間信盛《のぶもり》だった。佐久間信盛は異常なほどに激昂していた。

「そんな非道ができるくらいなら、なにも、ここでこうやってわれらが頭を痛めたりはせぬ。新参とは申せ、そなたも織田の家臣なら、少しは考えてものを言わっしゃい！」

まるで戯けでも見るような眼差しで光秀を睨《にら》みつけた。

「そのとおりだ。東大寺を焼いた松永弾正《だんじょう》のような悪業をなしては、織田の家名に末代まで傷がつく。織田の家臣にあるまじき発言じゃ。」

すかさず、先刻信長に辱められたばかりの林通勝が、佐久間信盛に同調の声をあげた。

二人とも、物ごとの真実が見えぬ老人たちだった。尾張（愛知県西部）という狭い世界だけで生きてきたかれらは、比叡山の僧侶たちが織田を憎むのは、仏の道などとはなんら関係なく、信長の上洛によって、畿内にあった自分たちの山門領を奪われた恨みによるものであることを、一つも理解することができないでいる。

光秀はそれとなく周囲を見渡した。言葉にはしないものの、ほとんどの武将が二人と同じ考えらしく、大きく肯《うなず》いている。

光秀の表情が一層険しくなった。かれは強い口調で切り返した。

「仏？

それが一体、何ほどのものでござるのか。

人は、死ねば死にきりでござるぞ。仏を信じ、南無阿弥陀仏や法蓮華経の念仏を唱えれば、人は死して極楽に往けるなど、かの坊主どものたわ言でござるよ。そのようなたわ言で民百姓の心を惑わす坊主どもこそ、外道。

叡山の僧坊、宿坊をごらんあれ。坂本の宿をご覧あれ。どこもかしこも、仏の道とは名ばかり、酒色《しゅしょく》に溺《おぼ》れた罪深き悪僧どもの巣窟《そうくつ》と化しておる。しかも、坊主の分際で天下の政《まつりごと》にまで口をはさみ、殿の行く手を妨げてきた。

だいたい、考えてもみられよ。仏の理屈で、何故《なぜ》、織田が悪で、朝倉や武田が善なのか。殿が、織田が、一体、仏の教えの何に背いたというのだ。山門領を取り上げられた逆恨みだけではないか。そんな、現世の欲にすぎぬ手前勝手な理屈が仏の理屈ならば、仏の理屈こそ悪。かような外道など、一人残らず焼き殺してしまえばよろしかろう。」

「なんと！」

髭面の柴田勝家が唖然《あぜん》とした顔で光秀を見つめた。

「なんぞご異論がございまするか？」

光秀が柴田勝家を睨みかえした。

「……、いや、」

光秀の視線を受けた柴田勝家は、瞬間、気弱な表情になって面を伏せた。柴田勝家だけでなく、居並ぶ諸将たちは光秀の過激な意見に驚きかえった様子だった。

それまでの明智光秀は、織田家中においては、将軍足利義昭と織田家をつなぐだけが役目の温厚な男と見られていたから、かれらが驚くのは無理もなかった。

座に重い沈黙が落ちた。

「ハハハ――。」

その時、大広間に哄笑《こうしょう》が響いた。

信長だった。

居並ぶ者たちは、驚いて信長に視線を走らせた。

「光秀が比叡山を焼き討ちにせよとはな。

面白い。実に面白い。

どうやら、わしは光秀という男を勘違いしておったようだ。」

信長は目を細めてそう言った後、笑顔で一同を見渡した。

「……？」

居並ぶ重臣たちは、その言葉をどう理解してよいかわからず、複雑な表情となった。

「わかった。もうよい。叡山の長袖どものことはとりあえずこれまでじゃ。いましばらく様子を見よう。明日は浅井・朝倉をどうするかを話し合うゆえ、皆、今夜は屋敷に戻って、ゆっくりと策を考えてくるがよい。」

信長は、重臣たちの困惑など気づかぬ顔で、愉快そうに笑いながら立ち上がった。

残された武将たちは、腰を上げると、光秀とは眼を合わさぬようにしながら、一人二人と立ち去っていった。

——その夜、光秀に、内密の呼び出しがあった。しかも、通された岐阜城三階の茶室には、信長ただ一人、小姓さえも遠ざけられていた。

「来たか。」

平伏する光秀を、信長は低い声で迎えた。そして、面を上げた光秀に、

「光秀よ。わしも、あれこれと思案しながら、実のところ、叡山の焼き討ちまでは考えなかった。だが、今日そなたが申したように、やつらを黙らせるにはそれが一番の方法だ。いや、きっと、それよりほかに方法はない。

この世に坊主などはいらぬ。益体《やくたい》もない仏を隠れ蓑《みの》にして悪行の限りをつくす長袖どもに、民百姓に説教を施す資格などない。あの坊主どもを皆殺しにすれば、戦さなどしたこともないくせに策謀好きな戯け公方は、腰を抜かすに違いない。

あやつらに汚された延暦寺や坂本の宿を灰になるまで焼き尽くせば、極楽における仏とやらも、慌てて坊主どもを諌《いさ》めに戻ってくるやもしれぬしのう。それこそ功徳というものであろう。」

そこで一旦言葉を切ると、信長は光秀を見つめ、自分に言い聞かせるかのような固さで言葉を続けた。

「しかし。この国では、仏をないがしろにする者は、朝廷、大名は言うに及ばず、町人百姓からも憎悪の眼を向けられる。松永弾正がその格好の例じゃ。あれほどに優れた武将が、東大寺

の大仏殿を焼いたがために、まるで鬼のごとき男と忌み嫌われるようになった。

仮に、延暦寺を焼き、長袖どもを皆殺しにしたとなったら、われらは天下万人の非難を浴びる身となるのは必定。それも、松永弾正ごときの比ではない。

光秀。そなた、そこまでの覚悟があるか？　本当に、叡山焼き討ちの指揮がとれるか？」

不安の混じった眼だった。

無理もなかった。信長には天下平定の野心は旺盛だったが、その具体的構想はいまだ明瞭な画像を結んでいなかった。

「天下布武《てんかふぶ》のためでござれば…。」

光秀が答えた。

「天下布武？」

聞きなれない言葉に信長が問い返した。

「武をもって天の下を治める、の意でござる。もし、殿にその志《こころざし》があれば、この光秀、その程度の誹謗《ひぼう》など、わが身一身で受け止めてみせまする。」

光秀はこともなげに断言した。

「本気か？」

信長はもう一度光秀の眼を覗《のぞ》きこんだ。

眼が合った。

「……。」

信長の瞳に、光秀の顔が映っていた。光秀は、信長の瞳に映るもう一人の自分に向かって、今度は無言でうなずき返した。

「そうか。天下布武か。」

光秀の本心を確認した信長は、何度も小さくうなずいた後、居住まいを正すと、力強い声で言った。

「よし。きっかりひと月後、叡山焼き討ちにかかる。わしは当日になって万の兵を率いて坂本の宿に向かう。すべてはそなたに任せるゆえ、さっそく焼き討ちの準備にかかれ。ただ、この企ては誰にも伏せ、明智の兵だけで仕度をするのだぞ。事前に漏れては大騒ぎになる。敵はもちろん、味方の将兵たちにも、絶対にそれと気取《けど》られるでない。」

そう命ずる信長の顔は上気していた。


比叡山焼き討ちの計画は、当日まで誰にも気づかれることはなかった。

信長の心中を事前に察して先走りするのを自慢とする木下藤吉郎も、さすがに、それだけは想像しかねたようだった。明智の軍でも、副将として従ってきた光秀の舅《しゅうと》妻木範熙《つまきのりひろ》以外には、誰にも伏せられた。

そして、九月十二日。明智軍は、早朝から坂本の宿に陣取り、比叡山の出入り口を固め、往来をいっさい禁じたが、聖地比叡山の永代安泰《あんたい》を信じきっている僧や遊女、馬借《ばしゃく》たちは、朝倉・

浅井相手の戦さ準備か、といったていどの感触しか持たなかった。

巳《み》の上刻（午前九時）になると、信長からの伝令が矢継ぎ早に光秀の陣に送られてきた。信長は誰にも理由を語らず、近江の金ヶ森城から坂本の宿に向かって、三万の大軍を走らせている、とのことだった。

午《うま》の下刻（正午）になった。

「まもなく、大殿が坂本に御到着でございます。」

十何人目かの伝令がそう告げた。

「そうか。」

光秀は小さくうなずくと、床几《しょうぎ》から立ち上がり、

「皆の者。家々に火を放て！　逆らう者は斬《き》って棄《す》てよ。」

武装した家臣たちに命じた。

信長が指揮を執ると、仏僧殺しの汚名は信長ひとりに集中する。光秀はそれを避けようとしたのだった。

「急ぎ火を放て！」

妻木範熙が大声で復誦した。

明智の兵は常に迅速だ。千を超える雑兵が一斉に立ち上がり、坂本の宿の家々に松明《たいまつ》を投げこんだ。あっという間に、坂本の宿は火焔に包まれた。

「火だっ！」

思いがけない事態に、逃げ惑う者たちの悲鳴が沸き起こり、坂本の宿は大混乱になった

しかし、そんな叫びには眼もくれず、

「叡山目がけて火矢を放て！」

光秀は続けて命じた。

「あの叡山に火矢を…？

殿、それは一体、」

一軍を率いる遠山景玄《かげはる》が、思いがけない指示に驚愕の表情で問い返した。

「よいのだ。殿の仰せのとおりにするのだ。」

躊躇《ちゅうちょ》する景玄の肩を、光秀の心の暗黒を熟知している副将の妻木範煕が、撫《な》でるようにそっと抑え、

「叡山に火矢を放て！」

晴れ晴れとした表情で将兵に号令をかけた。凛とした大声だった。

「おうっ！」

将兵たちの間から、歓声があがった。不思議なことに、二千のかれらには、遠山景玄のような叡山焼き討ちへの逡巡《しゅんじゅん》の匂いが、微塵もなかった。

初秋の陽光の中を、真昼の流星の群れにも似た数千数百の赤い火矢が、比叡山の麓《ふもと》めがけて一斉に飛んだ。

まもなく、比叡山のふもと付近から、赤い炎と白い煙が絡み合いながら噴き上げた。彼方か

らいくつも叫び声が聞こえた。光秀は、さらに大きく軍配を振った。

「延暦寺まで一気に駆け上れ！

誰かれの遠慮はいらぬ。出遭う者はことごとく斬り捨てよ。一人も生きて山から下ろすな。堂はすべて焼き払え。仏像は一つ残らず火に焼《く》べよ。」

光秀の下知《げじ》に、

「おうっ！」

二千を超す妻木範熙の軍兵が、勇ましい雄叫《おたけ》びを挙げて比叡山へと駆け登った。

「叡山を灰にしろ！」

「仏像を焼き尽くせ！」

そんな声が谺《こだま》した。

その時刻になって、信長に率いられた織田の将兵が、次々と坂本の宿に到着し始めた。火の粉を噴きだす比叡山を仰ぎ見て、

「これはいったい何ごと?!」

何も知らされていない木下藤吉郎が、驚きの声をあげた。

「殿からの下知じゃ。全員、明智軍に合流して叡山を焼き払え！

僧も女子供も、だれ一人、生きて叡山から生きて下ろすな。一人残らず斬り殺せ。皆殺しにせよ！」

今朝になって信長から内々の命を受けた乳兄弟《ちきょうだい》の池田恒興が、織田の将兵に大声で命じた。

「皆殺しと…。」

織田の他の将兵たちがためらって及び腰になっているのを尻目に、

「一人たりとも見逃すな。

命乞いをする者に情けをかけるな。即座に斬り捨てよ！」

明智の軍兵だけは、比叡山の堂という堂の戸を片端から開け、松明を投げ込み、驚きふためいて飛び出てくる者は、僧であろうと、遊女であろうと、問答なしに斬り捨て、その数は五百を優に超えた。

午後になって、信長が坂本に到着した。

「いかが相なった。」

光秀を認めるなり、馬上の信長が訊いた。

「上首尾にて候《そうろう》。」

光秀はそう答えると、背後で白煙を上げている比叡山をふり返って指さした。

「ご覧あれ。もはや叡山には一人の僧すら残っており申さぬ。ことごとく討ち払いました。」

「そうか。長袖どもを討ち果たしたか。」

笑顔を見せると、信長は馬から下り、光秀と並んだ。

人や家屋の焦《こ》げる匂いが、比叡山からの風に乗って、坂本の宿にも下りて来て、宿を包み、戦さ慣れしている織田の将校さえ、その匂いのあまりの強烈さに顔をしかめていた。

しかし、信長と光秀の二人だけは、そんな匂いなど気にも留めず、白煙に包まれた比叡山を、感慨深く見つめた。

「光秀よ。」

「はっ。」

「とうとう我らは、後戻りのできぬ坂を登ったのだな」、呟《つぶや》くように信長が言った、「これから先も、有象無象の古き権威の亡者どもが、われらの往く手に立ちふさがってくるのであろうな」、今度は小さく笑った。それは、何かをふっ切った者だけが見せることのできる、美しい笑みだった。


叡山焼き討ちの奇策は大成功だった。僧たちの巣窟比叡山は灰燼《かいじん》に帰し、千を越える生命がこの世から絶え、長い歴史ばかりを誇ってきた下らぬ根本中堂や山王二十七社も焼け落ちた。

「叡山を焼き払うなど、神仏をも恐れぬ所業じゃ。織田信長という男は、鬼の化身か。」

人々はそう噂《うわさ》したが、しかし、叡山焼き討ちによって、信長の天下平定に向けての並々ならぬ意志を知った畿内の小大名たちが、泡を喰ったように信長への帰順を申し出て来たため、それまでは尾張の一大名にすぎなかった織田信長は、その日を境に有力大名の筆頭格に躍り出た。

比叡山討伐のあと、明智光秀は近江志賀一郡と坂本城（現滋賀県大津市）を賜《たまわ》った。

信長が家来に城を与えたのは、それが初めてだった。古くからの家来である柴田勝家も池田恒興も、城を与えられてはいなかった。

つまり、光秀は、織田家で最初の城持ち大名になった。

一の章　三日風邪

一

身を焦《こ》がすような赫《あか》い太陽が、頭上にある。

大賑わいの露店通りを、暑苦しい洋装の南蛮人や半裸の現地民の群れに混じって、明らかに日本のものとわかる衣服をまとった数人の青年たちが歩いている。若い。皆、二十代半ばの青年たちだ。

「ねえ。噂《うわさ》には聞いていたけど、こうやって毎日来ていると、本当だということがよくわかるね。マカオよりもこちらの方が、ずっと賑やかだ。」

少しつり上がった眼と小骨の張った両頬を持つ女が、並んで歩く青年を見上げて、男のような口調で話しかけた。

「ああ。今はマニラが南海交易の中心地になっているようだな。マカオを支配しているポルトガルよりもイスパニアの国力が強くなっている証拠だ。」

涼しげな細長い眼をした長身の青年が答えた。

露店通りの中心部にさしかかった時、

「では、若。わしが。」

連れの青年の一人がそう言い残すと、立ち並ぶ露店の一つに向かった。

「頼むぞ、六造。」

若と呼ばれた青年は立ち止まり、六造のすることを眺めた。

六造は高級品を売っている露店を覗《のぞ》きこむと、売り子に、身振りを交えて語りかけながら、一つ一つ商品を指さし、その値段を聞き、それを丹念に帳面に書き記し始めた。

「長旅もここが最後だから、おじじさまに何ぞ土産でも買おうか。」

南国の珍しい工芸品を指さして女が言う。

「やめておくがいい。いつも苦虫を噛《か》み潰《つぶ》したような顔をしているおじじのことだ。土産など持ち帰っても喜ばぬ。なあ、与五。」

青年は笑って答えた。

「はあ、どう答えればいいのやら…。」

与五と呼ばれたもう一人の青年が、答えに困った顔で頭を掻《か》いた。

南海の群島の一つであるルソン島をイスパニア艦隊が占領したのは、十一年前の元亀《げんき》元（一五七〇）年のことだった。織田信長が、浅井長政・朝倉義景《よしかげ》連合軍との間で姉川の戦いをやる一方、長島一向宗の勃発《ぼっぱつ》に苦戦していた年だ。

イスパニア軍は武力でルソン群島を属国とすると、イスパニアの王子の名を取ってフィリピンと命名した。そして、マニラを東洋貿易の中心地と定め、ここを拠点に活発な対明《みん》交易を展開した。

　イスパニア商人は、植民地であるメキシコのアカプルコ銀山やペルーのポトシ銀山から採れる銀を、大量にマニラに運んで、明の品々と交換した。その影響で、明では、それまでの銅銭に代わって銀貨が広く流通しはじめ、税の銀納制度が敷かれるようにまでなる。

「ねえ。あれは日本人じゃないのかい？」

　女が、原木を組み合わせただけの粗末な露店が並ぶ路地のわずかばかりの蔭を指さした。

「うん？」

　若と呼ばれた青年が、女の指さす方を見た。

　たしかに、上半身は裸、腰には汚れた布を巻いただけの貧しい身なりをした一人の青年が、蒼《あお》ざめた顔で横たわっていた。眼を閉じているので、しかとは判別できかねたが、日本人らしい。

「行き倒れかなあ。」

　そう呟《つぶや》いて駆けようとする女に、

「やめておけ、正姫《チョンヒ》。」

　若なる青年が制止した。

「どうせ銭儲けをたくらんで海を渡ってきた強欲者だろう。そんな平《ひら》の者になど構うな。」

「そうだね。」

　正姫と呼ばれた女は、素直にうなずくと、行き倒れ男から眼を逸《そ》らした。

その青年たちの声は、行き倒れ男の耳にも届いていた。

「腹が減った…。何でもいい、食い物をくれ…。」

男は言葉にならない声でそう呟いていたが、その声はあまりにもか細過ぎて、若なる青年に率いられた一団の耳には、届かなかった。

「俺を放って往かないでくれよ…」

行き倒れ男は惨《みじ》めったらしい声でそう呟いたが、その声も、もちろん届かない。

餓えていた。今日でもう丸三日間、満足な食事をとっていない。咽喉《のど》に猛烈な渇きがあったが、水が貴重品である灼熱のこの町では、水一杯を恵んでもらうにも、物乞いのように何十度も頭を下げ、無数の罵声《ばせい》と憐憫《れんびん》の視線を受けなければならない。その気力さえも、男は失っていた。

（疲れた…。本当に、もう、疲れた…。）

馬のように長い顔をしたその男は、心の内で投げやり気味に呟きながら、この三か月間を振り返った。

春先、主人の言いつけで、身の丈にも余る夢を抱えて遠い祖国から船に乗り、マニラの町に着いたところまではよかった。金銀もかなり持っていて、異国の商船で賑わうこの港町で、重宝な品々をあれこれと手に入れた。

祖国でも、若いくせしてなかなか目利きの才のある男だと言われてきたから、買い求めた品物には自信があった。堺に戻って商えば、三倍五倍にはなる。いや、ひょっとしたら売り方次第では十倍にもなるかもしれない。どっちにしても間違いなく大儲けできるはずだった。

ところが、ある夜、どこで噂を聞きつけたのか、顔を薄い布で隠した十数人のならず者が宿を襲ってきた。陽に焼けた褐色の肉体に腰布を巻いただけ、胸から腹のあたりは毛むくじゃらな男たちだった。

かれらは、意味のわからぬ異国語で何やら喚《わめ》き散らし、青年を乱暴に殴りつけ、縛りあげ、買い付けた荷も、残っていた金銀も、すべて残らず略奪して去った。

異国の人間はよそ者に無慈悲だ。男は、その翌日には宿からも追い出され、残ったのは、それほど頑強ではない肉体一つだけとなった。

仕方なく、港の人夫働きに出た。しかし、慣れない炎天下での人夫働きで、あっという間に体調を崩した。暑気あたり、などといった生やさしいものではなかった。激しい目眩《めまい》と下痢が続き、高熱が出、やがて、歩くことさえままならなくなった。

しかし、そんなことは、一攫千金《いっかくせんきん》を夢見た男たちが群がるこの町では、ごくありふれた光景に違いない。蒼ざめた顔で横たわっている三日間、路地を行きかう人々は誰一人、行き倒れの彼に視線を向けようとはしなかった。

「若。調べ終えましたぞ。」

六造が戻ってきて、若と呼ばれる青年に帳面を差し出した。

青年は渡された帳面にすばやく眼を通すと、

「よし、これなら光秀の殿も満足するだろう。日本に帰るぞ。」

そう言った。

一同の顔がほころんだ。

「やっと帰れるんだね。」

正姫がうれしそうに言った。

「好いた男の顔が見れるな。」

青年が少し目尻をたらし、兄のような笑みでからかった。

「馬鹿を言わないでよ。私にそんな男なんかいるわけないじゃないか。」

正姫が少し顔を赤らめて否定した。

「船に戻るぞ。」

若と呼ばれる青年に率いられた日本青年の一団は、笑い声と共に露店通りから去っていった。

行き倒れ男は、相変わらず青空を虚ろに眺めている。

(あと二日もすれば、この場所で、間違いなく俺は餓えて死ぬだろうな。俺が戻らねば、旦那さまはさぞかしがっかりすることだろう。)

と思った。自分に渡海の銭を提供してくれた主人の顔、それが浮かんだ。

ここで朽ち果てるのかと思うと、やりきれなくもあったが、それ以上に、

(だが、もうどうでもいい…。)

投げやりな気になっていた。あとほんのちょっと投げやりな気になったら、躰《からだ》ごと地の底に引きづられていきそうな、そんな予感がする。

「……。」

「……。」

近くで人の大声がした。行き倒れ男は、何気なくその方向を見た。

金色の髪をした三人の男が、しゃべりながら通り過ぎるところだった。おそろしく背の高い男たちだ。髪の毛は縮《ちぢ》れ、鼻は天狗の面のように高い。

（どこの国の人間だ。イスパニアか？ ポルトガルか？）

この賑やかな港町には、様々な国の人間が集まっている。行き倒れ男には、その男たちが南蛮人であることだけはわかったが、南蛮人などどこの国の人間も同じに見えるから、かれらの国名までは、皆目見当がつかない
通り過ぎかけた男たちの一人が、行き倒れ男を認めると立ち止まって、他の二人に声をかけ、男を指さした。笑い声が起こった。

この三人はこんな光景には慣れていなかったのだろうか、一人がもの珍しそうに男に近づいた。

「from CHINA ?」

深い緑の眼をした男は、腰をかがめて行き倒れ男の顔を覗きこみながら、訊《き》いた。しかし、異国の言葉を知らぬから、何を言われているのか理解することができない。

（食い物を施す気がないなら、とっとと向こうにいけ。）

心の中でそう毒づきながら、行き倒れ男は、ただ気だるそうな眼で、青い空を見上げつづけた。

青空に、祖国の賑やかな港町の光景が甦ってきた。

（あの町に、たくさんの品を持って帰るはずだった…、）

成功者になろうとしてなれなかった口惜しさが、心をよぎった。

夏祭りの力強い太鼓の響き。港の長い残橋いっぱいに繋留《けいりゅう》している商船の群れ。陽春の大通りを着飾って歩く娘たち――。青空に次々と浮かんでくる何もかもが恋しく、懐かしかった。

「うっ。」

また、猛烈な飢餓感が襲ってきた。行き倒れ男は、異国の男たちに視線を移し、この町に来てから覚えた一つの異国語を、餓えて乾いた唇から発した。

「ZIPANG…, ZIPANG…,」

「?」

その声を聴いて、金髪の男が顔色を変えた。

「What ?　ZIPANG ?

……Oh, you say,ZIPANG ?!」

その声に、残りの二人も顔を見合すと、あわてて腰をかがめた。行き倒れ男の躰が揺すぶられ、耳元で声がした。

「From ZIPANG……?」

先刻までの小馬鹿にした表情が消え、三人は、真剣な眼差しで行き倒れ男を見つめた。しかし、行き倒れ男は、異国人たちの驚きの様子を、まるで彼方の景色のように遠く眺め、もう一度、

「ZIPANG…,」

小さく呟くと、意識を失った。

二

天正九（一五八一）年八月末。尾張を振り出しに畿内を平定し、天下統一を目前にした織田信長の居城は、美濃《みの》の岐阜城から安土城に変わっている。織田信長の正室であるお濃《のう》の方の居間も二十畳敷きの広いもので、開け放した窓に琵琶湖からの風が入ってきて、夏だというのに暑気を感じさせない。

「お濃、おるか。」

部屋の外から声がした。

「あら、お珍しいことで。」

お濃の方は、久しぶりに奥に渡ってきた信長に軽い皮肉を言いながら、笑顔で迎えた。

お濃は元美濃国主斎藤道三《どうさん》の娘だ。いまは四十路を過ぎて、大年増になっている。父が、嫡《ちゃく》男《なん》で彼女の実兄でもある義龍《よしたつ》に殺され、その実家美濃斎藤家も夫信長によって滅ぼされたため、信長との間に男子を産まなかった彼女は、武将の妻としては政治的な価値を失った存在となっているが、その天真爛漫な性格を愛する信長は、彼女を正室のままにして愛《め》でてきた。

「少々疲れた。休ませろ。」

だるそうにそう言うと、信長は畳の上に身を投げ出し、苦しげに荒い息を吐《は》いた。そんな信長の顔を、お濃の方が覗きこんだ。

信長の顔が異常に赤らんでいる。

「どうなさりました。そのお顔の色は…、」

お濃の方はそう言いながら信長の額に手をあてた。

「わからぬ。」

自分でも納得いかぬらしく、信長はぶっきら棒に答えた。

「……、あらっ！」

燃えるような熱だった。

お濃の方はあわてて、今度は信長の首や背に手を当てた。

ここかしこ、汗でじっとりとしている。

「これは何としたこと…」、お濃の方は蒼白になり、「すぐにお床の用意を」、侍女に命じた。

信長も自身の変調に気づいていたのだろう。お濃の方の勧めに素直に従って、足を少しふらつかせながら、床に入った。

しかし、熱に浮かされながらも、

「お濃。このことは、光秀以外には誰にも伏せよ。誰一人、予が快復するまでは、この部屋に寄せるでないぞ。」

強い口調で命じた。

幼年時から肉体を鍛錬してきた信長は、四十八歳の今日まで病いらしい病いをしたことがなく、人が病いにかかったと聞くと、「何故《なぜ》？」とでも言いたそうな不思議な表情をするのが常だった。

その彼が、初めて正体不明の高熱に襲われた。しかも、床につくとすぐに、深い眠りに入った。

「みな、下がるがよい。

よいか。このことは絶対に口外無用ぞ。」

お濃の方は、侍女たちに緘口令《かんこうれい》を敷いた。

しかし。緘口令が敷かれたにもかかわらず、信長病臥《びょうが》の報はその日のうちに安土城下の重臣たちの耳に入り、遠方の戦線に出張っている柴田勝家、羽柴秀吉たちの重臣のもとには、それぞれの安土屋敷留守居役から早馬が飛ばされた。

天正八（一五八〇）年に、長く対立してきた顕如《けんにょ》のひきいる西山本願寺（浄土真宗総本山）が正親町《おおぎまち》天皇の仲介による和睦《わぼく》の体裁をとって降伏し、顕如が紀伊の鷺森《さぎのもり》別院に落ちたことによって信長の畿内平定はほぼ完了したものの、彼が標榜《ひょうぼう》してきた天下布武《てんかふぶ》はまだ途半ばの状態にある。「大殿御病臥！」の知らせを受けた織田の武将たちは浮き足立った。

「あのご壮健な大殿が病いに臥《ふ》すなど、信じられぬ。」

信長の乳兄弟《ちきょうだい》で、青年時から信長とともに戦雲をくぐり抜けてきた摂津有岡（現兵庫県伊丹市）城主の池田恒興《つねおき》は、その知らせを受けると蒼白な顔で天を仰いだ。

それから一昼夜が過ぎても、信長は目覚めなかった。高熱で赤らんだ顔で、荒い息を吐きながら眠り続けた。

二日経《た》っても、意識は戻らなかった。高熱も下がらなかった。

日々何度も早馬からの知らせを受ける在畿の織田家臣団たちは、一向に眠りから覚めぬ信長の容態を聞いて、

(万が一の場合、再び戦乱の世となるかもしれぬ…、)

そんな不安に襲われた。


深夜。京の外れにある廃寺の堂内で、正体の定かではない十数人の男たちが、薄明りの下で何やら囁《ささや》きあっている。

「信長が病いに臥したのは本当らしいぞ。」

僧形の男が一同を見渡して、確信ありげに言った。

「そうらしいな。わしのところにも知らせがまいった。

かなり重い病いらしい。織田の家臣共はうろたえておる。」

野武士のような風体の中年男が答えた。

「死ぬるかのう。」

「わからぬが、相当に重い病いであることは確かのようだ。」

「やるか?!」

若い武士が勢い込んで言った、「積年の恨みを晴らすなら今だぞ。」

「その話よ。だが、わしらの数も限られておる。無闇に騒げばよいというものでもない。どこで騒ぎを起こすのが一番か、よく考えようではないか」、僧が一同を見渡した、「うまく運べば、比叡山を追われて身を潜めてきた僧たちが駆けつけてくるのは間違いない。」

「叡山の僧だけではないぞ。わが浅井の者たちも必ず立ち上がる。」

野武士に身をやつした旧浅井家の家臣も断言した。浅井家とは、先年信長に滅ぼされた近江の浅井家のことだ。

「となると、やはり、京だな。」

「そうだな。信長は安土で臥せっておる。京で騒ぎが起きても駆けつけては来れぬ。京が一番じゃ。」

その言に大方の者がうなずいた。

「どこぞに火を放つか」、僧がさらに提言した、「火ならば、われらの数の不足を補ってくれよう。」

「うむ。それはいい。」

野武士が賛成の意を示し、一同が大きくうなずいた。

その時、

「――そんなことはさせぬよ。」

突然、どこからか、低いが、凛とした声がした。

「誰だ?!」

今夜の集まりは極秘だった。ここにいる者の関係者以外に知るはずがない。誰もが驚きで腰を浮かせ、脇に置いた太刀を手にとって身構えた。

「僧は僧らしく、民百姓のために念仏でも唱えておればよいものを。叡山での悪癖がいつまでたっても抜けぬらしいな。

信長の進む道を邪魔するものは、俺たちが許さぬ。地獄なりどことなり往くがよい。」

闇の声はそう言い放った。

「ぬしは何者だ?!」

僧形の大男が、目をきょろつかせながら叫んだ。

「ふふ、」

小さな笑い声がした。

「ぬしらに聞かせる名など、持ち合わせてはおらぬわ。さっさと死ぬるがよかろう。」

敵の姿が見えぬ恐怖から、堂内の男たちは身を寄せ合い、ひとかたまりになった。

「……。」

不気味な静寂が堂内を包んだ。

「うん?」

野武士が鼻をひくつかせ、それから眼を細めた。

「おい。火薬の匂いだ。」

野武士は叫んだ、「外に逃げろ!」

その瞬間、床下で轟音が響き、廃寺から夜空をめがけて赤い火柱が昇った。

——寺は黒い炎を吐きつづけている。

寺を取り囲んでいた十ほどの黒い影が姿を現した。

「他愛ないな。二年ぶりの仏寺襲撃だったが、これではまるで赤子の悪さだ。」

黒い頭巾で顔を覆った頭目らしき男が、苦笑いしながら言った。声に若さがある。

「それだけ信長の天下布武が整ってきた証しでござる。」

傍らの男が答えた。天下の織田信長を呼び捨てにしているところを見ると、信長の家来ではなさそうだ。

「しかし、若。信長の病いは大丈夫でございましょうかのう。もし信長に万が一のことがあったら…。」

心配そうに、そうつけ加えた。

「ふふふっ。」

頭目が含み笑いをした。

「六造よ。懸念は要らぬ。大丈夫だ。信長が死ぬるなど、あるわけがない。あちら側のことはあちらの側の者に任せておけばよい。」

若と呼ばれた頭目はそう言うと、今度は剛毅《ごうき》に笑った。

病臥から丸三日が過ぎた朝、信長から嘘のように熱が引きはじめた。ほとんど不眠の状態で看病していたお濃の方が信長の顔をのぞきこむと、生気を取り戻した信長が眼を開いた。

「殿――！」

お濃の方が、喜びで絶句した。

「久しぶりによく眠った。」

周囲の心配も知らぬ気に信長は起き上がり、大あくびをした後、そう呟いた。

「大殿ご快癒！」

内々の早馬が畿内四方に走った。

「重湯《おもゆ》の用意を命じてまいりましょう。」

お濃が立ち上がって部屋を出る後ろ姿を、信長は満足そうに見た。

当然のことだが、三日三晩眠りつづけた信長には、三日間の記憶がまったくの空白になっている。やがて運ばれてきた重湯をすすりながら、彼はお濃の方に訊いた。

「お濃。眠っておる間のわしは、いかがじゃった？」

元気を取り戻した夫の問いに、お濃は微笑をもって答えた。

「それはそれは、たいそうなお熱で、絶え間なしにお身体をよじり、うわ言などをおっしゃり、ずいぶんとお苦しそうなご様子であらせられましたよ。」

信長は曖昧《あいまい》な表現を極端に嫌う男だった。信長の性格を知り抜いているお濃の方は、この三日間の信長の様子を詳細に説明した。

「そうか。それほどに苦しそうであったか。」

そう言われても、信長には実感がない。

「それで、わしはどのようなうわ言を申しておったのじゃ？」

信長はさらに訊《たず》ねた。

「途切れ途切れでよくは聞き取れませんでしたが、日向守《ひゅうがのかみ》殿の名を呼んだり、帝《みかど》がどうとか、南蛮がどうとか…、わらわにはわからぬことをおっしゃっておられました。」

「ふむ。」

お濃の言葉に信長は箸《はし》を止め、少し唇を尖《とが》らせ、小さくうなった。

「わしの看護は、ずっと、そなたと道仁の二人だけであったのか？」

「お言いつけのとおり、他の者はみな遠ざけ、道仁と二人きりで看護いたしました。

道仁はこの三日間、殿の枕元につきっきりで、一睡もしておりませぬ。しっかり報いてやって下さりませ。」

傍らで畏《かしこ》まっている医師の道仁に視線をやりながら、お濃が言った。

「そうか…。道仁。世話をかけたな。」

滅多に他人に頭を下げることのない信長が、珍しく医師に慰労《ねぎらい》の言葉をかけた。

「いいえ。大殿がご快復なされまして、道仁、何より嬉しゅうございまする。」

道仁は安堵の表情で低頭した。

「道仁よ。ご苦労であった。予はもう大丈夫じゃ。部屋を与えるゆえ、そちも少し休むがよい。お濃。お前も眠れ。あとは蘭丸《らんまる》でことが足りよう。蘭丸をここに。」

「はい。」

まもなく、小姓の森蘭丸が部屋に入ってくると、お濃の方と医師道仁が下がった。

二人の足音が消えると、信長は、心配げな表情の蘭丸を床にまで寄せると、

「蘭丸。耳を貸せ。」

蘭丸の耳に、小声で命じた。

「道仁を殺せ。」

「はあ…？」

道仁はこのたびの最大の功労者である。思いがけない下知《げじ》に、蘭丸は驚きの表情を浮かべて信長を見つめた。

信長の眼は、先ほどまでとはうって変わった冷酷なものとなっていた。眉根《まゆね》にしわを寄せ、細い眼をいっそう細めると、

「小姓どもに命じて、誰にも気づかれぬように道仁を殺すのだ。やつを城から出すな。城から出る前に殺せ。よいか。くれぐれもお濃には気づかれぬようにせよ。往け。」

冷たい声で再度命じた。

「はっ、はい！」

森蘭丸はあわてて立ち上がると、部屋を飛び出した。

信長は、独りになると、冷めた重湯を再び口にしながら呟いた。

「わしのうわ言など、家臣どもに洩《も》らされてはならぬ。」

三

樹々では夏の終わりの蟬が狂おしいほどに鳴いていたが、琵琶湖の東岸、安土山にそびえる五層七重の壮大な安土城の天主は風の音が激しく、地上の蟬の声はかき消され、琵琶湖のさらに彼方を見つめている織田信長の耳には届かない。

「光秀を呼べ。」

信長は背中で小姓に命じた。四日前に突然の高熱を出して床についていたとは思えない、張りのある声だ。

時を待たずして、安土山の中でも大手門に一番近い場所にある、明智日向守光秀の屋敷に向けて伝令が走った。

その時刻、明智光秀は屋敷の奥の部屋にいた。

部屋には、光秀だけでなく、数人の男たちが侍っていて、一番上座には六十半ばと見える老武士、その隣には髪を無造作に束ねた町人姿の青年が控えている。

「それでは、もはや、信長公の天下は不動ということかの？」

目袋を少したわわせた光秀が、誰にともなくそう訊いた。

覇者織田信長の懐刀《ふところがたな》で、帝都京都に隣接する丹波と近江坂本の地を知行している明智日向守光秀は、四十八歳。信長と同い年だ。最近は、鬢《びん》のあたりに少し白いものが混じり始めている。

「そう断じてよろしゅうございましょう」、老武士が答えた、「事前に各地に撒《ま》いておいた者たちの報告が、それを示しております。これから先、信長に万が一の事態があっても、この体制は微動だにしませぬ。」

自信にあふれた口調だった。

老武士の名は妻木範煕《つまきのりひろ》。光秀の舅《しゅうと》である。と言っても、光秀の現在の妻の父親ではない。若くして死んだ前妻煕子《ひろこ》の父だ。今は丹波亀山城の留守居役を務めていて、数日前からこの安土屋敷に出向いている。

彼の後ろに座しているのは彼の子息たちだ。かれらは光秀の義弟にあたる。

「そうか…。」

光秀は首を小さく縦に振り、それが考え込む時の癖らしく、右手の中指で自分の膝《ひざ》を数回軽くたたいた。

「殿さま」、家来が部屋に駆け込んできた、「大殿からのお召しでございます。」

信長病臥の噂は家来にも伝わっている。快癒の報と理解したらしく、家来の表情は明るかった。

「わかった。すぐに仕度を」、光秀は家来に命じた。

家来が下がると、

「ちょうど丸三日か。」

妻木範煕がつぶやき、隣の青年に視線を移した、「五右衛門殿。そなたの申しておったとおりの日数《ひかず》ぴったりじゃの。」

「俺たちに手違いはございませぬよ。」

五右衛門と呼ばれた褐色に焼けた肌の青年が、これもまた自信に満ちた声で答えた、「薬草の扱いなど、京の高名な薬師よりも俺たちの方が数倍もくわしい。」

いかにも涼やかな眼。それは二か月ほど前にマニラの町を闊歩《かっぽ》していた、あの「若」と呼ばれた青年のものだ。

「五右衛門殿よ。この一件、信長には気づかれぬままであろうな？」

明智の主力軍を率いる妻木範武《ひろたけ》が訊いた。範武は妻木範煕の嫡男で、光秀の義弟にあたり、今年四十歳になる。

それにしても、この妻木父子、共に陪臣《ばいしん》（又家来）の身でありながら、光秀の主君織田信長を呼び捨てにしているのだが、光秀はそれを諫《いさ》めようともしない。

「大丈夫だ。光秀の殿のお指図どおり、誰にも気づかれぬように仕かけた。それに、あれは高熱を出すだけの薬だ。信長の躰には何の異常も起きぬ。」

五右衛門と呼ばれた青年が断言した。

「信長のやつ、突然の高熱にさぞかし驚いたであろうよな。家臣の前では豪胆そうにしているが、あれで意外と肝《きも》の細いところがあるからな。」

妻木範煕が、信長の顔を思い浮かべるように、眼を細めて小さく笑った。

「わけを知ったら、さぞかし怒りましょうな。」

次男の正之も笑いで父に応じた。

「……。」

かれらのやり取りに光秀が微笑んだ。光秀は立ち上ると、

「往ってまいりまする。

後々の相談がありますゆえ、それがしが帰ってくるまで、御一同、酒《ささ》でも召し上がりながら待っていてくだされ。」

そう言い残して、部屋を出た。


安土城の天守には、数日前と同じく颯爽《さっそう》と屹立《きつりつ》している信長の後ろ姿があった。

「ご快復のご様子、祝着《しゅうちゃく》至極でござりまする。」

光秀はそう言うと、平伏した。

「うん…。」

信長も突然の高熱は予想していなかったらしく、曖昧にうなずいた。

「それよりも、ここに。」

部屋中央の南蛮渡りのテーブルの上には、信長愛用の地球儀と地図が置いてある。南蛮風につくられた天主の窓から琵琶湖の彼方を見つめたまま、信長は光秀を招いた。

信長は振り返って訊いた。

「予が臥していた間の家中の様子はどうであった？」

光秀は瞬間、周囲に眼をやった。

小姓たちの姿はない。

「大丈夫だ。余人は遠ざけてある。」

信長が言った。

「それでは。」

光秀は立ち上がると、テーブルの椅子の一つに腰掛け、

「京屋敷からの知らせでは、公家どもはかなり慌てふためいた様子でありましたが、それは殿を失うことへの恐怖であって、殿の御病臥に乗じて何ごとかを為そうとするものではございませなんだ。

それから、申すまでもなく、織田家中には不穏な動きは一切ございませんでした。」

そう答えた。

「畿内の武将どもは、叛心《はんしん》を顕《あら》わにはしなかったのだな？」

「はい。もはや、かれらは、殿なしの世を思い描くことはできなくなっておりまする。」

「そうか。」

信長は満足そうにうなずいた。

「それでは、もう畿内は磐石《ばんじゃく》ということだな。」

「然《しか》り。」

「はからずも、急の病いのおかげでそれが確認できたということか。」

突然の高熱を病いだと信じている信長が、苦笑しながら言った。

「仰せのとおり。」

光秀が小さく微笑んだ。

「そうなると次の手が打ちやすくなったな。どこから手をつける？」

信長が訊いた。

織田は代々美形の家系で、信長もその例外ではない。南蛮人ほどではないが、高い鼻と切れ長の目が、四十八歳の信長を今も凛々《りり》しく見せる。

「年明けを待っての武田攻めが順当でございましょう。」

光秀は答えた。

「そうだな。」

信長も同調した。

「細作《さいさく》（忍び）どもからの知らせを整えてみると、この数年、信玄を失ってからの武田家は、勝頼めと老臣どもの溝が深まるばかりだ。

甲斐の調略をまかせておる滝川一益《かずます》から、木曽福島城の木曾義昌がこちらと通じたいと申してきたと知らせがあった。また、三河からの知らせでは、江尻城の穴山梅雪《ばいせつ》からも同様の申し出があるとのことじゃ。」

三河とは、信長と盟友関係を結んでいる浜松城主の三河守徳川家康のことだ。

「情けないやつらじゃ。どちらも信玄の娘を嫁にしておる男だぞ。それが、どいつもこいつも平気で武田を裏切るという。なにが、人は石垣、人は城、だ。もう、武田の家はボロボロじゃ。関東北条家との和睦も成り、謙信も死んだ今、武田さえ滅ぼせば、もう東に恐れるものはおらぬ。安心して西国の平定に専念できる。

われらは武田には長年苦しめられてきた。今が攻め時。今度は武田の一族を根絶やしにしてみせる。」

信長は少し憎しみの混じった口調で言った。

織田・徳川連合軍は、天正三（一五七五）年に、長篠の戦いで、武田信玄の遺児である勝頼のひきいる武田軍をやぶったが、信長が畿内平定を最優先してきたため、弱体化していることは承知で東国の甲斐は放置されてきた。

「しかし、本当のことを言えば、戯《たわ》けの勝頼が大将の武田相手では、たいした戦さにはなるまい。この度は家康にひと働きしてもらおうぞ。」

「それがよろしゅうございましょう。」

光秀が答えた。

「武田攻めの後は、時を移さずして毛利攻め。そこからが本当の天下布武じゃな。

光秀。山陰路は頼むぞ。いま、猿が因幡鳥取城を攻めておる。そちは、寄騎《よりき》どもをひきいて救援にゆき、すみやかに因幡を平定し、そこから海沿いを西に進んでくれ。伯耆《ほうき》（鳥取県西部）、出雲（島根県東部）を平定して、一刻も早く石見（島根県西部）を手に入れようぞ。」

信長は、寵臣《ちょうしん》である木下藤吉郎のことを、若い時分から、猿、と呼びつづけ、今もその呼び方が直らない。

「猿には山陽道を攻めさせる。二万ほどの援軍を与えれば、毛利ごときに手間取りはせぬだろう。大切なのは石見だ。一刻も早くかの地を平定して、安土から石見までの道を整えねばならぬ。」

熱が下がってから丸一日、信長は床から出なかった。その床にいる間に、彼は彼なりにあれこれと策を練ったのだろう、今日の信長は自信に満ち溢れていた。

「はい。」

答える光秀の顔もほころんだ。

織田信長という男は、壮絶な孤独地獄を生き抜いてきた男だった。

かれの父信秀が若くして死ぬと、親類、縁者、重臣たちは、こぞって、嫡男であるかれを廃嫡して弟の信行を跡取りにしようと動いた。しかも、それを一番望んでいたのが彼を産んだ実の母親であったという事実は、信長を人間不信の淵に追いやった。信長は実の弟を自分の手で殺した。

あまたの障害物を一つずつ切り崩しながら進んで来た信長は、戦国の世にあって人を信じることは自分の命を失うと同義である、と経験から習得した。だから彼は、人と語ることを極端に嫌った。どうしても他人と言葉によって意思の伝達を図らねばならなくなった時は、最小限の言葉で済ませようと努めた。

しかし、他人と意思疎通できない生活などを、ひとが本来望むはずがない。信長は、長い間、孤独だった。

十年ほどの以前、まだ新参者に過ぎなかった明智光秀と二人して、比叡山焼き討ちという〈偉業〉を成し遂げたとき、信長は、人と語り合う喜びを、やっと手に入れることができた。

それが信長にとってどれほどの喜びであったかは、信長の孤独地獄の実相を知らない者には到底理解できない。他の者には手短な言葉しか投げかけない信長だが、光秀と会話する時だけは、言葉があふれ出て多弁になる。

「ところで、かの者たちの件じゃが、」

信長が話題を変えた。

「どうであった?」

「はい。釜山浦《プサンホ》、高山国（台湾）から琉球（沖縄）、マカオ、そこからルソン島のマニラに渡って調べてきたとのこと。

かの者たちの報告の詳しい内容は、書き記してここに持参して参りました。」

光秀は、傍らの袱紗《ふくさ》包みを手にとって、信長に差し出した。

「いまの南海（東南アジア一帯）は、南蛮からの交易船で大賑わいの様子でございます。それも、堺や博多などとは比べものにならないほどの賑わいぶりだそうでございます。

交易の中心となっておるのは、マカオ、マニラと見て間違いございませんでしょう。ただ、ご存知のとおり、マカオはポルトガルに、マニラはイスパニアに支配されております。

詳細は後ほどお眼を通していただくと致しまして、例の件ですが、やはり我らの想像いたしましたとおり、どこの国でも眼を覆うばかりの状況でござりました。このまま放置しておきますると、この国の経世（経済）はあと十年も待たずして破綻するは必定。」

「それほどにか。」

信長の顔が曇った。

「おそらく、それがしの見立てに間違いはございませぬ。」

「……。」

「すべては毛利一族の無知が原因。強欲な商人と変わらぬ卑しき心の持ち主どもに、国を治める資格はございませぬ。最近では足元を見透かされ、毛利から南海に持ち運ばれたしろがねは、各地で安く買い叩かれてばかりでございますそうな。

このまま放置しておいては、どこまで下落するか心もとない限り。一刻も早く毛利を討ち滅ぼし、我らの手で石見大森の銀山を押さえなければ、取り返しのつかぬ事態となりましょう。」

「堺や博多の商人どもは、このことに誰も気づいておらぬのか？」

信長が訊いた。

「なんの。

ただいま現在の利を漁《あさ》ることしか考えられぬ強欲な商人どもには、大きな流れは一向に見えておりませぬゆえ、自分たちがどれほどの大罪を犯しているかの自覚などございませぬ。

また、数年来の激しい下落ぶりに、少しばかり将来に不安を覚えたとしても、目を瞑《つぶ》って、今の利をむさぼろうとする輩《やから》ばかり。情けなき限りにございます。」

光秀は、堺の豪商たちの顔を何人か思い浮かべながら、吐き棄《す》てるように答えた。

「残念ながら、それが実態でございまする。

念のためにかの者たちを向かわせてようござりました。知らずに放っていたならば大変な事態になっておるところ。」

「そうか。急がねばならぬの。」

信長は、再び嘆息《たんそく》した。

「のう、光秀。ポルトガルとかイスパニアといった南蛮の国々が、大船に大量の兵士や大砲を乗せて襲来してきたなら、今のこの国のありようでは、なす術がない。ルソンとか申す島のように、南蛮人どもの属国にさせられてしまうのが落ちだ。一刻も早く天下布武を成し遂げて海原を制さなければ、この国はいずれ滅ぶ。」

地球儀を撫《な》でながら、信長は断言した。

「はい。海の向こうのことを考えまするると、天下布武に手間取っている暇はありませぬ。いまは西の海原を制することが急務。それがしも、大急ぎで、出雲、石見を攻め落としてごらんにいれまする。

それがしの見るところ、元就《もとなり》亡き後の毛利は、悪さはいたしますが、腰はございませぬ。あの家は、元就の時代に得た領地を守りたいだけ。武田を討てば必ずひるみまする。

及び腰の者が戦さに勝った話は、聞いたことがございませぬ。来年中には、石見に水色桔《き》梗《きょう》の旗をたなびかせてみせまする。」

水色桔梗は明智の旗印だ。光秀は言い切った。

その時、

(うっ。)

光秀は、みぞおちからわずかばかり左にずれたあたりに、鋭い痛みを覚えた。

数ヶ月前から彼を襲うようになった痛みだ。最初は、みぞおちの両脇の肋骨との境あたりに鈍痛を感じるだけだったが、最近では、空腹時になるときまって突き刺さるような痛みが襲ってくる。緊張した日々が続いているせいなのだろう。

「よい港が必要じゃのう。この安土城のように、南蛮人たちが驚きで眼を剥《む》くような大港、しかも、大船が百艘も入れる港を造ろうぞ。

海原を渡るにふさわしい大船もだ。わしは九鬼嘉隆《よしたか》に命じて、大船の造船準備に入る。そちは、大船造船の手本となるような南蛮船を買いつけてくれ。九鬼の船大工たちに詳しく調べさせるのじゃ。」

「お任せくださりませ。」

光秀は自信たっぷりの表情で信長に答えた。

向いあった信長の背後、安土城の西方に、長く連なる緑の山脈《やまなみ》があった。

(直道さま。もう間もなくでございます。)

ひとりの男に心の中で呼びかけながら、その山脈を、光秀はある感慨をもって、見つめた。

織田信長の快癒祝いに堺から出向いてきた千宗易《せんそうえき》は、その足で安土山麓《さんろく》にある信長の嫡男信《のぶ》忠《ただ》の屋敷に立ち寄った。

「久しぶりに宗易殿のお点前《てまえ》で茶をいただけるのか。どうぞ、奥の茶室に。」

信忠は思いがけない珍客の来訪に喜色を浮かべた。

幼名を「奇妙丸」と名づけられた織田信忠は、まだ二十四歳の青年だが、天正四年（一五七六年）に、十九歳の若さで父の信長から織田家の家督を譲られ、尾張と美濃の国を任されている。れっきとした織田家の当主だ。

「本当にようございましたな。いま大殿に何かがございましたら、天下は元の乱世に戻ってしまいまする。」

宗易は、信長快癒の喜びを口にした。

彼は、茶人であると同時に、堺衆の一員であり、また、織田信長の軍政顧問団の一員でもある。もともとは和泉《いずみ》の国堺の商家の出で、屋号は「魚屋《とと》」といった。信長や光秀よりちょうど一回り年上で、永禄十二（一五六九）年に信長が堺を直轄地にしたとき、茶頭《さどう》として信長に拾われ、以降は堺商人と信長とのつなぎ役をつとめてきた。

型通りの挨拶《あいさつ》を済ませて面《おも》をあげた千宗易は、

（はて…？）

信忠の表情を窺《うか》がった。今夜の信忠は、どこか不興そうだ。

「何ぞございましたか？」

宗易は心配げに訊いた。

その問いに、

「うん…」、信忠は苦虫を嚙み潰したような表情で応じた。

「父上は床からあがると、心配して駆けつけてきたそれがしを待たせたまま、すぐに天守に登り、日向守をお召しになられた。

日向守、日向守、日向守…。この数年、父上は日向守を信用しきっていらっしゃる。」

信忠は口を尖らせて続けた。

「たしかに日向守には才気も豪気もある。それはそれがしも認める。

じゃが、才あるものは欲も深いという。日向守は織田家の将で一生を終えることに満足できる男なのだろうかのう…。それがしにはいま一つそれが読めぬ。」

父親によく似た少し甲高《かんだか》い声を、父親のように抑制することもできず、織田信忠は疑問を口にした。

信忠には、なぜ父信長があれほどまでに光秀を寵愛《ちょうあい》するのかが、どうしても理解できない。だから、それは疑問というよりも、父親の寵臣である明智光秀に対する露骨な反発、あるいは嫉妬《しっと》、と言ったほうがいいくらいに暗い棘《とげ》があった。

「さて。」

宗易は小首を傾《かし》げてみせるにとどめた。

宗易はたしかに信長の軍政顧問団の一員ではあったが、あくまでも、信長が決定したことに対する単純な助言者にすぎなかった。政権構想の具体的な骨格は信長と光秀の二人だけによって決定されるのを、宗易は知っていた。もちろん、嫡男とはいっても、若い信忠などは番外だ。

「歯切れが悪いのう。誰につまらぬ気兼ねをしておられるのじゃ？

安心なされい。誰にも聞こえてはおらぬ。」

口ごもる宗易を、処世術がなせることと勘違いしたらしく、信忠は嘲笑《あざわら》い、言葉をつづけた。

「父上がご壮健なうちはいい。あの父上に逆らう者はおらぬからな。

しかし、父上だとてもうすぐ五十歳になられる。いつまでご壮健か保証はない。先日の高熱とて、父上ご自身は軽い風邪だと申しておられたが、あれが重い病いの前兆であったら如何《いかが》する？」

それが若い嫡男である信忠の不安の核だった。信忠は信長に比べれば数段凡庸《ぼんよう》な男だったが、凡庸は凡庸なりに信長後の織田家の行く末を懸念していた。

「いずれそれがしの時代が来る。それをお考えになられたからこそ、父上は早くから織田の家督をそれがしに譲られた。

ただ、父上はあまりにも偉大でありすぎる。代替わりの時節が来たら、重臣たちは父上とわしを比較して、きっと若いそれがしを軽んずるに違いない。日向守などはその筆頭ではなかろうかと睨《にら》んでおる。

鎌倉幕府を開いた源家が滅びたのは、重臣たちが頼朝公と比較して若い頼家を軽んじ、頼家の下知に従わなくなったからじゃ。

それがしはそれを避けたい。そのためには、早く、ここにおる忠三郎や右近のような、」

と、侍《はべ》っている義弟の蒲生《がもう》忠三郎と高槻《たかつき》城主高山右近を顎《あご》で指し、

「それがしの側近たちをしかるべき場所につけて、織田家の将来に備えねばならないのだが、困ったことに、父上には、まだそんな気が一向にないのだ。」

そう言うと、信忠は深いため息をついた。

千宗易は、チラリと高山右近を見た。

高槻城主の高山右近は、キリシタン大名として存在感を増してきた青年大名だったが、彼のこれまでは裏切りの連続であった。中でも、天正六（一五七八）年、摂津一円を治めていた荒木村重《むらしげ》が信長に謀反を起こした時には、早々と主君である村重を裏切り、村重を破滅へと追い込んだ。

もう、多くの人間が忘れているが、その村重の嫡子村次《むらつぐ》に嫁いでいたのが明智光秀の娘倫子《みちこ》だった。光秀は寡黙《かもく》沈着な男だったので、感情を言動に表わすことは滅多とない。だが、信長の命によって、高山親子を自分の寄騎として抱えてはいるが、若い高山右近の大人顔負けの裏切り行為を快く思っているわけがなかった。

内心はそれを後ろめたく感じている高山右近が光秀を快く思わない織田信忠に接近したのは、自然と言えば自然な成り行きでもあった。

千宗易は、そんな高山右近を好きではなかったので、信忠の言葉など耳に届かぬ顔で、

「さようでございましたか。」

そう答えると、再び信忠を見た。

「そうなのだ。ここ数日、思い患《わずら》っておる。宗易殿はそれがしなんぞよりも、数段聡明なお方だ。なんぞ良いお知恵があったなら、是非ご教授くだされ。」

信忠は真顔で宗易に頭を下げた。

偉大な父親を持った凡庸な息子が陥りがちな錯覚の中に信忠もいた。かれは、畿内平定という偉業を成し遂げたのは自分ではなく父親の信長であることを失念し、自分が偉大な父親の延長上を生きることを、何の疑いも持たず、当然、と受け止めていた。わずか十九歳で美濃国を受け継ぎ、岐阜城の城主になった自分が、信長の嫡男という特典によって保護されていることに気づきもしない。

「……。」

そんな信忠の若さと無神経ぶりに、千宗易は心の中だけで渋面を浮かべた。

「信忠の殿。まあ、そう急《せ》かずに、ゆるりと。」

血の甘えに汚染されている信忠を、処世を旨として生きている高山右近がなだめた。

羽柴兄弟

一

狭い茶室では、頭巾をかぶった千宗易《せんそうえき》が、勿体《もったい》ぶった表情で、そのくせ実に緩慢《かんまん》な動作で茶を点《た》てている。対座しているのは、痩《や》せて骨だらけの四十代半ばの武士だ。武士は神妙な顔つきでその動作を見つめている。

静謐《せいひつ》が流れた。サラサラという茶筅《ちゃせん》の音だけがした。

頭巾の宗易は点て終わった茶器を、頰から顎《あご》のあたりに小骨の突き出た武士の前に無言で差し出した。武士の方は、一礼すると、宝物でもおしいただくように器を両の掌《てのひら》で柔らかく包みこんだ。

（織田の武将というやつらは、誰もかれも、みな阿呆《あほう》ばかりじゃな。信長公が、これがいいぞ、と言えば、誰もが人形のように、くそ不味《まず》いお茶をかしこまって啜《すす》って、感じ入った所作をしてみせる。何が茶の湯だ。これはまるで戯《ざ》れ画《え》じゃ。）

茶室後方に座しながら、但馬《たじま》竹田（兵庫県朝来市和田山）城主羽柴小一郎は、心の中で毒づいた。

「結構なお点前《てまえ》で。」

飲み終えた男が、神妙な表情で言った。

小一郎の実の兄であり、明智光秀と並ぶ織田家中きっての出頭人《しゅっとうにん》（出世頭）である木下藤吉郎だ。今は名を改め、羽柴筑前守秀吉と名乗っている。

天正八年。つまり、昨年。但馬（兵庫県北部）平定の功によって、羽柴秀吉は、主君信長から「乙御前釜《おとごぜがま》」を拝領し、茶の湯を許可された。

織田家においては、茶の湯は認可制だ。主君信長の許しなしに茶会を催すことはできない。茶の湯を許されるということは、織田家の重臣として認知されたことを意味する。やっと重臣として認知された秀吉は、似合いもしない茶の湯に凝《こ》りはじめ、今日は泉州《せんしゅう》堺にある千宗易の茶室に、二人して招かれている。

（茶は咽喉《のど》を潤《うるお》せばそれでよいのよ。作法の要などあるものか。

それなに、残暑の中を狭い茶室で汗をかきながら、何ぞ意味でもあるかのような顔で熱い茶を啜るなど、阿呆芝居よ。

兄者もいよいよつまらぬ男になっていく。こんな道化た茶の湯芝居に律儀につきあって、誰かれかまわず愛嬌《あいきょう》を振りまいておる。）

小一郎は心の中で嗤《わら》った。

この男は、兄秀吉とは違って道化た演技などまったくしないし、余分なことを一切言わない。いつも半開きの眼で気だるそうにしている。その上、秀吉は小男で骨が細いが、父親の異なる小一郎は、両肩が張って大柄だった。並ぶと頭ひとつ違う。教えられなければ、誰も、二人が兄弟とは思わないだろう。

羽柴小一郎の青年期は、闇に隠されている。この男が兄秀吉に仕えるまでどこで何をしていたのか、誰も知らない。饒舌《じょうぜつ》が看板の秀吉も、それについては語らない。

成り上がりのために、代々家に仕える譜代の家臣を持たない秀吉は、この異父弟を可愛がり、いつも側に置いた。極端な寡黙の故に、織田家の足軽組頭だった兄の元に来てしばらくはまったく目立たなかったが、周囲の者が彼の存在に気づいたときには、小一郎は羽柴一族の中枢にしっかりと腰を据《す》えていた。

「大殿は熱も下がってお元気になられたとか。手前もほっと致しました。正直なところ、大殿が床に臥《ふ》されたと耳に致したときは、目の前が真っ暗になり申した。」

茶を喫《きっ》し終えて頭を下げると、信長から猿と呼ばれる羽柴秀吉は、お得意の笑顔で言った。

宗易は、まんざら嘘でもない秀吉の返事にほほえみ、

「そのとおり。いま大殿に変事でもあれば、天下は下剋上の世に逆戻りいたす。そのようなことになっては天下の大痛手。大殿にはいつまでもご壮健であらしていただかぬとな。」

笑顔で応じた。

「まさに。まさに。大殿がいらっしゃればこそのこの秀吉。今日のこの地位も、すべて大殿がお与え下さったものでございまする。大殿のおられぬ世界など、想像することもできませぬわ。」

秀吉はことさらの大声で、この場にはいない信長への追従を言った。このあけすけな追従こ

そが、この男独特の主君信長への取り入り方だった。側近たちからこうした秀吉の言葉を伝え聞く度に、信長は、

「猿め。」

と苦笑しながら、秀吉への愛情を強めていったのだ。

「ところで。筑前殿は異国との交易に関心がおありかな？」

宗易が訊《き》いた。

鉄砲と伴天連《バテレン》の登場が引き金になって、この国では、南蛮との交易がいっきに加速された。堺や博多の商人たちは利の確保に狂奔《きょうほん》している。

「異国との交易？」

意外な問いに、羽柴秀吉は戸惑った。

「関心はござりまするが、それがしは卑賤《ひせん》の出でありますゆえ、交易などの知恵を授けてくれる者はおりませぬ。」

秀吉は少し顔をしかめて答えた。

異国間交易などという大がかりな商いを手がけるのは、納屋衆《なやしゅう》と呼ばれる堺の豪商たちだったが、莫大な財を持ち気位の高い彼らは、羽柴秀吉のような成り上がり者など歯牙《しが》にもかけず、柴田勝家や佐久間信盛《のぶもり》といった織田家譜代《ふだい》の武将に取り入っていた。

「筑前殿。そうは言っておられなくなりますぞ。天下布武《てんかふぶ》を成し遂げた後の大殿の関心は、一気に異国との交易に向かうとお考えなされ。」

宗易は強い口調で秀吉に言い、それから小一郎を見た。

そんな強い口調の宗易は初めてだった。

（このじじい。必死で信長公に喰らいついておるところは兄者顔負けじゃが、今度は何を企んでおるのか？）

宗易の腹の内を読みかねて、小一郎はことさらに沈黙を守った。

信長の茶頭《さどう》としてもったいぶった顔をしているが、千宗易が堺衆の世界で激しいつば競り合いを演じていることを、小一郎は知っている。

商都堺における宗易の立場はまだまだ弱い。堺商人の中で最初に織田信長に近づいたのは、天王寺屋津田宗及《そうぎゅう》と納屋今井宗久《そうきゅう》の二大豪商で、塩と海産物を商う中堅商家の魚屋の倅《せがれ》などの出る幕はなかった。

財力ではかれらに劣る宗易は、ひたすら信長の側にはべることで信を得ようとつとめ、「茶の湯政道」を敷く信長に茶器の目利きの才を買われ、最近は軍政顧問のような位置にまで昇ったが、それでも天王寺屋や納屋にくらべると数段見劣りする。織田家に食いこもうとする野心から、宗易は織田の家臣の先物買いをした。それが羽柴兄弟だった。戦さには銭がかかる。宗易は羽柴兄弟の強力な金銭的支援者となった。

背後で襖《ふすま》が開く音がした。

「？」

小一郎はその音の方をふり返った。招かれもしないのに、一人の馬面《うまづら》の若い男が静かに茶室に入ってきて、一礼をしたあと、押し黙ったまま部屋の隅に座った。

何者か、と訝《いぶか》しげに振り返った秀吉に、宗易が言った。

「これはわしに遠縁の者で、助佐《すけさ》と申しまする。

ルソンとの交易に夢中の男でしてな。この夏にルソンから戻ってきたばかりでございます。

この者の話は、筑前殿のお役に立つこともございましょう。」

「助佐でございまする。よろしゅうお引き立てのほどを。」

男は畳に額をこすりつけんばかりにして、羽柴兄弟に敬意を表した。無学な秀吉の頭の中では、異国間交易とは明《みん》との交易、という先入観がある。海を渡った西には朝鮮半島があって、その向こうに大国の明があり、南には琉球がある、というくらいの地理的知識しか持ち合わせていない。ルソンという島の名前は、聞いたことくらいはあるが、格別の関心を持ったこともない。秀吉は不思議そうにつぶやいた。

「明や朝鮮ではなく、ルソンとの交易が望みなのか？

変わっておるのう。」

助佐と名乗った三十歳前後の馬面男は、そんな秀吉の反応を予測していたらしく、小さくうなずくと、いかにも誰かに話したくてたまらないといった表情で答えた。

「ルソンは宝の島でございます。」

「ほう、宝の島、とな。」

宝の島、などという大仰《おおぎょう》な表現には真実味が感じられない。秀吉はいい加減に相槌《あいづち》を打った。

小一郎もつまらなそうに聞き流した。

しかし、

「お殿さまは本当のルソンをご存知ありませぬ。手前は半年ほどをかけてルソンを調べてまいりました。この国で、手前以上にルソンのことを知っている者はおりませぬ。

お殿さま。ルソンは間違いなく宝の島でござりまする。」

助佐は、臆することなく、もう一度力強く言った。褐色のその顔は自信にあふれていた。

「そうか…。」

その語気に驚いて、秀吉と小一郎は思わず顔を見合わせた。


それ以上の話もなく、秀吉たちは千宗易宅を辞した。

「兄者よ。」

宿にしている栄孝寺に帰ると、小一郎が秀吉に声をかけた。

「千宗易ともあろう男が、戯《たわむ》れであんな小僧をわしらに引き合わせるわけがない。何か思うところがあるのじゃろうな。」

小一郎は千宗易を呼び捨てにした。小一郎は秀吉と二人きりの時は、千宗易のことだけでなく、織田の重臣たちのことも平気で呼び捨てにする。

「おそらくな。宗易殿とて茶人である前に堺の商人。大殿のご意向を知って、何か一儲けを企んでいるはずじゃ。異国との交易にわしら兄弟をうまく利用する気なのじゃろう。

しかし、毛利攻めにこれだけ手こずらされては、ルソンまではわしらもまだ手が回らぬわ。」

秀吉は関心なさそうに言った。

「だが、銭はいくらあっても困らぬ。銭になる話ならば、あやつに利用されてやるのも悪くないぞ。やつが何をたくらんでおるのか、少し探ってみるか。」

小一郎は大声で、「おい、重蔵を呼べ。」と近習に命じると、下帯《したおび》一つになり、畳に寝っ転がった。

この兄弟はきわめて行儀が悪い。二人とも今は一国の城主であるが、幼い時に躾《しつけ》をされたことがないから、行儀作法などという格式ばったことが大の苦手だった。人前では武将らしく振舞うのだが、人目から離れると、途端に行儀が悪くなる。

「ただ、堺の商人どもは欲深いからのう。たとえ宗易殿の話だとしても、どこまで信用してよいものやら。」

秀吉が少し不安そうにつぶやいた。

「なあに、商人など、虫けらと同じよ。所詮は目先の欲の虫にすぎぬ。宗易だとて、わしらに恩着せがましく銭を貸して、法外な利を取っておる。わしらの命がけの戦さ働きのおかげで、あんな道化た茶の湯三昧に興じても生きていけるのよ。

あんなやつらは、使うだけ使って、不要になったらひねり潰《つぶ》せばよい。

商人どもは、自分の銭の力で天下が回っておるような気になっておるが、そんなことは大嘘よ。銭より強いのは武の力だ。やつらを潰すくらいは造作もない。わしらが直接手を下せないなら、命知らずの夜盗《やとう》にでも頼んで、人知れず殺してしまえばそれで終わりだ。何万貫の借財もそれで帳消しになる。」

小一郎は唇を歪めて言い放った
「だいたい、やつらは名の成った武将としかつきあっておらぬから、商人よりも欲深い武士の真の恐ろしさを知らぬ。」

「なんじゃ、それはわしらのことか？」

小一郎の言葉に、秀吉が大声で笑った。


数日して、小一郎が養っている乱破《らっぱ》（忍び）の重蔵が報告に来た。

「助佐は宗易殿の魚家《ととや》の使用人から身を起こした男でございました。宗易殿とは血のつながりはありませぬが、水夫《かこ》としてルソンに渡ったという話は本当らしゅうございます。」

小一郎は、蜂須賀党の小者を集めて独自の諜報網を作っていた。小者たちの心理に精通している小一郎は、正確な情報を持ってきた者には法外とも思えるほどの多額な報酬を与えたから、小者たちは必死になって諜報活動をおこなった。

「あの男の商才を見込んだ宗易殿が銭を出し、この春に店を持たせたとのこと。時には魚屋助佐と名乗ることもあるそうで。

助佐の店は菜屋《なや》という屋号で、菜の花の菜と書きまする。堺では、『なや』といえば今井宗久さまの納屋を指します。それで、助佐が店を出した当座は、堺の町衆たちは助佐のことを、今井さまの息のかかった者かと勘違いしていたとのこと。」

乱波を束ねる篠田重蔵はそう告げた。

（やはり助佐は宗易の影か。）

小一郎は、自分の想像の正しかったことを理解した。

「ご苦労だった。」

かたわらの銭袋をつかむと、無造作に重蔵の前に投げた。


さらに数日後。羽柴小一郎は、単身で千宗易宅を訪れた。

「これはこれは羽柴殿。何ごとでございまするか。」

宗易が笑顔で迎えた。かれは、兄の羽柴筑前守秀吉のことは筑前殿と呼び、小一郎のことは羽柴殿と、使い分けて呼んでいた。

「この間の交易の話の続きを聞かせてもらいたくての。」

小一郎はぶっきらぼうな口調で言った。

傲岸《ごうがん》なこの男は、信長の茶頭に対しても平気で対等な口をきくのだが、小一郎の人となりを知っている宗易は、嫌な顔もせず小さくうなずき、小一郎を奥の茶室に通した。

小一郎が茶の湯などに関心のないことを承知している宗易は、お茶も点てずに対座した。

「やはり羽柴殿は関心を持ってくださりましたか。」

宗易は目尻に皺《しわ》を寄せ、笑顔で語りはじめた。

「助佐の受け売りではござるが、あやつの話を話半分に聞いても、たしかにルソンは宝の島ですな。」

「……。」

「いやいや。あの島に財宝があるわけではござりませぬぞ。あの島が宝を産む島だという意味でござる。

　この十年近く、あの島を中心にして、南蛮との交易が活発に行われ、明、琉球、ポルトガル、イスパニアといった国々から交易船が押しかけ、いまのルソンは、南海交易の拠点として、堺などの数倍も賑わっておりますそうな。南蛮商人たちは、大船に乗り込んでルソンにやってきて、南蛮では手に入らぬ珍品を大量に買い求め、母国に持ち帰って莫大な富を得ておるとか。」

「珍品とは？」

「一番は、黄金、しろがね（銀）、銅の類《たぐい》でございますな。

他には、唐糸（絹）。唐糸は南蛮ではほとんど生産されておらず、南蛮ではことのほか珍重されている様子。明の商人たちはそれで大儲けをしておるとか。それから、ルソンの鹿皮、明の陶磁器…、」

　宗易は交易品を次々と挙げてみせ、さらに言葉をつづけた。

「ついこの間まで、明では、黄金十貫目をしろがね五十貫目で換えていたことを、羽柴殿はご存じですかな？」

　宗易は金をわざわざ「黄金」と仰々しく言って、小一郎を試すような眼で見た。

この国の当時の通貨制度については、若干の説明がいる。

自前の通貨を持たない日本では、古来、貨幣は中国からの輸入に頼ってきた。いわゆる、朝献貿易による渡来銭の流通だ。

フビライ汗《ハン》のひきいる元《げん》と二度にわたる激戦を交わした鎌倉時代を除いて、日本から中国国王に対して品々を献上する使節団を送り、それをその時々の中国王朝が受け取り、見返りとして献上品の程度に応じた銭を与えるという体裁がとられた。

明の時代になると、日本海に倭寇《わこう》（海賊）が頻繁に出没するようになって、貿易船の略奪が日常化した。明は、倭寇の取締りを要請する意味もこめて、足利幕府に対して勘合符《かんごうふ》を交付し、その勘合符を持った船を日本からの正規の遣明船《けんみんせん》として扱った。これを勘合貿易といい、室町中期まで続き、十九回の交易があった。この勘合貿易によって、わが国では、「永楽通宝」に代表される明銭が広く流通した。

しかし、室町幕府が弱体化して、倭寇が日本海を制覇したため、明との正式な国交が途絶え、勘合貿易は崩壊した。良貨の流入が途絶えたため、「びた銭」と呼ばれる悪銭が横行するようになった。

畿内を平定した織田信長は、撰銭令《えりぜにれい》を出して通貨統制に乗りだした。通貨の基準である金銀比率を定め、両替商である堺の金屋、銀屋では、金十貫目は銀七十五貫目でないと交換できないようにした。

しかし、まだ全国制圧を果たしたわけではないから、広く浸透するまでには至っていない。

「ほう。黄金十貫目にたったしろがね五十貫目か、」

それは小一郎にも少なからぬ驚きだった。

「しろがねは元々黄金に匹敵するほどに値打ちのあるもので、黄金十貫目にしろがね二十貫目が元々の交換比率でござった。

ところが、この十数年、わが国では、但馬の生野《いくの》、石見の大森（島根県太田市）と、毛利の領内でしろがねが大量に採れるようになりましてな。堺や博多の商人たちがしろがねを惜しげもなくばら撒《ま》いたものですから、異国の商人たちにすっかり足元を見透かされ、買い叩かれ、あっという間にしろがねは値打ちを失くしていったのでござる。

ただ、明という国はしろがねを重宝する国で、今でも南蛮人と明との交易はしろがねによってなされております。彼らにとってこれからもしろがねは必要なはず。

つまり、値が下がっているがゆえに、これからは一層真価が問われるのでございます。」

宗易は、東南アジアの経済状況をわかりやすく説明してみせた。

「しろがねか…。」

小一郎はつぶやいた。

いまの小一郎は兄羽秀吉に代わって但馬一帯を知行しているが、領内にある生野銀山だけは信長の直轄地とされ、納屋今井宗久が採掘管理している。それは、宗易の話に深く関係しているに違いない。

「さようで。」

宗易は肯《うなず》いた。

「たとえば、天下人になられたお方が、しろがねを海外に持ち出すことをきつく統制すれば、わが国からのしろがねで国の経世をまかなっている明国は真っ青になりましょうが、それゆえにこそ、しろがねは間違いなく値打ちを取り戻します。それだけで巨万の富を得ることができましょう。」

「……。」

「それが交易の旨《うま》みと申すものでございます。

小一郎殿、これだけはお心に留めおかれたがよろしいですぞ。これからは、しろがねこそが海外交易の要。しろがねを握った者が異国との交易を掌握します。毛利が西国一の大名になれたのは、大森や生野に良いしろがねの鉱山を抱えておったからでござる。この国のしろがねの鉱山を数多く自分のものにした者が勝ち。

さすがに信長公は利に聡《さと》い。但馬は羽柴さまに知行させても、生野銀山だけはご自分のものにしておられる。もし、あれが、羽柴さまのものなら….。」

宗易は意味ありげな眼で小一郎を見た。

「ふむ。」

小一郎は頭の回転の速い男だ。宗易の腹づもりが理解できはじめた。堺の商家としては中堅にすぎない宗易は、南海交易の利の大きさに気づき、助佐という小者をわざわざ交易の坩堝《るつぼ》であるルソンにまで出向かせて調べてきたのだ。羽柴兄弟に声をかけてきたのは、おそらく準備が整ったからにちがいない。

　たしかに宗易の話は理にかなっていた。しかも、銭の匂いがする。

「それで、わしら兄弟に何をしてもらいたいのだ？」

　仏頂面を崩さず、小一郎は宗易に視線を向けた。

「しろがね管理の権利を手中におさめていただきたい。

　何度も申しますが、しろがねを制したものが南海の交易を制する、と手前は読んでおります。この国の者たちは黄金を重宝がりますが、あれは間違いでございまする。南蛮との交易の要になるのは、あくまでもしろがね。決して黄金ではありませぬ。黄金など、しろがねを手中に収めればいくらでも安く買い叩けまする。」

　そこで一息つくと、宗易は商人丸出しの卑しい表情になって、

「毛利にはまだ、石見大森の銀山が残っております。

　毛利攻めの総大将は羽柴さま。でござりましょう？　毛利を、和睦《わぼく》ではなく、討ち滅ぼして大森の銀山を手に入れ、生野、大森の銀山の権利を羽柴殿に握っていただきたい。

　和議では駄目ですぞ。和議では、毛利は絶対に銀山を手放しませぬ。石見・生野の銀山の発掘・管理の権利を手にいたしたならば、この宗易が異国との交易をうまく取り仕切ってみせまする。

　この度の一件でもわかるように、信長公とていつまでご壮健というものではございません。幸いに、信長公のご嫡男信忠《ちゃくなんのぶただ》さまは暗愚なお方。どうにでも操れましょう。」

　宗易は再び意味ありげな笑みを小一郎に投げかけた。

二

明智軍団と称される光秀揮下《きか》の寄騎《よりき》である長岡藤孝が、嫡男の与一郎忠興《ただおき》と、その嫁で光秀の次女であるお玉をともなって、京と安土の中間にある光秀の居城近江坂本城を訪れている。

琵琶湖南西の湖岸に建てられた坂本城は、信長と光秀の信頼の証しのような城だった。京にも、比叡山にも、また北国日本海にも近い上に、もしも信長の安土に何らかの異変でもあれば、琵琶湖沿いにあるいは大船によって、即座に駆けつけることもできる。

そのような要衝《ようしょう》を光秀に託した事実が、幾万の言葉よりも如実に、信長の光秀にたいする信頼の深さを示していた。

その坂本城の茶室に、光秀と長岡藤孝は対座していた。鷲の口ばしのような鼻を持った長岡藤孝は、いま、丹後（現京都府北部）十二万三千石を知行する身で、居城は宮津に置いている。

「宇治の茶か。やはり坂本は京に近うござるな。

それにくらべて、丹後は田舎。毎日毎日海ばかり見て過ごしておりまするよ。お玉どのも、丹後などという田舎暮らしでさぞかし不便であろうに、愚痴の一つもこぼさず甲斐甲斐しく与一郎の世話をしておられる。まったく、与一郎には過ぎた嫁でござる。」

藤孝は、宇治から取り寄せたという茶を美味そうに一口すすった後、そう言ってお玉を褒《ほ》めた。

「いや。母を幼くして亡くしたものですから躾ができておらず、わがままに育ててしまいました。それにもかかわらず、大切にしていただいているそうで、父親として感謝にたえませぬ。」

光秀は礼を述べた。

「ところで、長岡殿。大殿より、因幡《いなば》の鳥取城を攻めている羽柴軍の助《す》けに出張れとの下知《げじ》でござる。」

嫡男信忠に織田宗家の家督を譲ってからは、家臣たちは信長のことを大殿と呼ぶようになっていて、光秀も外に向かってはそう呼んでいる。

「ほう。」

藤孝は少しばかり意外そうな表情をした。

彼のもとに入って来る情報では、羽柴の因幡戦は、援軍を求めるような苦しい戦況にはなっていないはずだ。

「とは申しましても、羽柴軍は二万を超える兵を出して、六月から鳥取城の兵糧攻めを行なっておりまする。

あれから三月《みつき》、敵がまもなく音を上げるは必定。これまでの功は羽柴殿にござる。落城寸前になってからあまり多勢で押しかけても、羽柴殿は喜びませんでしょう。

そこで、この度は、当方の主力は長岡軍と明智ということに致したいのだが、」

藤孝のかすかな疑念を知ってか知らずか、光秀はそう微笑んだ。他人に対して高圧的な態度を見せたことのない光秀は、自分の寄騎に対しても物言いが柔らかい。

「いや。たしかに。

それで結構。丹後国を頂戴した御礼奉公のつもりで、この度は長岡軍がひと働きいたそうか。」

最近白髪が目立ち始めた藤孝が、目をくぼませながら即座に請合った。

——世間から明智光秀の盟友と目されている長岡藤孝は、戦国武将としては最高の血統を持った男だった。室町時代の末期、下剋上の世になると、台頭してきた成上がり武将たちによって、名門といわれた武将の多くは、滅ぼされるか、もしくは、名のみの存在となった。

藤孝は、室町幕府奉行衆の三淵晴員《みつぶちはるかず》の次男として生まれ、晴員の実兄細川元常《もとつね》の養子となった、とされているが、事実は違う。細川藤孝が足利十二代将軍義晴の庶子《しょし》（婚外子）であることは、京では公然の秘密だった。彼は幕臣である細川元常に養子に出され、養父の死後細川家の家督を継いだ。その出自のせいか、藤孝の口調にはどこか横柄さがある。

「わざわざ遠方からお呼び立ていたしたが、まあ、話はそんなことでござる。

ただ、」

と言いかけて、少し躊躇《ためら》った風情の後、光秀は言葉をつづけた。

「これはまだ内密ではござるが、ひょっとしたら、因幡制圧の後、われら明智軍は、さらに西に進むことになるやもしれぬので、そのことも藤孝殿の胸にお留めおきいただきたい。」

「ほう。さらに西に？」

いつもは冷静な藤孝が、瞬間眼を光らせて、軽い驚きの声を発した。

意外だった。織田信長は、各方面ごとに軍団長を置いて平定の指揮権をゆだねる軍制を確立してきた。最重要地である近畿の軍団長は明智光秀、北陸方面は柴田勝家、関東は滝川一益《かずます》、中国は羽柴秀吉が任じられている。

そのような軍制であったため、織田家中の武将たちは誰もみな、毛利攻めは羽柴軍に任せきり、と思いこんできた。

「大殿の御胸の中は、われらのような凡人には理解もかなわぬ大いなる夢で敷きつめられておられる。毛利征討の後は、さらに四国九州と征伐の兵を進めるのは必定。今まで以上に我ら明智軍の奮闘が求められるようになりましょう。

ただ、まだ先のことになりましょうから、このことはそこもとお独りの胸に――。」

それだけを言うと、光秀は話を打ち切った。

足利幕臣として朝廷や幕府の折衝《せっしょう》に明け暮れてきた藤孝は、こういう場合の応対には長けている。つまらぬ質問など口に出さない。軽くうなずいた後、

「ところで、それがしと忠興はしばらく田舎におりましたゆえ、今夜は京に上って、久しぶりに公家たちとでも飲み交わそうかと思っておりまする」、と話題を逸《そ》らし、「お玉どのをしばらくお願い申す」、そうつけ足した。

「では」、光秀は立ち上がって、家来を呼んだ、「ご両人を船部屋にまで案内せよ。」

琵琶湖に隣接した坂本城は、一部水城でもある。接岸した船に城の中から乗り込むことができる。本丸から渡り廊下を進み、湖に突き出た部分に階段で下り、繋留《けいりゅう》している御座船に乗りこめる部屋にみちびかれた若い与一郎忠興は、

「これはまた豪勢な！」

感嘆の声をあげた。

部屋の畳の上からすぐに船に乗り移られるようにできているのだ。

「なあに、大殿をお迎えするためのものでござるよ。

皆さま方はこれで大津の湊《みなと》まで出られよ。馬はお帰りになるまで拙者がお預かりしておきもうそう。大津からは当家の籠をご用意いたしてあります。」

それらは、今夕京の公家たちと会うであろう藤孝の威厳をおもんばかってのことだった。

「かたじけない。いや、実にかたじけない。」

藤孝は相好《そうごう》を崩し船に移った。

藤孝親子を見送ったあと、お玉と二人きりになると、

「幸せそうだな。」

十九歳の娘に光秀はほほえんだ。

少女だと思っていたお玉も、長岡忠興に嫁いで四年が経《た》ち、今では二児の母だ。

「ええ。忠興さまだけでなく、皆さま方、とても優しくしてくださいます。お玉はとても幸せ者でございますよ。」

お玉は心からの声で答えた。

「それは何よりだ。

ところでお玉。五右衛門や正姫が南海から戻ってまいったぞ。」

「まあ。」

その名を聞いて、お玉の顔に喜色が浮かんだ、「あれから二年になりますわね。皆さま、ご無事で？」

「ああ、南海の陽に焼けて、真っ黒になっておった。」

「正姫《チョンヒ》も？」

「ああ、五右衛門も正姫も、みんな真っ黒になっておる。」

光秀は笑顔で答えた。

「それは、私も見てみとうございましたわ。今は、みんな、お山に？」

「いや、いまは亀山におる。会いたいなら、明日にでもこちらに呼んでもよいぞ。」

「そうですね…」、お玉は小首をかしげ、遠く懐かしいものを見る眼で考え込み、「いえ、折角《せっかく》でございますけど、お会いするのはこの次にいたしましょう」、そう断った。

——光秀の元を辞去した藤孝父子は、夕刻には京に入った。

公家たちは、久しぶりに上洛《じょうらく》した藤孝親子を快く迎えた。

信長は、天下を掌握するまでの朝廷対策として、貧乏にあえいでいた京公家たちに自分の領地を分け与えた。公家懐柔《かいじゅう》の大判振舞いだ。公家たちはあっという間に、他の大名を見限り、信長の応援団となった。

その夜も、信長のおかげで戦国の貧乏暮らしから脱却の兆しが見えはじめた京公家たちの話は、もっぱら、信長の超人的な活躍と、信長に信頼されきっている明智日向守《ひゅうがのかみ》光秀に集中した。

「日向守殿のご活躍の素晴らしきこと。今や織田家には欠かすことできぬ大柱。まるで天龍のごとき出頭ぶりで、麿《まろ》たちも鼻が高うごじゃる。朝廷と織田様の間を取り持ってくだされたのは日向守殿。われらにとっては、まことに頼もしき限りのお方。」

信長におもねっている前の関白近衛前久《このえさきひさ》が光秀を手放しで賞賛した。

近衛家は藤原北家の嫡流《ちゃくりゅう》で、五摂関家の一つだ。四十五歳の近衛前久は近衛家の当主で、息子信基は右大臣の職にあって、朝廷を親子で牛耳っている。

近衛前久は政治的野心の旺盛な男だった。自分の姉を先の将軍足利義輝《よしてる》の妻にし、妹は越前の朝倉義景《よしかげ》の妻とし、大阪西山本願寺を率いる顕如《けんにょ》の長男教如《きょうにょ》を自分の猶子《ゆうし》（姓を変えない形での親子関係）にしたりして人脈を広げた。

しかし、それらが皆、織田信長に滅ぼされたり、信長に屈服するようになると、あわてて信長ににじり寄って、朝廷での立場を確保した。

前久は、明智光秀と長岡藤孝は盟友であり、光秀を褒めることは藤孝を褒めることと同義だ、と信じて疑わない。

「まあ、日向守殿ほどに優れた武将は織田家には二人とおらぬゆえ、大殿のご寵愛《ちょうあい》も当然のことでござる。」

藤孝は自分が褒められたように、相好を崩して喜んでみせた。

しかし。

公家たちと別れて京屋敷に戻ると、長岡藤孝は人を遠ざけ、灯りも点けずに脇息《きょうそく》にもたれた。

「日向守か…。」

抑えていた黒い感情が全身を包み、彼の顔は醜く歪んだ。


「小一郎よ。」

寝そべった秀吉が、これまた寝そべっている弟に小声で話しかけた。姫路城はもともと小寺家家臣黒田孝高《よしたか》の城であったが、孝高から秀吉に寄贈され、今は中国攻めの本陣となっている。もう一年以上秀吉はここに陣取っている。

居間は人が遠ざけてあった。

「日向守は大きくなりすぎじゃ。何とかならぬか。」

「ふむ。」

小一郎は気乗りのしない声を返した。

「大殿のご病臥《びょうが》とて、お濃《のう》のお方さまは日向守にだけ知らせを送っていたそうではないか。」

その噂《うわさ》は最近になって流れてきた。光秀びいきの侍女たちから漏れ出た話らしい。温厚で学識もあり、武者としては痩身の光秀は、安土城の女たちから好かれている。

秀吉は不愉快な表情で、寝そべったまま皿に盛られた煮しめを指でつかんで口に放りこみ、汚れた指先をちゅうちゅうと音を立てて舐《な》めた。

「春の馬揃い（観兵式）とてそうじゃ。あやつばかりがいい顔をしおって。大殿も大殿じゃ。何であやつばかりをあれほどに贔屓《ひいき》するのか。このままでは、われらは光秀めの配下にさせられてしまう。何ぞ手を打たねば…。」

この春、つまり天正九（一五八一）年の二月二十八日。信長は京都の内裏《だいり》付近に織田軍団を集結させて盛大な馬揃えの儀をとりおこなった。信長に好意的な正親町《おおぎまち》天皇も見物に来た。

ビロードのマントをつけ南蛮帽をかぶった信長の前に並んだ織田軍団は、勇壮であり、いかにも頼もしそうだった。かれらが京都の治安を守ってくれるのだ。事実、ここ数年間、京都で戦火を見ることはない。天下無双の織田武将を一目見ようと押しかけた京人たちで、内裏周辺はごった返しの騒ぎとなった。

その儀式の一切を奉行としてとり仕切ったのは、明智日向守光秀だった。その姿を見て、朝廷も京人も、明智日向守光秀こそ織田軍団の要である、と理解した。

人一倍人心に敏感な秀吉は、これまでは横並びだと信じていた自分と光秀の距離が大きく開いたのを感じた。

「いっそのこと、信長に謀反を企てて、日向守ともども葬るか。」

小一郎がさらりと秀吉に投げかけた。

秀吉がぎょっとした表情になって、腰を浮かせた。

「なっ、何を馬鹿なことを言う。

冗談でもそんな言葉を軽々しく口にするな！　あの恐ろしい信長さまに対して謀反などできるわけがない。そんなことをすれば、たちまちに返り討ちじゃ。」

秀吉は叫ぶように言うと、大きく身震いした。

秀吉にとって、信長は神に等しい。

「兄者よ。あの男も生身の躰《からだ》。高熱を出せば、この間のように寝こむのだぞ。そんな男のどこがそれほどに恐ろしいのじゃ？」

信長をことさらに神格化する秀吉の臆病を、小一郎はからかった。

「お前こそ、佐久間殿や林殿の一件を忘れたのか。

大殿は、あんな無慈悲なことが平気でできるのだぞ。あの大殿を恐れずして、誰を恐れろと言うのだ。」

秀吉は猛然と反駁《はんばく》した。

――織田の家臣たちは誰も、信長の天下布武のために戦さに明け暮れてきた。他の武将に勝る戦功を挙げて、より多くの知行地をもらうこと、それだけを目的として戦い抜いてきた。

その甲斐あって、次第に勝ち戦さがつづき、畿内に知行地が増えはじめ、諸将たちは前途に陽光を感じるようになっていた。

ところが。天正八年夏。信長は、織田家一の重臣であった佐久間信盛・信栄父子を、

「その方たちは無能である。」

という理由で、高野山（和歌山県北東部。真言宗総本山で金剛峰寺がある）に追放した。

つづいて、宿老林通勝《みちかつ》を、

「過去に弟の信行を担いでわしに謀反を企てたのは許しがたし。」

との理由で、これもまた追放した。二人とも、身一つでの追放だった。しかも、信長は、か

れらの無能の引き合いに、「明智光秀の活躍は目ざましく、天下に面目をほどこした。」と、かれらが新参者と軽んじてきた明智日向守光秀の近年の働きぶりを絶賛してみせた。

安土城を築き、軸足を尾張・美濃《みの》から畿内全域に移した信長は、父の代から織田家につかえ、信長の代になってからは信長を支え、しかしその分だけ発言権を持ち、尾張時代と同じような気持ちで、万事に口を挟みたがる土豪上がりの老人たちを切り捨てようと考えたのだ。

無慈悲な措置だった。かつては織田家中一の名門を誇った佐久間信盛は、信長の逆鱗《げきりん》に触れることを恐れた人々がかかわりあいになるのを避けたため、三界に行き場を失くし、衣もなく、銭もなく、高野山をさまよい、まもなく、飢えて死んだ。五十五歳だった。

ついこの間まで織田家一の重臣だった男が、餓死したのである。人々は驚愕《きょうがく》した。

この追放劇によって、信長は、家臣団に、正体不明の恐怖感を植えつけることに成功した。

「大殿は、やはり鬼神の如く恐ろしきお方じゃった。

大殿のご機嫌を損なうと、あの方々たちのように冷たく追放されるのか？　気を緩めるとどのような苛烈《かれつ》な仕打ちを受けるか、わかったものではない。」

信長の真の意図を理解できない家臣たちは、驚きうろたえた。なかでも、林通勝と共に信長に歯向かった過去のある柴田勝家は、次は自分の番かと蒼《あお》ざめた。

その結果、家臣たちは今まで以上に信長の顔色を窺《うか》うようになった。羽柴筑前守秀吉も身を縮こめた一人だった。ただ、彼は身を縮こめる一方で、信長の愛情が光秀一人に傾斜していくことに激しい危機感を抱いた。

「のう。何ぞよい手がないかのう。」

秀吉が催促した。

「口で言うほどたやすいことではない。」

小一郎は即座に否定すると、兄を真似て、煮しめをひとつかみに口に放りこんだ。

「探せば道はあるじゃろう。

日向守に妬《ねた》みを感じている者は織田家中に案外多いはずだ。何といっても、あの男ばかりが出世していくのだからな。

今では、丹波二十九万石の領主だ。その上に安土と京の中間《ちゅうげん》の近江坂本城もやつが持っておる。言ってみれば、京の北はみな日向守に与えられておることになる。

大殿に仕えたのはわしのほうが早かったのだぞ。しかも、あやつが来るまでは、わしが一番可愛がられておった。それなのに、いつの間にか、あやつがもらった残り半分を与えられるようになった。あやつが南近江をもらえばしばらくして北半分、丹波をもらえば遅れて隣の但馬を…。これでは誰が見ても、明智のほうが羽柴よりも格上と思う。

あやつが来てから、何もかもが狂い始めた。わしは、明智の風下に立つことだけは、どうしても我慢ならん。のう、小一郎。少し真剣に考えてみてくれぬか。」

秀吉はそう懇願すると、また煮しめを指で摑《つか》んだ。

「信忠…。」

小一郎が、ポツリと、信長の嫡男の名を呟《つぶや》いた。

「ふむ。」

秀吉が小さな眼を細めて小一郎を見た。そして、煮しめの汁のついた指先を急いで舐めながら、

「なるほど。あの馬鹿息子か。」

秀吉も何やら思い当たることがあるとみえる。そう呟くと、何度もうなずいた。

「あやつも、わしら以上に日向守には気を揉《も》んでおるじゃろうな。」

兄弟は、卑しさの匂う笑みを浮かべて、お互いを見つめた。

三の章　明智一族

一

四人の男女が、高山の険しい斜面を登っている。

石見の国、三瓶山《さんべ》——。西の山脈《やまなみ》では、秋風が樹々の葉を黄や朱に染め変えている最中だ。

しかし、若狭敦賀《つるが》から海路で石見の国久手《くて》の港に着くなり山に入り、一晩を山中で過ごした四人は、そんな秋の景色に視線を走らせる余裕もなく、高山の斜面をひたすら登りつづけている。足元にあるのは、夏蕨《わらび》や青羊歯《しだ》ばかりだ。

「暗いな……。」

たった一人武者姿の中年男が、頭上に眼をやって独りごちた。

雨は降っていないから、きっと太陽は頭上にあるはずなのに、雑木《ぞうぼく》や蔦《つた》に遮《さえ》られて空の見えない高山の斜面は、夕暮れのように薄暗い。しかし、武士の独り言に答える者もなく一行は進んだ。

——一刻ほどの後、ゆるやかな下り斜面に入ると、

「着きましたぞ。」

高山に不慣れな中年武士のために、鉈《なた》で蔦や雑木を斬《き》りはらいながら先頭を進んでいた若い男が、ふり返って武士に告げた。過日、明智の安土屋敷にいた彫りの深い顔の男、五右衛門と呼ばれる青年だ。

三人の男女は、その五右衛門に従って、蔦の絡んだ雑木ばかりの深い茂みをくぐり抜けた。視界が開けた。

「おお。これはまた！」

中年武士が驚きの声を放った。

眼前に別世界があった。頭上から降り注ぐ陽光の下、山を背にした緩やかな斜面に、百ほどの粗末な家屋があり、集落をなしていた。小さいながらも段々畑があり、土盛りされた広場があり、小川が流れ、狭い道を人が行き交っている。武士が驚くのは無理もなかった。

「この集落は、まわりを樹齢数十年の樹で幾重にも囲んで、枝々には蔦が厚く絡み、地には雑草が茂り、外から一見しただけでは、その奥に人の住む集落があるとはわからないように作られております。」

五右衛門の片腕である六造が教えた。

「こちらへ。」

五右衛門に導かれて、中年武士は広場の奥の石段の前に立った。

肩まで白い髪を垂《た》らした老人が、石段の上に出迎えていた。七十過ぎであろうか、白く太い眉《まゆ》が印象的な老人だ。

「長《おさ》の直道さまです。」

六造が耳打ちした。武士は無言で頭を下げた。

「慣れぬ山路をよう来られたの。」

直道と呼ばれた長は、そう言って中年武士にほほえんだ。

石段をのぼり、館に入った。

黒ずんだ大きな梁《はり》のある館の囲炉裏《いろり》には、投げこまれた炭が赫《あか》々と光り、その周辺で、賄《まかな》いの中年女が二人、いそがしそうに夕餉《ゆうげ》の支度をしている。

「明智日向守《ひゅうがのかみ》光秀の家臣で、明智秀満と申しまする。」

中年武士は膝《ひざ》を正して挨拶《あいさつ》をすると、主君光秀からの書状と、織田信長からの土産の品だと預かってきた南蛮渡りの望遠筒をさしだした。

明智秀満――。十年前は遠山景玄《かげはる》と名乗っていた、若い時分から光秀につき従ってきた男だ。

秀満はずっと独り身だったが、信長に謀反した荒木村重《むらしげ》の嫡男村次《ちゃくなんむらつぐ》に嫁いでいた光秀の娘倫子《みちこ》を妻にして、光秀の女婿となったのを機に姓名を改めた。いまは、明智領の西の要衝《ようしょう》、福知山城を預かっている。光秀より五歳年下の四十三歳だが、黒々とした髪と優しそうな眼で、実際の年齢よりはずいぶん若そうに見える。

「急ぎの旅で、さぞかし腹が空いたであろう。山の食い物は秋がいちばん旨《うま》い。たんと食されよ。」

直道が、矍鑠《かくしゃく》とした声で秀満にすすめた。

直道は長い白髪を無造作に後ろで束ねた後、黒光りのする囲炉裏端に熊の毛皮を敷いて座った。

「五右衛門よ。お前たちもここで一緒に食うがよい。正姫《チョンヒ》も久しぶりの山で懐かしかろう。」

光秀からの書状を素早く読み終えた直道が、部屋の隅にひかえていた若い男女を呼んだ。

その声に、

「はい。おじじさま」、正姫が笑顔で応じた。

正姫は五右衛門と同い年だ。その名が示すように、この国の女ではない。高い鼻と少しつり上がった眼を持つ正姫が、明智の御用商人の美保屋宗兵衛と朝鮮女との間にできた娘であることは、旅の道すがら秀満は聞かされていた。

「お聞き及びかも知れぬが、この五右衛門はわしの孫でな。ふた親が、これがまだ幼い時分に、猟に出かけたさ中に山津波に巻きこまれて死んだため、わしが育てた。至らぬところも多かろうが、よろしくお頼み申す。」

直道が秀満に頭を下げ、

「手前の方こそ。」

秀満もそれにならった。

囲炉裏の中に、太い鉄の棒で作った十五寸ほどの櫓《やぐら》があり、その上に鉄網が置かれている。

年増女の一人が、その上に、生肉、川魚、松茸を、無造作に置いた。じきに香ばしい匂いが漂いはじめた。

「これは何の肉でござりますか。」

山を知らない明智秀満が、珍しそうに訊《たず》ねた。

「猪《いのしし》よ。今朝獲ってきたものじゃ。脂が乗っておって旨いぞ。小皿に盛ってある塩を少しまぶすと、もっと旨い。」

直道に促されて、秀満は竹の串で猪の肉を刺して塩をまぶし、ふうふうと息を吹きかけながら口に入れて噛《か》んだ。熱いが、噛むと肉の甘さに脂が混じって、口中がとろけそうになった。

「これは旨い。」

感嘆の声をあげた。

明智秀満という武将は、心を言葉で包み隠すことのできない率直な男だった。だから、言葉はいつも心を反射しており、その性格を光秀から愛されてきた。

五右衛門も竹の串で猪の肉を一切れ刺し、頬張った。

「異国の食い物も旨かったが、やっぱり、食い物は、子供の時分から食いつけたものが一番だな」、そう言って相好《そうごう》を崩した。

「旅疲れで酒が欲しいやも知れぬが、光秀も急いでおる様子ゆえ、今宵《こよい》人を集めておいた。皆の前に酒の匂いのするそなたを出すわけにはゆかぬので、今は我慢してもらう。」

直道が詫《わ》びた。

「とんでもない。これだけでも過分な馳走でございます。」

秀満は真から嬉しそうにほほえんだ。四十代半ばというのに、ほほえんだ顔は少年のようだ。

その笑顔を見て、直道が、

「秀満殿は道三《どうさん》の若いころにどこか似ておるの。笑顔に人を惹《ひ》きつける愛嬌《あいきょう》のようなものがある。もちろん、道三よりははるかに美形だがの。」

五右衛門に言った。

「ほお。道三殿と。」

五右衛門が秀満の顔をまじまじと見た。

(道三とは、あの斎藤道三さまのことか?)

秀満は内心驚いた。今は死んだが、美濃《みの》の国主斎藤道三は、青年時代の光秀や秀満の主君だった。道三の死によって身の置きどころを失った若い光秀と秀満は、美濃を棄《す》てて流浪の旅に出たのだ。

光秀から、五右衛門と共に三瓶山まで行くように指示された秀満は、直道が何者かを聞かされていない。この奥山に住む老人が、自分たちの元の主君を呼び捨てにすることを不思議に思った。

「道三が長良川で死んでから、もう二十五年じゃ。歳月が過ぎるのは早いものじゃのう。」

直道がつぶやいた。懐かしそうな声だった。

「二十五年前といえば、俺の生まれた年だ」、五右衛門が応じた。

「道三もよくやってくれたが、義龍《よしたつ》が悪すぎた。」

美濃の国を手中に収めた斎藤道三は、弘治二（一五五六）年、息子義龍とその取り巻きたちの叛乱によって、長良川の戦さで命を落とした。

「ご嫡男の義龍殿は、道三の殿の実の子ではなく、道三の殿が国外追放した旧主土岐頼芸《ときよりのり》殿のお子であったとか。」

秀満が、少年時代に美濃で聞かされてきた噂《うわさ》を口にした。

「ははは。あんな噂はまったくの嘘じゃ。道三はそんなことに気づかぬほどの愚かではない」、直道が一笑に附した、「道三も、あの頃は、美濃をまとめるのに必死で、子を養育するゆとりがなかったのであろう。美濃を奪ってから、国内の乱れを防ぐために土岐頼芸の家来をおおぜい召し抱えたが、あれが間違いであったな。」

道三に召しかかえられた旧土岐家臣たちは、主君土岐頼芸を強引に国外追放した「蝮の道三」にたいする恨みを、忘れていなかった。若い義龍に父親道三の非道ぶりを吹きこみ、青年の正義感をあおり、謀反への道に走らせた。

「しかし、考えてみると、武将の家も哀しいものよのう。父親がいつまでも壮健だと、実の子が親を殺そうとまでする。」

「……。」

「信長の嫡男の信忠《のぶただ》は凡庸《ぼんよう》な男だというが、織田の家は大丈夫かの？　光秀からの書状では、この夏に信長が高熱に臥《ふ》した時は、織田の家臣どもはかなり動揺したらしいではないか。」

直道が心配そうに訊《き》いた。

「光秀の殿がおられる。」

「信長に万一のことがあった場合、織田家は光秀でまとまるのか？」

五右衛門に問いかけながら、直道はちらりと秀満に視線を走らせた。

「それは先だって試し済みだ。心配いらぬ。」

五右衛門が断言した。

「道三の家の二の舞は避けたい。そなたら、くれぐれも光秀のことを頼むぞ。」

直道はしみじみと言った。

二

夜になった。
館と呼ぶには粗末すぎる建物の広間に、十数人の男がつどっている。西の山脈に散在する山民の長たちだ。
「山に花咲け
平《ひら》に怨降れ
渓谷《たに》に水湧け
平に憎満ちよ
怨こそ証し

憎こそ証し
雨を溜めては河と成せ
河は溢れて平覆え
怨を矯《た》めては仇《あだ》を為せ
山咲く花で平覆え」
一同は念仏にも似た呪文を低い声で唱えはじめた。
（……？）
面食らっている秀満に、
「俺たちの一族に千年続いたものでござる。
風に混じって流れるのを耳にしたことのある平《ひら》の者たちは、これを山中御詠歌《ごえいか》と呼んでおるそうな。」
五右衛門が、囁《ささや》くような小声で教えた。
館の外では、高山の風にざわわと樹々の揺れる音がし、館の戸の隙間からは風が流れこんでくる。周囲を雑木が二重三重にさえぎっているとはいえ、戸をたたく風の音は、平野とはくらべ物にならないくらいに激しい。
高山の秋は冷えるので、板場には獣の皮が敷き詰められ、男たちの前には小さな火鉢が置かれていた。上座には、かれらを束ねる直道の姿がある。
「この度は半分だけにしてはどうじゃろうかのう。」

狐の皮を継ぎ合わせた半纏《はんてん》をまとった老人が、心配そうな表情でそう言った。奥出雲、赤名の谷から出向いてきた長老の五助だ。

「勢いこんで平《ひら》と関わりを深めすぎるのは危険じゃ。道三も途中までは勢いがよかったが、最後は息子や家臣に欺《あざむ》かれてしまった。道三の二の舞になっては元も子もないでの。」

「何？」

その言葉に、五右衛門が眼を光らせた。一座の中で、五右衛門は一番の歳若だ。

「何を不安がる必要があろうか。」

五右衛門は、自分の祖父ほどの歳の五助を睨《にら》みつけ、強い口調で反論した。

「光秀の殿はよくやってくれている。信長の天下平定は、もう間なしじゃ。信長が天下を平定するまで支援を続けるべきだ。

われらの支援が途絶えたら、それこそ光秀の殿も信長も、道三殿の二の舞になってしまう。」

「そうじゃ。光秀の殿はもちろんのこと、信長もよくやってくれている。神武殲滅《じんむせんめつ》はわしらが千年の間夢見つづけてきた世直しじゃ。あの男は光秀の殿と共にそれをやろうとしている。

思い出すがいい。叡山焼き討ちを聞いた時は、赤名の爺《じい》さまよ。お前さまも、胸のすく思いだと大喜びしたではないか。」

四角い顔をした中年男が五右衛門に応じた。

明智秀満は、かれらの気迫に圧倒されながらも、その議論に耳を傾けていた。

（何とも不思議な人々だ。）

そう思わずにはいられない。

ここでは誰もが、光秀のことは「光秀の殿」と呼ぶくせに、その主君である織田信長は呼び捨てだ。京や安土で織田信長のことを、呼び捨てにしたり、あの男、などと言ったなら、即座に斬られる。

さらに奇妙なのは、京都では「鬼の所業」と囁かれた比叡山焼き討ちが、ここでは快挙として賞賛されていることだった。秀満は首をひねった。

「それはそうじゃが…。」

赤名の五助が口ごもった。

五助はさり気なく一座を見渡したが、光秀支持派が大勢を占めている現状では何を言っても無駄だ、と思ったらしく、それきり不機嫌そうに口を閉じた。

「しかし、信長という男は、仏は信じぬが、南蛮から入ってきた吉利支丹《キリシタン》とかに相当肩入れしている模様だ。

仏がこの国に初めて入ってきた時とよく似ておる。

たしかに信長は、六代前に『平潜み《ひらひそ》』した者の支流《ながれ》だが、平に潜んでから時が経《た》ちすぎておる。光秀の殿に聞かされるまでわしらのことも知らなかったそうではないか。いくら光秀の殿が側についているとはいえ、あの時の物部《もののべ》のように、慾に負けて土壇場でわれらを裏切るやもしれぬ。」

五助に代わって、出雲と伯耆《ほうき》の境にある伯太《はくた》の奥山の長老が懸念を表明した。

平潜み、物部、神武……。どれも秀満には理解できかねる言葉ばかりだった。強い好奇心にとらわれた秀満は、黙ってかれらの議論に耳を傾けつづけた。

「そんなことがあるわけがない。詳しいことは教えられなかったとしても、千年の間われらの一族に脈々と流れてきた神武一族に対する憎しみだけは、信長にも受け継がれておる。」

今度も、五右衛門がまた鋭く反論した。

「光秀の殿は、吉利支丹など一つも信じておらぬ。

信じるわけがないではないか。あまり知られてはおらぬが、吉利支丹の伴天連《バテレン》どもは、この国のおんな子供を南蛮人に売る手助けをしておる。九州では、伴天連どもによって、これまでに大勢のおんな子供が売り飛ばされた。俺も、ルソンやマカオで、九州から売られてきた人間を、この眼で、じかに何人も見た。

言葉を飾らずに言うなら、伴天連どもは人買いよ。光秀の殿ともあろうお方が、人買いを信じるわけがないではないか。

光秀の殿も必死に耐えているのだ。いま黙っているのは、相手に勝てるようになるまでは耐えるという、いつもの戦術じゃ。

それに、道三殿の二の舞と言うが、そなたらはもう忘れたのか。

おじじの話では、道三殿の美濃だけは、俺たち山の者も自由に往来を歩けたというではないか。俺たちが自由に平《ひら》を歩けたことが、それまでにあったか？

そして、光秀の殿が信長にやらせた楽市や楽座を見よ。道三殿が美濃でしかできなかった「自由な往来」を、畿内全部でやろうとしておる。関所も廃止した。

光秀の殿は、俺たち倭《わ》の裔《すえ》の悲願を現《うつつ》のものにしようとしておるのだ。それこそ俺たちが願ってきた世ではないか。いま光秀の殿を支援せずに、いったい誰を支援するというんだ。」

五右衛門の言葉には、格別の迫力があった。勢いに呑《の》まれて、慎重論を唱えていた長老たちは黙りこくった。

「もうよい。」

その時、それまで黙ってやり取りを聞いていた直道が、右手を前に伸ばして一同を制した。

皆の意見はあいわかった。」

直道は一族を見渡した。

「皆の長としてのわしの考えを言おう。

今日受け取った光秀からの知らせでは、来年の春に武田攻め、その後は、時を移さずして毛利攻めにかかるとのことじゃ。

あやつらはよく奮闘しておる。あと数年のうちには、光秀と信長の天下平定は成就するに違いない。そして、その後にわれらが千年待ち望んだ世が来るのだ。あの酷《にく》たらしい神武一族を葬り去る日が――。

支援を続けよう。光秀から申し出のあっただけの量を急いで用意するがいい。」

そう宣言すると、直道は五右衛門に声をかけた。

「五右衛門よ。荷運びはお前に任せる。無事に届けよ。」

「はい。」

五右衛門が低頭した。

山に住む人間にとって、闇は敵ではない。むしろ、平地に住む者たちの昼間の感覚だ。

「では、またの日に。」

赤名の長老である五郎が立ちがったのを機に、中国山脈の各地から出向いてきていた長老たちは、こともなげな顔で四方に散った。

みなの去った広間の囲炉裏では、直道が明智秀満を相手に酒を交わしはじめた。五右衛門と正姫も一緒だ。

「いったい、光秀殿とこの山の人々とはどのような間柄なので？

光秀殿もこの山のご一族でございまするのか。」

ズミの果実でつくったというきつい酒を呑み干すと、明智秀満は疑問を率直に口にした。

光秀とのつき合いはもう二十数年になるが、山の民たちとの関わりを詳しく聞かされたことは、一度もない。

「光秀は、道三の手の者たちが手塩にかけて仕こんだ男よ。本当ならわしの跡をあの男に継いで欲しいのだが、あやつ、頑として受けつけぬ。欲のない困った男じゃ。

子供の頃から利発であったが、母者のお牧殿が教育熱心でな、平《ひら》の知識も平の民以上に学んでおる。倭の裔には珍しい識者じゃ。」

直道は目尻を垂らして、わが子の自慢をする父親のように、自慢そうに微笑んだ。

「光秀の殿が山の民の長に？」

思いがけない話に、秀満が訊き返した。

しかし、

「それよりも、そなたは倫子の夫であるそうだな。倫子は息災にしておるか？」

直道はその話題を打ち切って、秀満にたずねた。

「倫子？　直道さまは、わが妻である倫子をご存知で？」

秀満は驚いて訊いた。

「わしだけではない。ここにおる者は、皆、倫子のことを知っておる。倫子と妹のお玉は、三年足らずだったがここで過ごしたことがある。わしはまた、その縁で光秀がそなたをここに寄越したのだと思ったのだが…。

まあ、光秀という男は、相手が誰であれ、余分なことは一つもしゃべらぬ男だからの。」

秀満は五右衛門と正姫に視線を移し、

「そなたたちも倫子を存じておるのか？」

そう訊いた。

二人が無言でうなずいた。

「もう、十余年も昔のことでござる。」

五右衛門が言った。

「あの頃、光秀の殿は、美濃を去って諸国を見聞中に前の奥方さまを亡くされ、男手一つで、お子を育てるのに難儀なさっておられました。

そうですな。秀満さまが光秀の殿を追いかけてこられて家来になられたのは、それから少し後のことでございましたな。」

「そうか。倫子はここで暮らしていたことがあるのか。」

秀満は急に、この石見の奥山が身近な土地のように思えてきた。

「荒木村重があのようになって、心配しておったが、そなたとならば、倫子はさぞ幸せであろう。安心した。」

お世辞ではない口調で直道が言い、秀満は照れくさそうに頭をかいた。

(それにしても、光秀殿とはいったい何者であるのか?)

十数年間行動を共にしながら、実は、明智光秀という人間の本当の姿を、自分は何ひとつ知らずに来たのではないか、という思いに秀満は襲われた。彼はあらためて明智光秀という人物に激しい関心を抱いた。

しかし、そんな秀満の心中に気づかぬ振りをして、直道は話題を変えた。

「それにしても、六代も前に平潜《ひらひそ》みさせた者は、血も教えも薄れて途切れてしまうものだが、信長はようやってくれておる。」

「平潜みとは何のことでございますか。」

頻繁に出る奇妙な言葉に、秀満はそうたずねた。

「平とは、おぬしらの言葉では里のことじゃ。わしらは平の者とはつきあいをせぬことを掟として千年を過ごしてきた一族じゃ。

しかし、平の様子は常に知っておかねばならぬので、人を選んで平に下ろし、平で生活させ、様子を探らせたのじゃ。」

「すると、信長公はこの山の人々の血を引いておられる方なので。」

「なあに。六代も経つと、血が薄れ、平に染まりきり、自分たちが山の血を引いておることなど気づきもせぬ。信長など、その典型だ。」

直道が笑って答えた、「ただ、信長の凄まじいまでの仏嫌いは、光秀の影響だけではなく、あの男が受け継いできた血のせいであろうの。」

比叡山焼き討ちというひとつの坂を越えた信長と光秀は、宗教一揆に対しては、徹底的な弾圧で臨んだ。天正二（一五七四）年の伊勢長島一向宗討伐では、二万人を殺傷した。また、天正三（一五七五）年の加賀越前の一向一揆を殲滅した際には、死者は一万二千人を超えた。

信長の足跡に眼を凝《こ》らすと、二十年間に及ぶ天下布武《てんかふぶ》の戦いとは、宗門との戦いでもあったことがよくわかる。

「おじじ。この夏の高野聖《こうやひじり》の処刑は小気味よかったぞ。聖どもの中には、泣いて命乞いする者が大勢おった。」

五右衛門がいかにも痛快そうに言った。

「見に往かれたのか？」

秀満が訊いた。

「もちろん。往かぬ訳がない。」

五右衛門は誇らしげに答えた。

高野聖とは、高野山運営のために諸国を勧進《かんじん》して歩く時宗の徒のことである。信長に謀反して尾道に逃げた荒木村重の元家臣たちを高野山にかくまった廉《かど》で、天正九年夏、信長は千五百人もの高野聖を捕らえて、その首を、残らずはねた。

「仏僧などという輩《やから》はその程度のものよ。まやかしの仏、まやかしの僧、まやかしの民――。神武も千年以上もかけて下らぬ国を造ったものよ。」

直道も笑顔で応じた。

「仏僧なんか、みんな殺してしまえばいいのさ。」

正姫が、その美しい顔には似つかわしくない過激なことばを吐《は》いた。かれらの言葉を聞きながら、領内の産業や家臣の学問には熱心な光秀が、仏寺の建立にはほとんど無関心であることに、秀満はあらためて気づいた。


亀山城下（京都府亀岡市）の明智組長屋では、足軽組頭比田則家の家に寄った配下の者たちが、今夜も酒に興じていた。

光秀が丹波の知行を命じられたのが天正八年。まだ日も浅いので、組長屋も新しくきれいだ。

「いつも相済まぬことで。」

配下の足軽たちはそう言って、酒の肴《さかな》を運んできた則家の妻に形ばかりの頭を下げた。

比田夫妻は、面倒見がよくて、下の者たちから慕われていた。毎夜のように配下の者たちが呑みにくるが、嫌な顔ひとつ見せずにつき合うし、足利幕臣の徒士として京暮らしが長かった則家の柔らかなもの言いは、荒くれの足軽たちには鷹揚《おうよう》さを感じさせるのだ。

「それにしても、久しく戦さらしい戦さがないから腕が鈍るのう。

鳥取城も兵糧攻めで終わってしまい、折角《せっかく》出張ったのに肩透かしを喰った。次の戦さが待ち遠しいわい。」

誰かが勇ましいことを言った。

「羽柴の軍では仕方がないわ。羽柴はわが明智とちがって、御大将自身が戦さが苦手じゃから、いつも兵糧攻めじゃ。ひょろひょろ羽柴の兵糧攻めと、蔭ではみなが嗤《わら》っておる。」

ひげ面の男が笑顔で応じた。

「たしかに、わが明智軍ほど戦さに強い軍は織田家中にないな。

柴田勝家さまは、自分たちが織田では一番勇猛だと自慢するが、あれは柴田さまの風貌がいかついだけで、軍としては明智軍の足元にも及ばぬ。特に、妻木《つまき》さまの軍の勇猛さには驚くばかりじゃ。」

「ほお、妻木さまの軍はそれほどに勇猛か？」

則家は、光秀の義弟にあたる妻木範武《ひろたけ》軍の戦さぶりをまだ見たことがない。かれは、将軍義昭追放で足利幕府が瓦解し、主を失くして路頭に迷っているところを、斡旋《あっせん》する者があって明智にひろわれた。すぐに足軽組頭に抜擢《ばってき》されたが、明智では新参者に近い。かれの腰の低いのはそこに理由があった。

「組頭は明智に来てからまだ日が浅いゆえ、知らぬのは無理もござらぬ。あの軍はもともと光秀の殿の直属の軍での。今は留守居役をなさっている妻木範熙《のりひろ》さまが束ねていたのを、範熙さまがお歳になられて、ご嫡男の範武さまに譲られたのでござる。

わしは明智の戦さにはずっと従軍してまいりましたが、大将の妻木さまの武者ぶりもさることながら、あそこの兵が凄まじい。脚もわれらより数段速く、将の馬の後をぴったりついて行く。十年前の比叡山焼き討ちのときなどは、仏罰を恐れて尻込みする織田軍の真っ先を駆けて比叡山に駆けのぼり、僧兵どもを手当たり次第に斬り殺しておった。誰もかれも眼が血走って薄気味悪いくらいでござった。なあ、小助。」

ひげ面は、向かいに座っている男を見た。

「そうよ。あの時は凄まじかった。わしはあれが初めての戦さじゃったから、今でもよう覚えておる。

罰当たりめっ！と叫んだ善基とかいう偉い坊さまを、ものも言わずに一刀で斬り殺し、僧坊や宿坊に片端から火をかけて、飛び出てくる者は、女子でも子供でも見境なく斬り殺した。あれも妻木さまの兵だった。戦さとはこれほどにも酷《むご》たらしいものかと、腰が抜けそうになったわ。」

小助と呼ばれた三十半ばの男が応じた。

「ただ、あそこの兵は人づき合いが悪くてな。同じ明智におりながら、われらとは滅多に口も利かぬ。」

共通の話題に、居合わせた者たちが気楽にしゃべり始めた。

「そうじゃのう。主だった者はみな妻木さまの屋敷近くに集まっておって、つきあいは内輪の者たちばかりじゃ。」

「そのことだが、あの組の者たちは、獣の肉を好んで喰うらしいぞ」、噂好きのひげ面が、また自慢そうに披露した。

「ほう、獣の肉を？」

一同が驚きの声を上げた。

仏教では食肉を禁じているので、一般の者は獣の肉を食べない。獣の肉を喰らう者にたいしては抵抗を覚える。驚きの声の後、一同は少し顔をしかめた。

「ああ。獣の臭いが躰《からだ》に沁みついておって、それを他人に知られるのが嫌で、組内の者だけが集まって住んでいるとか。」

「しかし、獣の肉と申しても、どこからそれを手に入れるのだ？

自分たちで山に狩りにゆくのか？」

則家が興味深そうに訊いた。僧を平気で殺したり、獣の肉を好んで喰らったり、則家には、妻木の軍兵はどこか異常な集団のような気がしてならない。

「戦さ場に出たときには山の獣を撃って喰らうこともありまする。野営の時に火を囲んで肉を焼いているのを、何度か見たことがござる。

ただ、普段は人目がありますからのう。まさか、撃ち殺した獣を引きずって城下をのし歩くわけにはいきませぬ。

美保屋でござる。あの店ならいつでも乾し肉や味噌漬けの肉をおいてありまする。牛だけでなく、猪、鹿、何でもあるし、生肉が入ると、あの組の者の家々を回るそうじゃ。」

「美保屋とは、お城に木炭や干物を納めているあの美保屋のことか？」

それもまた則家には驚きだった。

「組頭。美保屋と明智は長いつきあいでござるぞ。わしが十年前に明智に入った時は、もう美保屋が品を納めておりました。

坂本城、この亀山城、それに福知山城も、全部美保屋のはず。明智のどこの城下にも、かならず美保屋の出店がありまする。美保屋の主人はよっぽど商い上手とみえまするな。」

「美保屋の本店は近江にあるのか？」

「いや、それが面白いことに、伯耆《ほうき》だそうで。」

「伯耆？　伯耆は毛利の領国ではないか。

なんで伯耆の商人が…。」

「ですから、よっぽど商い上手なのであろうと申したではござりませぬか。」

配下の者はあっさりと答えた。

「ふむ。」

比田則家は、何やら釈然としない面持ちで顎《あご》を撫《な》でた。

三

天正九（一五八一）年十月末、鳥取因幡《いなば》城が白旗を上げた。

羽柴軍得意の「兵糧攻め」によるものだった。羽柴軍は、鳥取城下の米穀類を倍以上の値段で買い占めたうえ、六月から四ヵ月半もの長い期間、二万を超える兵で鳥取城を囲み、城兵を餓死状態に追いこんだのだ。城兵だけではない。乱破《らっぱ》（忍び）を使って、羽柴軍が大挙して押し寄せてくるという噂を流し、城下の町人百姓までも城内に逃げこませた。人数が増えれば、それだけ早く城内の食糧は底を尽き、人は飢える。

降服条件は、毛利家から派遣されていた石見福光城主吉川経家の切腹だった。城兵の命と引き換えに、吉川経家はいさぎよく腹を切った。三十五歳だった。

「今度はえらく銭のかかる戦さだったのう。」

久松《きゅうしょう》山にある鳥取城検分の案内から帰ってきた小一郎が、陣羽織を乱暴に脱ぎ捨てると、つまらなさそうな声で言った。

小一郎は、戦さを投資としてしか考えられない男だった。小一郎だけではない。この国では古来戦さとはそういうものであった。勝った者が敗れた者から分捕る戦利品の量、それは土地であったり、女であったり、米であったり、鉱物であったりするが、それが戦さの価値となる。投資に見合う成果を求めて、かれらは他国に攻め入った。投資効率の悪い地域は戦さの対象外となっていく。歴史上、東北、北陸、山陰、四国、九州といった地方で戦火が少なかったのはそのためだ。

「たしかにな。

しかし、まあ、城を落としてしまえば大殿から褒美の銭がくるから、それで埋め合わせをすればよいではないか。」

秀吉が慰めた。

光秀や信長は、人の欲望というものを知悉《ちしつ》していた。単純な投資効率ではなく、天下布武という理念を生きるかれらは、収奪する戦利品の代わりに、自分たちの手元から、将の投資額に見合う報奨金や茶器を渡すことによって天下布武を推進する方法をとった。

これは当時としては画期的な恩賞制度の改革だった。その方法だと、将は戦利品の取れない相手とでも、必死に戦う。

「それにしても、万を超える死人の数よ。さすがに気味が悪い。」

解放された鳥取城内は、飢えて死んだ雑兵たちで満ちている。秀吉が、思い出して顔を歪めた。

「それは違うぞ。兄者。」

小一郎が反論した。

「うん？」

「わしは、飢えて死んだ者たちの恨みがましそうな眼を見るのが、何よりも楽しい。あの一万もの者たちには、それぞれに家族があり、それなりの暮らしがあったろうに、それが同じように飢えて死んで横たわっておる。

兄者は、あの死者たちの眼を見たか？　あの一万の眼を感じたか？

あの恨めしそうな眼こそ人間の眼じゃ。やつらの眼は、坊主どものように悟り澄ましてはおらぬ。生きたい、何でもいいから生き延びたいと、浅ましい思いで、生きることにしがみついておる眼じゃ。あの眼に囲まれると、わしは、何やら、ほっとする。わしが兵糧攻めを好きなのは、あの何千何万の恨めげな眼に囲まれたいからやもしれぬ。」

そう語る小一郎の表情には、どこか恍惚《こうこつ》としたものがあった。

「小一郎。お前という男は…。」

秀吉は、気味悪そうに小一郎を見つめ、小さく身震いした。

「しかし、儲けにならぬ戦さはつまらぬの。倍の値で買いつけた米をどう始末すればいいのか、頭が痛いわ。また宗易《そうえき》を儲けさせることになる。結局、わしらの戦さ働きで一番潤《うるお》うのはあやつだ。

のう、兄者。織田の家臣とは、本当に不自由なものよな。信長公の下知《げじ》が厳しすぎて、戦さに敗れた者たちの鎧《よろい》や兜《かぶと》を売り払って利を得ることも、女たちを集めて売り飛ばすこともできぬ。

あの頃、わしらは自由だった。おのれの思うとおりがやれた。危険だらけの日々だったが、生くるも死ぬるもおのれ一人の責任で済んだ。わしは、やりたい放題のできたあの頃が、しみじみと懐かしい。」

「夜盗《やとう》の頃か。」

秀吉が呟《つぶや》いた。

秀吉以外には固く秘してきたが、小一郎は秀吉の元に来るまで、京の夜盗の群れにいた。夜盗は、野武士よりもまだ性分《たち》が悪い。盗み、火付け、かどわかし、人殺し…、身も心も飢えていた若い小一郎は、銭になることなら何でもやった。彼の大胆残虐を頼ってくる子分が増え、若いながらも一党を束ねる男となり、夜盗仲間からは「血走りの弥平」という通り名で知られていた。

誰にも束縛されず、おのれの欲望のおもむくままに生きる毎日――、そんな禁忌《きんき》のない日々を若い小一郎は愛した。織田家足軽組頭になった兄木下藤吉郎に懇願されて夜盗生活と決別したが、その原風景はいまでも小一郎を支配している。

「お前、楽しかったか?」

秀吉が訊いた。

「あん?」

「その頃は、お前、おなごたちに好かれたか?」

小男で骨だらけ、しかも猿に似た造作の秀吉は、子供の時分から女に好かれたことがない。それに比べて異父弟の小一郎は体格もよく、顔も引き締まっていて、どこか女好きする暗さもある。秀吉には羨《うらや》ましかった。

「またおなごの話か。

兄者よ。銭と力さえあれば、おなごなどというものは必ず寄ってくるものじゃ。」

秀吉の女に対する執着の強さには、小一郎は閉口してきた。兄の会話には、必ず女が出てくる。女は快楽の道具でしかないと思ってきた小一郎は、好いた惚《ほ》れたの話には関心がない。彼はこれまでも言ってきたことを、兄に返した。

「そうじゃな。わしなどにはそれしかないわ。」

秀吉が自嘲気味に答えた。猿に似た顔がさびしく歪んだ。

秀吉は人前ではひょうきん者を装っているが、その実は、劣等感の塊《かたまり》のような男だった。

いや、そんな言い方は正確ではない。秀吉は、貧乏百姓の出で、しかも容貌醜く産まれたことに対する劣等意識だらけの自分の本性を知られたくないために、ひょうきん者を装ってきた、と言い直すべきだ。かれは、暗い劣等意識を笑顔によって隠しつづけてきた。

そんな兄を小一郎が叱った。

「何をつまらぬことをぐじぐじ言っておるのじゃ。姿かたちで好かれるも、銭や力で好かれるも、結局は同じことなのよ。いや、むしろ、銭や力が続いておれば、そのほうがおなごは離れていかぬ。」

「そんなものかのう…。」

まだ秀吉は半信半疑だ。かれには、小一郎の言葉は、気慰み、としか聞こえない。

「わしは、未だかつて、男の銭や力を振り切ったおなごを知らぬ。」

小一郎は断言した。

たしかに小一郎は夜盗時代、多くの女たちに好かれた。しかしそれは、小一郎がその世界で一定の力を持っていて、その自信と余裕に女たちが惚れたからにほかならない。ただの貧乏百姓の子せがれだった時分には、村の若い娘たちは彼のことを鼻にも引っかけなかった。それが愛という美名の正体であることを、小一郎は知っている。

「現に、宇喜多の嫁ごを見よ。亭主を失ったばかりだというのに、備前をせがれに安堵すると言ったら、すぐに兄者に體《からだ》を任せたではないか。」

宇喜多とは、備前・美作五十万石を支配している宇喜多家のことである。当主の宇喜多直家は権謀術数《けんぼうじゅっすう》に長けた男で、わが身を守るため、西の毛利と東の羽柴の間を行きつ戻りつした。

小一郎はその手の男が一番好かぬ。昨年、直家が羽柴に恭順《きょうじゅん》の意を示したにもかかわらず、忍び頭の篠田重蔵に命じて直家に毒を用いた。遅効性の毒は直家の肉体をむしばみ、正月を前にして、直家は死んだ。

その遺児であるわずか八歳の八郎秀家の跡目相続を信長から許可された秀吉は、備前・美作五十万石の後見人となった上、美貌の誉れ高かった直家の妻お福の方をも自分のものとした。

小一郎は続けた。

「今のあの女は、死んだ亭主のことなど忘れきって、兄者の情けが離れるのではないかと、それればかりを心配しておる。

そこいらの売女と一緒よ。いや、売女のほうがもっと心は純かもしれぬ。あの女が特別なのではないぞ。おなごとは元来そのようなものなのよ。あれは欲深い動物じゃ。もっとよいおなごが欲しければ、今よりもっと銭と力を持つのだ。わしは信長という男は好かぬが、その信長が間もなく天下を統《す》べるであろうことも、また事実じゃ。

織田におればわしらの力もおのずと増える。せっかく兄者がここまで信長に取り入ったのだ。これを上手に使わぬ法はない。」

小一郎は、噛《か》んで含むように秀吉を諭《さと》した。

月の隠れた闇の中、人も通わぬ中国山地の「けもの道」を、ひたすら東へと歩きつづける黒装束の異様な集団があった。

けもの道とは、山中、動物たちが人間の眼を避けて行き交ううちに自然とできる道のことを言い、この道の存在を知っている者は数少ない。深い闇がかれらの姿を隠している。いまは紅葉の季節で、昼間なら、赤、黄、緑と、色さまざまに燃えている樹木も、闇の中では不気味な黒一色で、それを高山の風が激しく揺さぶる。

三十人ばかりであろうか、先頭を往く五人、後方を往く五人に守られた男たちの背には、藁《わら》でつくった大袋がある。どのわら袋も一様に二十貫目（約六十六キロ）の重さであったが、背負ったかれらは一向に疲れた様子を見せず、歩きつづける。

後に従う者たちが歩きやすいように、先頭を行く五人が道を遮る蔦や小枝を手際よく鉈ではらう。どこかに身を潜めてこちらを窺《うかが》っているに違いない獣たちも、かれらの不気味さに恐れをなしてか、襲ってこようとはしない。

「陽が昇るまでに氷ノ山《ひょうのせん》（鳥取県と兵庫県の県境）を抜けるぞ。鉢伏山の小屋には次の運びの者が待っておる。そこで交代だ。」

先頭を往く男が、振り返って告げた。

五右衛門だ。

かれらは、直道の命を受けて三瓶山から邑智《おおち》の奥山に入り、けもの道づたいに明智秀満の居城がある福知山に向かう、屈強の山の民たちだった。

石見から京都までののけもの道には、かれら山に住む者たちしか知らない休息所が随所に設けられている。それは、小屋であったり、洞窟であったり、まちまちだが、そこで泊まりながらの旅である。

そんな暗夜行が、もう七日も続いている。伯耆の蒜山《ひるせん》で一度交代をしただけだ。荷は全部で五百貫目。荷を運ぶために、頑強な男が選りすぐられた。それも、この一隊だけではない。同じ編成の隊があと二隊、一日ずつ日をずらして。かれらの後を追っている。三隊合わせると千五百貫（約五トン）になる。

海路を使えば運搬は楽なのだが、三瓶山から石見大田の久手湊《みなと》までは毛利軍の眼につくし、また、敦賀港から丹波まで荷車を連ねると、丹後をあずかっている長岡藤孝に気取《けど》られる。それを避けるために、けもの道が選ばれた。

「若。そろそろ橋にかかりますぞ」、六造が告げた。

高山の道は陸地ばかりで繋《つな》がっているわけではない。当然、何十本もの川が往く手を遮断する。山の民たちは、その川幅の一番狭い場所に吊《つ》り橋をかけて通路をつくっているのだが、激しい風に揺すぶられる吊り橋は、山に慣れた者たちにも不安を感じさせる。

「ねえ、五右衛門。この調子だと、三岳《みたけ》山までは、あと三晩かねえ。」

正姫の声だった。

三岳山は福知山の西にある。四日後には秀満の手の者が荷を受け取りに来ることになっている。

海をへだてた半島の女と美保屋宗兵衛との間に産まれた正姫は、父親の宗兵衛に引き取られ、五右衛門と一緒に三瓶の山で育てられた。

西の山脈の長である直道は、ある激しく熱い志《こころざし》をもっていて、マタギたちに命じて、西の山脈に住む子供たちに鍛錬をほどこした。マタギたちは、幼い子供たちを連れて冬の奥山の狩猟に入り、寒さやひもじさに耐えて獣を追う生活に慣れさせた。それがどんなに苛酷な鍛錬であったかは、平《ひら》の人間には想像もつかないだろう。

直道は、その厳しい鍛錬に耐え抜いた青年たちを、光秀のもとに送った。その山忍びたちの頭が、孫の五右衛門だ。

「こんな急ぎ仕事は初めてだったけど、無事に約束の日に届けられそうじゃないか。」

かれらは三岳山から平に下りることになっている。

「いや。どこに誰の目が光っているかも知れぬ。無事に秀満殿にお渡しするまでは油断は禁物だ。」

五右衛門が戒めた。

明智秀満はあの翌日ふたたび山を下り、久手湊から船で帰った。福知山城で五右衛門一行の到着を心待ちに待っているはずだ。

これほどの量の運搬は初めてのことだ。正姫と会話しながらも、五右衛門は油断なく四方に視線をくばった。

「何を言っているの。山で私らに勝てるやつなんて、いるはずがないじゃないか。」

正姫が威勢のいい啖呵《たんか》を切った。

見知らぬ南海の港町では五右衛門に頼りきっていた正姫も、慣れ親しんだ高山の匂いを存分に吸いこんだせいか、今は活力を取り戻している。そんな正姫の姿に、五右衛門は微笑んだ。

五右衛門の祖父である直道や、正姫の父である美保屋宗兵衛が、二人を夫婦にさせたがっていることを、五右衛門は知っている。南海行きに女の正姫を加えたのもそんな期待からだ。

しかし、南海での二年間、周囲の期待するような事態は生じなかった。それは、五右衛門の心が周囲の期待とは違う方向を向いていたからだが、もう一つ、五右衛門だけは気づいているが、正姫は正姫なりに心に想う男がいた。ただ、その男は、正姫が「自分の想い人だ。」と人前で口にすることはできない立場の男だった。

――闇の行進は続いた。時折、頭上で梟《ふくろう》の声がした。

一刻に一回ていど、湧き水の畔《ほとり》で短い休息をとるのだが、その間も、竹筒の水を飲み、干した無花果や松の実を齧《かじ》るだけで、だれ一人として言葉を発しない。

氷ノ山を抜けた頃、東の空から闇が溶けはじめた。

あれからの明智秀満は、直道の手の者たちによって山を下りると、若狭敦賀には向かわず、美保屋の船で久手湊から因幡に入り、馬を駆けて福知山城に戻っていた。

その福知山の三岳山で五右衛門一行の到着を待ち、けもの道づたいに運ばれた千五百貫の荷を受け取り、亀山城めざして荷馬隊を仕立てた。それからさらに数日後。

「ご苦労であった。」

丹波亀山城内に入ってきた秀満の荷馬隊を、光秀は笑顔で出迎えた。

「届きましたな。」

亀山城留守居役の妻木範熙も、光秀のとなりで満足そうな表情を見せている。

「光秀の殿。このような仕事は、躰より心が緊張してたまりませぬ。やはり、拙者には戦さの方が似合い申す。」

秀満はそう答えて二人を笑わせた。

もちろん、荷馬隊の中に五右衛門たち山の民の姿はない。三岳山のふもとで秀満の兵に荷を渡すと、人夫たちはまた山伝いに石見に戻り、五右衛門と正姫たち山忍びは、市中に身を消した。

荷馬を囲んで光秀たちが笑顔で談じているその光景を、偶然城門を通りかかった足軽組頭比田則家が眼に止めた。

(おや?)

比田則家は、微かな違和感を覚えた。

(福知山から亀山まで、のろい歩みで来たはずなのに、ずいぶんと馬に疲れの色が見えるのう。荒い息を吐いておる。)

よく見ると、馬の鞍の上と両脇に、合計三つの頑丈なわら袋が縛りつけられてあった。中身が何なのかは則家には想像がつかない。わら袋を負った馬は二十五頭であったが、一頭ごとに前後を兵数人が守っている。

(なんと厳重な護衛であることか。いったい中身は何なのか?)

則家は素朴な疑問を感じた。

しかし、それも一瞬だけのことだった。ほかに仕事を残している則家は足早にその場を立ち去った。

――その夜。

例のごとく、比田則家の家ではささやかな酒盛りが催されていた。

板場に置かれた大皿には、湯がいた川海老《えび》と大根の若葉のおひたしが盛られている。

「それにしても、今日秀満様が運んできた荷、わら袋にしてはやけに物々しかったが、あれは一体何だったのかのう。」

川海老を殻ごとかじっていた則家が、昼間の光景を思い出し、誰にともなくたずねた。その口調はのんびりしている。

「わかりませぬな。わしらは近づくこともできませなんだ。」

一人が答えた。

「そういえば、一年前にも同じようなことがあったのう。」

毎晩のように比田邸に入り浸っているひげ面が言った。

「ほう、一年前にもな。」

「組頭はあの頃は戦さ場に出ておられたから、知らぬのも無理はござらぬ。あの時は、荷車五台に五十人もの兵が護衛に当たっておった。」

「たった荷車五台に兵五十か？」

則家は驚いた。

「さよう。相当重い荷だったようで、荷役の者たちが、まるで、金でも運んでいるみたいじゃとこぼしておった。」

「ほお。金となな。」

居合わせた者たちが興味深そうに耳を傾けた。

反響の大きさに驚いて、ひげ面は両手を振って否定した。

「いやいや、ただの喩《たと》えじゃよ。それくらいに重そうであったということよな。」

皆が笑った。

「その荷はどこから来たのじゃ。」

則家が訊いた。

「それがわからぬのです。あの頃は、秀満さままだ福知山城にお入りになっておられなかったはずですから、さて、いったい何処《どこ》から運んできたものやら。ただ、人夫の言葉には西国の訛《なま》りがあったとか。」

「西国のな…。」

則家が不思議そうな顔をした。

四の章　しろがね録

一

　天正十（一五八二）年の年明け早々、信長は主だった家臣を安土城に集めた。

　明智光秀は当然のこととして、越前遠征中の柴田勝家、甲斐方面の調略に奔走している滝川一益《かずます》、備中攻めに出向いている羽柴筑前守も呼びもどされた。

　各方面を知行する軍団長の武将たちは、信長の配下でありながら、かつての地方大名と変わらぬほどの地位と知行地を得ている。勇猛果敢で名を売っている武将たちが勢ぞろいした大広間は、壮観としか言いようがなかった。

　招集されたのは家臣だけではなかった。嫡男《ちゃくなん》で岐阜城主の信忠《のぶただ》も、次男の信雄《のぶかつ》も、神戸《かんべ》家に養子に入った三男の信孝《のぶたか》も、神妙な顔つきで信長の登場を待っている。

「何ごとであろうかの？」

　突然の召集の内容を知らされていない柴田勝家は、隣の丹羽《にわ》長政とささやきあいながら、緊張した面持《おもも》ちで信長の登場を待った。

「大殿のお出ましでございまする。」

森蘭丸《らんまる》の声がして、大広間にいる一同が平伏した。

信長が姿を現した。信長は口元を引き締めて上座に座ると、平伏する家臣たちに満足そうにうなずき、かれらが面をあげるとおもむろに口を開いた。

「機は熟した。準備が整い次第、武田攻めにかかる。

この度は一気に武田を討ち滅ぼす。武田の血を引く者は、おんな子供にいたるまで一人残らず殺せ。戦さが始まってから和を請うてきても絶対に許すな。必ず殺せ。」

気負いのない平静な口調だったが、その裏には断固たる意志が感じられた。

「そうか。いよいよ武田か。」

得心のいった表情で柴田勝家が大きくうなずいた。

甲斐を攻めるということは、畿内平定の完了宣言と同義だ。大広間に歓声が起きた。

「この度は三方から攻める。駿河（静岡県中央部）口は徳川に任せる。甲斐口は滝川一益、そちがやれ。そして、」

信長は細い眼を光らせて、「信忠よ」、と左の上座にいる嫡男の信忠に声をかけた、「伊那《いな》（長野県伊那市）口攻めの総大将はお前がつとめよ。」

「私が?!」

若い信忠は、総大将という大役を任され、感激で頬を紅潮させた。

こういう時の光秀は、一切の発言を控えて、すべて信長の仕切りに任せている。今日も、存在感を失った男のように、終始無言で座しているだけだった。

時間の無駄を嫌う信長は、武田攻めの要員配置をてきぱきと指示し終わると、

「猿。」

低い声で、五年前から西国を攻めさせていた羽柴筑前守秀吉に声をかけた。

「猿よ。そなたには毛利攻めを言い渡してあるが、五年もかけて何をのろのろしておるのじゃ。これまでのように愚図愚図しておることは、もう許さぬ。佐久間や林のようになりたくなかったら、和議など考えず、一気に毛利を討ち滅ぼせ。」

満座の中で、そう威圧した。冷たい口調だった。

「佐久間や林」とは、先年突如として追放された宿老たちのことだ。織田の家臣たちはあの日以来、追放の脅迫観念にとらわれ続けている。一瞬、大広間に沈黙が落ちた。

（しまった…。）

秀吉は震え上がりながら、心の中で自分のしくじりを悔《く》やんだ。

信長が秀吉追放を実行しかねない素地は、十分にあった。

妻ねねとの間に実子のない秀吉は、信長の四男秀勝（幼名於次《おつぎ》）を養子としている。秀吉を追放して、秀勝に羽柴の跡目を継がせれば、長浜（滋賀県長浜市）、播磨《はりま》（兵庫県西南部）、但馬、それに秀吉が後見人となっている宇喜多家の備前（岡山県南東部）・美作《みまさか》（岡山県北東部）といった広大な領地が、すべて織田一族のものとなる。

信長への機嫌取りでおこなった養子取りが、今は自分自身を危うくさせている恐ろしさに、

秀吉は気づいた。

秀吉の毛利攻めは、これまで制圧したのは因幡《いなば》（鳥取県東部）だけで、やっと備中（岡山県西部）の高松城攻めに取りかかったばかりだ。毛利家の領土十カ国のうち、まだ、伯耆《ほうき》、出雲、隠岐、石見、備後、安芸《あき》、備中、周防《すおう》、長門《ながと》と、制圧しなければならない国は九カ国も残っている。

「それとも、一気に滅ぼせと言われても、そう簡単にできるわけがない。この役目、そちには荷が重すぎたかの？」

信長は皮肉を口にした。

皮肉を口にした時の信長の恐ろしさは、長年仕えてきた秀吉が誰より知っている。秀吉は追いつめられた。

しかし、秀吉は、

「お任せくださいませ。この秀吉、必ずや、年内には毛利を滅ぼしてご覧にいれまする。」

さしたる策もないにもかかわらず、自信満々の表情を装って大声で誓った。

（あの時…）

遠くに冬の日本海の波音の聴こえる丹後宮津城の茶室で、窪《くぼ》んだ眼をした初老の武士が、自分が生まれて初めて屈辱を感じた十三年前の光景を、思い出していた。

当時、細川藤孝と名乗っていた鷲鼻のこの男は、異母弟足利義昭の征夷大将軍擁立のために奔走していた。

永禄八（一五六五）年に、同じく異母兄の十三代将軍義輝《よしてる》を暗殺した松永弾正《だんじょう》久秀や三好三人衆は、自分たちの意のままになる義輝の従兄弟義栄《よしひで》を強引に十四代将軍に据《す》え、他の将軍候補者たちを抹殺しようとはかった。藤孝は、当時は僧門に入っていた異母弟覚慶《かくけい》のいる奈良の興福寺一乗院に走った。

「弟よ。お前の首を狙って、松永久通（弾正の嫡男）の追手が迫ってきておる。すぐに逃げるのだ。」

「何処《いずこ》へ？」

「後のことは後のこと。いまは、ここから一刻も早く身を移すことが先決じゃ。それがしについて来い。」

「は、はいっ…。」

覚慶は、危急を告げに来た異母兄藤孝に導かれて、身一つでかろうじて奈良を逃げ出した。だが、一番有力な足利将軍候補者でありながら、三好三人衆や松永弾正たちに命をつけ狙われ、その後、京に入ることはできなかった。

京に入れぬ限り、将軍位に就くことは不可能だ。

「だれぞ有力大名の後押しを受けて京に入る以外に方途はない。」

「そうは申しても、あの松永弾正に立ち向かってまで上洛《じょうらく》の手助けをしてくれる者など…、」

「諦《あきら》めるな。探せばどこぞに道は開けるものよ。」

藤孝と覚慶改め足利義秋は、自分たちの後押しをしてくれる大名を探して、地方を流れた。

そんな義秋のことを、世間は、「流れ公方《くぼう》」と嘲笑《ちょうしょう》した。

しかし、悲しいかな。権威を失って名ばかりの存在となった足利将軍擁立のために、危険と財を賭けて上洛しようと考える武将など、どこにもいなかった。流れ流れて、かれらは北国越前の朝倉義景《よしかげ》を頼った。

越前は山を越えれば京都もすぐそこで、その気になれば上洛は十分に可能だったが、気位が高いだけで根は田舎大名にすぎぬ朝倉義景は、義秋たちにたいして煮えきらぬ態度を取りつづけ、藤孝は焦燥に駆られる日々を余儀なくされた。

その朝倉家に食客《しょっかく》扱いで過ごしていたのが、明智十兵衛光秀だった。故斎藤道三《どうさん》の領地であった美濃《みの》の出である明智光秀は、諸国遍歴の後、父母の縁で朝倉家に身を置いていたが、朝倉家では光秀の才に誰も気づかず、光秀はわずかな捨扶持《すてぶち》をあてがわれて無為を生きていた。

食客同士の親しみから言葉を交わすようになって、藤孝は驚いた。どのような手段で入手するのかはわからないが、辺鄙《へんぴ》な越前の地にありながら、光秀は天下の情勢に関して莫大な情報をかかえていた。

（これは逸材だ――。）

藤孝は光秀に急接近した。

そして、ある日、

「一日も早く義秋さまを上洛させて将軍職に据えなければ、天下は平安を取り戻さぬ。明智殿。天下平安のために義秋さまを助《す》けてくれぬか。」

そう頼んだ。

しかし。思いがけないことに、

「せっかくのお言葉ながら、それはそれがしの任ではござらぬ。

足利幕府の存亡などに、それがしの関心はござらぬ。もっと足利家に縁のある方を頼りにしたほうがよろしかろう。」

光秀は素っ気なく固辞した。

武士として足利幕府に一番の価値を置いてきた藤孝には、光秀の反応は意外だった。

「足利将軍家には関心がないと？」

「さよう。ありもうさぬ。」

光秀は断言した。

「それに、藤孝殿にはまだ申しませんでしたが、口添えをしてくださるお方があり、それがしは近々朝倉家を辞し、織田信長公の元に出向くつもりでございまする。」

「ふむ、織田に…。」

藤孝は考えこんだ。

(織田か…。

うん。そうだ！)

藤孝の中で閃《ひらめ》きが浮かんだ。

「のう。明智殿。朝倉は頼りにならぬ。このままでは、いつまで待っても義秋さまの上洛は無理であろう。

そこでじゃ。そこもとから、織田信長公に、義秋さま上洛の口添えをしてもらうわけにはいかぬかのう。」

「織田殿にですか？」

藤孝の厚かましい要請に、光秀は少し呆《あき》れた顔を見せた。

本来の藤孝は血統を重んじる男だった。駿河の今川義元を討ち果たし、美濃の斎藤家を滅ぼしたとはいうものの、まだ駆け出し大名にすぎない織田信長にすがることにはかなりの躊躇《ためら》いがあったが、今はそんなことを言っている余裕がなかった。

「美濃を平定してからの信長公は、井之口（岐阜）を本拠地としておられる。あれは信長公に上洛の意志があるからじゃ。きっと義秋さまの願いを聞き届けてくれるはず。どうか頼まれてくれぬか。」

「しかし…。」

「このとおりじゃ。頼む。」

細川藤孝は、この男には珍しく、土下座せんばかりに大仰《おおぎょう》に頭を下げた。

「……、そうですか。」

藤孝に押し切られる格好で、光秀は承諾した。

光秀の粘りづよい交渉が功を奏して、光秀と藤孝がそろって岐阜城主織田信長に目通りしたのは、永禄十一（一五六八）年のことだった。

「殿が足利将軍家の後見人か。」

織田の家臣たちは、信長以外は土豪程度の意識の持ち主ばかりである。昔日の権威はみじんもないとはいえ、武家の棟梁《とうりょう》である征夷大将軍の後見人になってくれ、という話だ。大広間にならんで光秀の話を聞く織田の主だった武将たちは、緊張した面持ちだった。

信長は、そんな家臣たちの心理を百も承知している。

「わかった。

義秋殿はこの信長が責任を持って上洛させよう。」

即座に義秋庇護を承諾した。

信長には信長なりの思惑があった。彼は桶狭間の戦いの勝利で一躍名を上げたものの、それから先の織田の進路を決めかねていた。光秀の依頼は、信長の将来に予想外の光明を灯す結果となった。

「いやはや、めでたい。」

「京じゃ。織田が京に上るのじゃ。」

大広間に歓声があがった。

「さてこそ。」

光秀の顔にも安堵の色が浮かんだ。

そんな光秀を笑顔で見つめながら、

「明智十兵衛光秀。

気に入った。織田の禄《ろく》を与える。これからは予に仕えよ。」

信長は大声でそう命じた。

「ほおっ！」

居合わせた織田家重臣たちの驚きの声で、再び大広間がどよめいた。

「林よ。後のはからいはぬしに任す。二人して語らえ。」

信長の言葉はそれだけだった。光秀の隣にいる細川藤孝には言葉一つかけずに、それだけを言うと座を立った。

（……?!）

藤孝には意外だった。自分の履歴は事前に信長の耳に入っているはずなのに、信長は藤孝の存在など歯牙《しが》にもかけず、明智光秀だけを高く評価したのだ。

明智光秀は、美濃斎藤道三の縁者だとか、土岐氏の末裔《まつえい》だとか言われるものの、本当は氏素性が確かではない。血の優性を存在の拠《よ》りどころとしてきた藤孝は、これまで、光秀に頼りながらも、光秀よりも自分が優位にいると信じて疑わなかった。その光秀よりも自分を低く評価した信長に、藤孝は満座の中で恥をかかされた気持ちになった。

（光秀よりも低く見積もられたのか…。）

全身が屈辱で満ちた。

——その後、明智光秀は、将軍足利義昭と尾張・美濃国主織田信長の「二人の主」を持つ武士となった。つまり、一大名の家臣でありながら幕臣でもあるという身になった。これは当時の武家社会では異例のことだった。それが光秀の評価をいっそう高めた。

今でも藤孝にはその理由がわからないが、その後、信長と光秀は「運命的」といってもいいような強烈さで結びついていった。特に、藤孝から見れば天下の悪業としか言いようのない、残虐冷酷な比叡山延暦寺焼き討ち事件の頃から、二人の関係はいっそう密になっていった。

比叡山延暦寺焼き討ちから間もなくして、

「細川殿。そこもとには酷な言いようになるが、義昭さまでは天下統一は無理でござる。残念ながら、あのお方にはそのような器量はございませぬ。夢を託すならば、やはり信長公ただお一人。」

光秀は足利十五代将軍義昭を見限り、幕臣として義昭を補佐している藤孝に訣別を告げた。

それからの光秀は、新時代を築こうと意気ごむ織田信長の先騎《さきがけ》として、織田軍団の先頭をひた走った。

天正三（一五七五）年。さすがに義昭の反信長闘争の稚拙さに愛想を尽かし、光秀よりも遅れて義昭を見限った藤孝は、ただちに明智軍団に編入され、光秀の寄騎《よりき》となった。

幕臣であった細川藤孝が明智光秀の寄騎になったことを、だれも奇異とは感じなかった。当然よ、と受け止めた。数年の間にそれだけの距離が光秀と藤孝の間に生じていたのだ。

「藤孝よ。そなたには山城国長岡の地を与えよう。」

実の弟である足利義昭を見かぎり信長に臣従を誓った藤孝に、信長はそう言った。

当時、藤孝は京都南部の勝竜寺城を信長から賜《たまわ》っていたが、それは信長の臣としてではなく、足利義昭の臣、つまり足利幕臣としての下賜《かし》であって、藤孝本人を見こんでのものではなかった。

信長が言葉をつづけた。

「あの流れ公方と縁を切ったのを契機に、そなた、姓も長岡と改めるがよい。」

「姓を長岡に？」

名前を変える話は聞いたことがあるが、武家が姓を変えるなどほとんど聞いたことがない。しかも、武家の名門細川の姓だ。突拍子もない下知《げじ》に、藤孝は驚いて信長を見上げた。

「――。」

信長の眼が、意地悪く哂《わら》っていた。

かつて何度か将軍義昭に向けたのと同じ、冷え冷えとした眼。この眼に楯突《たてつ》いた者はかならず抹殺されてきた。

（――わしを試しておる。）

藤孝はとっさに理解した。

（この男は、義昭と歩いてきたわしを心底では嫌っておる。

今わしに長岡の城を与えるのは、光秀のとりなしと、朝廷とのつなぎ役としての利用価値からだけだ。そして、この申し出を蹴ったなら、わしは間違いなくこの男に殺される。）

藤孝は信長の視線の鋭さを痛いほど感じた。

信長が敵に投げつける容赦のない無慈悲を、藤孝は何十度となく見てきている。この無慈悲にいま殺されるわけにはいかない。

「ありがたく頂戴いたしまする。」

藤孝はためらいの風情を見せることなく、即座に答えた。

「……、そうか。」

信長が皮肉っぽい笑みを見せた。

長い間孤独地獄を生き抜いてきた信長は、自分を慕って寄ってくる者と、打算で近づいてくる者との違いには、格別に敏感だった。藤孝の返答の裏にある打算を、すぐに見破った。信長は、藤孝にあらためて失望した。

「以後、励め。」

無表情にそれだけを言うと立ち上がった。

この一件は藤孝の屈辱感を倍加させ、信長にたいする憎悪を決定的なものにした。

天正七（一五七九）年、光秀の与力として丹波平定に努めた藤孝は、丹後一国を拝領した。光秀の口添えがあったことは明瞭だ。しかし、藤孝はひとつも嬉しくなかった。荒れた波の音しか聴けず、冬になれば雪に閉ざされ、滅多と京にも上れぬような丹後の田舎になど、住みたくもなかった。

（光秀は、わしに何ごとかをしてやっているかと思っておるようだが、勘違いもはなはだしい。それでわしが喜ぶとでも思っておるのか。）

信長への憎しみが、次第に光秀に対する憎しみにまで拡幅されていった。

だが、それは、藤孝の思い違いからの逆恨みに過ぎない。ありていに言えば、信長も光秀も、長岡藤孝のような存在を、はなから求めてはいなかった。かれらは故実有識《こじつゆうそく》に何の価値も感じない男たちだった。かれらは、革命を求め、合理を求め、戦さに強い武将を求める男だ。そんな二人にとって、たかだか数百年の血統にすがり、朝廷や足利幕府を通してしか世の中の見れない藤孝という人間は、一片の魅力もない。

それが光秀や信長の側の見方であったが、これからも絶対に縮まることのない光秀との距離は、人一倍自尊心の強い藤孝には承服しかねる距離だった。藤孝は、その距離をつくった信長を憎み、自分のはるか先を颯爽《さっそう》と走る光秀を憎んだ。

その憎しみは年を経るにしたがって募《つの》っていったが、処世に長けた藤孝は、憎悪を鎧《よろい》の下に隠しつづけて今日まできた。特に、他人が彼の畏友《いゆう》と信じこんでいる光秀には、自分の心の暗部を隠しつづけ、嫡男忠興《ただおき》の嫁に光秀の娘さえもらい受けた。

二

まだ足元を雪の舞う日もある早春の丹波亀山城下。いつものように夜が来て、組頭比田則家の元には、配下の足軽たちが集っている。

訪れる者は夜毎変わるが、迎える主は変わらない。疲れを覚える日もあろうに、比田則家もかれの妻も、嫌な顔ひとつ見せたことがない。

「ようこそおいで下さりましたな。酒《ささ》はたんと用意してござります。遠慮せずにお召しくださいませ。」

　今夜も、則家の妻は、屈託のない笑顔で訪問客に酒をついで回っている。組頭の禄など高が知れているだろうに、どこから銭を工面するのか、たしかに酒も肴《さかな》も欠けたことがない。今夜大皿に盛られているのは、味噌和えした蕗《ふき》のとうと、油で揚げたタラの芽だ。どちらも苦味があって酒と合う。

（きっと、足利幕臣に仕えていた頃に蓄財をしたのだろうよ。）

　則家の懐《ふところ》具合について、配下の者たちは勝手に想像していた。

　やってきた客たちは、勝手に呑《の》み、勝手に喰らい、勝手に語らって時間をすごす。独り者のひげ面などは、毎晩のように入り浸って、埒《らち》もない噂《うわさ》話の花を咲かせている。

　しかし、そんな日々の繰り返しの中で、周囲の者たちも気づかぬ間に、比田則家は亀山城下きっての情報通となっていた。

「組頭。妙な話を聞きましたぞ。」

　酔いが回りはじめたひげ面が則家にささやいた。

「何じゃ？」

「面白い話でござるぞ。わしが懇意《こんい》にしておる男に蔵番の者がおりましてな。その男が申しておりましたが、いつぞや福知山の秀満さまが運んでこられた荷、どうやら、あのわら袋の中身は、しろがね（銀）だったらしいと。」

「しろがね？」

則家は怪訝な表情で男を見た。

「福知山の秀満さまが入城なされた直後に、留守居役の妻木範熙《つまきのりひろ》さまが蔵に入って、人を遠ざけ、たった一人でわら袋の中を検分なされたらしいのです。

その男が申すには、蔵を出るとき、妻木さまの袖口が白く光っていた。あれはたしかに、しろがねの光だったと。」

「確かにしろがねとな。」

瞬間、比田則家の顔色が険しいものに変わった。日頃の温和な眼とはまったくちがったきつい眼だった。

「しかし、組頭。あやつは自信ありげにそう申しておりましたが、当家のどこにしろがねの鉱山がありますでしょうか。しろがねは生野《いくの》、と昔から相場が決まっております。そのような話、われらは一向に聞いたことがござらぬ。

あやつ、元来粗忽《そこつ》なところのある男ゆえ、きっと見間違いでござりましょう。」

ひげ面は、そう言って笑った。


「おじじ。おるのか？」

間もなく三月とはいっても、里とは違ってまだ深い雪の中にある尾根をつたって、前触れもなく五右衛門が三瓶《さんべ》の館に戻ってきた。

「おお。五右衛門ではないか。」

五右衛門の声に、直道は笑顔で戸口を振り向いた。

「……。」

まとってきた獣の皮にこびりついた雪を払いもせずに、投げ捨てるように土間に置くと、五右衛門は、無言のまま、直道のいる囲炉裏《いろり》に進んだ。

表情が暗い。

「いかがした？」

いつもとは違う孫の様子を見て、直道が不審げに訊《き》いた。

「おじじ。何者かが三岳山の小屋に入りこんで荒らした模様じゃ。」

五右衛門は囲炉裏の火に手をかざしながら、拗《す》ねたような口調で報告した。

「三岳山の小屋を？」

直道が軽い驚きの声を発した。

石見から丹波までの山中には、かれら山の民の隠れ小屋が数ヶ所設けられている。

小屋自体は粗末なマタギ（猟師）小屋を装っているが、その地下は堅固に作られていて、保存食もあれば、万一敵に襲われた場合には敵の背後に回れるように抜け穴も設けられてある。

その中でも、福知山の西方にある三岳山中の小屋は、丹波と石見をつなぐかれらのとっての要衝《ようしょう》だ。五右衛門たちが運んだ荷も、いったんこの小屋の地下に保管され、後続隊の到着を待って福知山城の明智秀満に渡された。

「ふむ…。」

その知らせは予想外だったらしく、直道は眼を瞑《つぶ》ると、小首をかしげて考えこんだ。

「小屋の荒らし具合から察すると、入ったのはどこぞの忍びのようじゃが、どこの手の者の仕業かは、まだつかめておらぬ。

幸いにして、地下の隠れ部屋には気づかなかったみたいだが、小屋の存在が知れてしまっては、同じことだ。すまない。」

五右衛門は、自身が大失態でも犯したかのように恐縮してみせた。

「……。」

長い沈黙があった。

囲炉裏では、くべられた炭が赫《あか》い光を放っている。時折、炭の爆《は》ぜる音が響いた。

両腕を組んで瞑目していた直道が、腕を解いた。

「あの小屋まで探り当てるところをみると、誰ぞがしろがねの秘密に気がついたのであろう。」

そう言うと、直道は、館の裏手の方角に視線をやった。

裏手の洞窟の中には、かれら奥山の者しか知らぬ銀山の坑道がある。そこから掘り出された銀は、かつては、大和政権を混乱させるための「びた銭」鋳造の源となり、ある時期からは平《ひら》入りをはかった斎藤道三の活動費となり、今は、神武《じんむ》一族殲滅《せんめつ》をはかる光秀と信長の貴重な軍資金となっている。

「毛利を平定するまでは、いや、光秀や信長が神武一族を滅し去るまでは、わしらの存在も、このしろがねの存在も、平の者たちに知られてはならぬ。丹波に戻ったら、皆に十分に用心するよう伝えるのじゃ。

特に、光秀にはお前から直に伝えよ。気を緩めると意外なところから敵が現れるかもしれぬゆえ、くれぐれも注意を怠《おこた》るな。わしがそう申しておったとな。」

厳しい口調だった。

「はい。」

五右衛門は神妙にうなずいた。

「それにしても、いずこの手の者かのおう。わしらのことがそう簡単に平の者たちに洩《も》れるはずがないのだが…。お前。何ぞ思い当たる者はおらぬのか？」

「さて、それが…。」

五右衛門も一向に心当たりがなくて、首をかしげながら、

「毛利なら、もっと西の小屋を探るだろうし、羽柴の但馬あたりは、奥山の者たちが、それこそ細心の注意を払って見張っておるから、手練《てだ》れの忍びの者も入り込めぬはずだ。」

そう答えた。

「だが、誰かが小屋を荒らした。」

直道は不安そうな表情でつぶやいた。

「……。」

ふたたび沈黙が落ちた。

「ところで、おじじ。」

「うん？」

「われらと光秀の殿とはどのような間柄なのだ？」

五右衛門が訊いた。

「藪《やぶ》から棒にどうした？」

「光秀の殿は、自分は倭《わ》の血は受けてはおらぬと言っていた。

それなのに、おじじも、妻木殿も、光秀の殿のこととなると血相を変える。なぜ、あれほどに、みなが光秀の殿を格別に贔屓《ひいき》する？

俺も光秀の殿のことは好いておるし、自分の後に光秀の殿を据えたがっているおじじの思いも知っておる。しかし、倭の血とは無関係な光秀の殿に、なぜ、あそこまで肩入れするのか、どうもいま一つ合点がゆかぬ。

おじじ。もう俺も一人前だ。教えてくれてもいいだろう。」

五右衛門はそう言って直道を見つめた。

「ふむ。」

直道は、囲炉裏の中で爆ぜた炭を火箸《ひばし》で直しながら、小さくうなずいた。

「そうじゃのう。お前も、もう二十五歳になっておったな。

お前は間もなく倭の裔《すえ》たちを束ねねばならぬ身だ。知っておく必要もあろう。」

そう言うと、直道は囲炉裏越しの五右衛門に視線を戻した。

或る独白

あれは、わしが二十歳の時じゃった。

京では「天文法華の乱」の頃、美濃では、わしの父者《てて》である長《おさ》の命を受けて山を下りた斎藤道三が、まだ西村勘九郎と名乗っておった時分のことだった。あの男、「倭の裔」の平《ひら》入りを本当のものにしようと、ずいぶん苦労しておった。

その秋。わしは、道三へのしろがね運びの役目を父者から言いつかって、仲間の者たちと美濃に出向いた。

その帰り道じゃった。美濃から、近江、山城と抜け、丹波の山に入ろうと、京の外れの山道に差しかかった時、道の端で、行き倒れになっておる一人の女性《にょしょう》を見つけた。

その山道はな、平の地からはずい分離れておって、とても平のおなごが入れるような場所ではなかった。

「あれは何だ？」

不審に思って、わしらはその倒れている女性に近づいた。

倒れておったのは、まだ若い娘だった。十六、七歳であったろうか。意識を失っていたが、死んではおらなんだ。ただ、両足に草履《ぞうり》はなく、泥に汚れた足袋《たび》は破れて、裏には血が黒く固まっておった。

「行き倒れのようだぞ。どうする？」

仲間の一人がわしに訊いた。

「平の女など放っておけ。」

赤名の五助が、冷たく言った。

五助の言葉は正しかった。わしら倭の裔は、平の者に関与せぬのが掟だ。たとえ行き倒れであろうと放っておくのが、わしら山に住む者の生き方だった。

「しかし、死にかけておる者を放っておくわけにはゆかぬだろう。」

わしはそう言うと、五助の不満そうな視線を無視して、娘を背に負った。

おなごを背負ったのは初めてだったが、女とはこんなにも軽いものであったかと、驚くような軽さだった。

「往くぞ。」

とは言ったものの、千年来の仇敵である神武一族の本拠地京の町に、知り人などおるはずもない。一番近い妙高山にある丹波の一族の集落に娘を運ぶつもりだった。

倭の裔は西の山脈沿いに一族別に小さな集落を形成しておる。その数は数十にのぼり、宗家であるわしのところは別として、それぞれの地名で呼ばれた。

「どうしたのじゃ、その女は。」

わしらが集落に着くと、丹波の一族の者たちが集まってきて、わしの背を覗《のぞ》きこみ、不思議そうに訊いた。

「行き倒れじゃ。京の山道で倒れておった。死にかけておったものじゃから、放っておくわけにもいかず、運んできた。」

わしは答えた。

「行き倒れの平者《ひらもの》を拾うてきたのか？　それはまた酔狂な。」

丹波の者たちはそうからかいながら、娘をわしの背から下ろすと、小屋に運び、筵《むしろ》の上に厚い毛皮を敷いて、寝かせてくれた。

――丹波の女たちの看病のおかげで、その娘は丸一日眠りこけた後に意識を取り戻した。

わしらに気づくと、

「誰?!」

驚きおびえた表情で小さく叫んだが、

「心配せずともよい。わしらはそなたの味方じゃ。」

丹波の長が低い声でそうなだめると、

「さようでありまするか…、」

安堵した様子でまた眠りに入った。

二日間、娘は時々眼を覚まし、途方に暮れた眼を周囲に這わせ、自分が生きていることを確認すると、またすぐに眠りに入る、という時間を過ごした。衰弱が激しかったらしく、すぐには話すことはできなかった。少し話せるようになったのは、そうさな、三日も過ぎてからであった。娘の臥所《ふしど》のまわりに皆が集まった。

「あのような奥山で何をしておったのじゃ？」

わしは訊いた。

「……、逃げておりました、」

娘は仰向けのまま誰とも眼を合わさず、か細い声で、言葉少なに答えた。

まじまじと見ると、娘はやつれてはいるが、二重の眼にたわんだ目袋を持った、美しい女性だった。

「逃げる？　逃げるとは、いったい誰から逃げておったのじゃ。」

「僧どもから…、」

今度も短く娘は答え、忌まわしそうに顔を左右に小さく振って、眼をつぶった。

「僧？」

居合わせた者たちの眼が光った。

「何ゆえに？」

丹波の一族の長が、興味深い眼で口を挟んだ。

娘は再び眼を開くと、いかにも苦しそうな顔で語り始めた。

——自分の父は京都の貧乏公家だ。

と娘は言った。名は訊かないでくれ、と言った。

父の妹である叔母が山城国の豪族に嫁いでいて、十日ほど前に、その叔母の従者が二人、家の門をたたいた。従者は、かれらと共に山城の館まで遊びに来るように、と書かれた叔母からの文を携えていた。

一日もあれば行ける距離だし、せっかくの誘いでもある。翌日、娘は二人の従者と、山城の叔母の城に向かった。

朝のうちは、秋晴れの青空に、薄く小さな雲がいくつも浮かんでいたが、昼下がり、伏見を過ぎたあたりで、雨にみまわれた。いつまで待っても止みそうもないので、従者が近くの寺に雨宿りを請い、三人は寺の階《きざはし》で雨の止むのを待つことにした。

だが、降り出した雨は勢いを増すばかりで一向に止む気配がない。

「今日のうちに叔母上の館に着けるのでしょうか？」

娘は不安になって二人の従者の顔をのぞいたが、二人とも、この雨ではわからぬと、困惑の表情を見せた。

その時、

「難儀でござるな。そこでは寒うござる。茶でも進ぜましょう。どうぞお入りなされ。」

中年の僧がやってきて、お堂に招いた。

「かたじけのうございます。」

その言葉に甘えて、三人はお堂に入った。

しかし。お堂に入って、驚愕《きょうがく》した。そこには数人の僧がいて、娘たち三人が入ると、言葉もなく二人の従者を棒で殴り倒して、縄で縛りつけ、それから娘に向かってきた。

「そこからのことは、とても…、」

娘は涙を流して顔をそむけ、言葉を詰まらせた。聞いていた山の者たちも、哀しげに顔を曇らせた。

「もうよい。」

丹波の長が娘を止めた。

「辛いことを話させたのう。すまなんだ。

ここは安全じゃ。気にせずにしばらく休むがいい。」

長の言葉に安心したらしく、娘は深いため息をつくと、再び目を閉じた。

わしは、娘が快復すれば、背負うてでも三瓶の山に連れて行くつもりだった。しかし、精神的な衝撃が大きすぎたのか、娘の衰弱はなかなか回復せなんだ。わしらも、無事に荷を届けたことを長に報告せねばならぬから、いつまでも丹波に留まっておるわけにもゆかぬ。

「この按配《あんばい》では、いま動かすのは無理のようじゃ。すまぬが、わしらが迎えに戻ってくるまでこの娘を預かってもらえぬか。春にはもう一度美濃に行く用があるので、必ず連れにもどる。礼も十分にさせてもらう。」

わしは丹波の長に頼んだ。

「かまわぬ。お前たちが迎えに来るまでの間は、わしら丹波の者が世話をしよう。」

わし同様に娘の身に哀れを感じていた丹波の長は、快く引き受けてくれた。

——半年ほど過ぎて、山の雪も溶けた頃。

若葉の匂う尾根伝いに、再び丹波の山を訪れると、娘はまだ寝たり起きたりの生活をしていた。

だが、驚いたことに、大きな腹になっておった。

「なんと…。」

わしは言葉を失った。

「あの時の胤《たね》でござります。」

娘はせり出した腹を見つめながら、口惜しそうに小さな唇を噛《か》んだ。顔色はまだ蒼白いままだった。

「そんなことは気にせずに、丈夫なややをお産みなされ。」

まだ若かったわしは、こんな時にどんな慰めの言葉をかければよいかわからず、しどろもどろに娘を慰めた。

娘はわしを見つめると、

「女とは悲しいものでござりまするな。自分を無理やり犯した僧どもの子供でさえ産んでしまうものなのですから…。」

悲しそうにそう呟《つぶや》いた。

膨《ふく》らんだ腹の内に娘の哀切と憤怒《ふんぬ》が充満しているようで、わしは眼のやり場を失った。

「子は母のものじゃ。そのように弱く考えるものではない。」

丹波の長が娘を叱った。

「……、すみませぬ。」

娘は消え入るような声でうなだれた。

あまりの不憫《ふびん》さに、娘が無事出産するまで丹波の山にとどまることに決めた。身重の躰《からだ》では、背負って石見に帰ることもできぬ。丹波の長の話では、娘はあれからずっと寝たり起きたりの生活だったという。自分の身の上については、先《せん》に話した以上のことは何も語らぬ、とも言った。

ある日、娘の枕元に座しながら、

「そなた、名は何と言うのだ？」

わしは訊いた。

「何でもお好きな名でお呼びになってくださりませ。」

以前のように天井を見上げて無表情に語るのではなく、わしに優しく微笑みながらの返事だったが、どこか投げやりな口調だった。

「なぜ？」

「直道殿に助けられるまでの私は、もうこの世におりません。あの寺で死に果てました。今ここにあるのは別の女…。」

娘は乾いた声で、そう答えた。

ほの白い横顔であった。わしには、娘が生きる気力を失っているように見えた。

わしは、それまで、平の者に哀れを感じたことなど一度もなかったが、極悪無慈悲な坊主どもに人生を狂わされたその娘には、哀れを感じてならなんだ。

しかし、悲しいな。わしはあまりにも若すぎて、その娘にかける慰めの言葉が、頭のどこを探しても、出てこなかった。

さらに三月《みつき》が過ぎた。

結局、娘は元気を取り戻せぬままだった。

出産が間近くなったある日、枯れ草でこさえた臥所に横たわった娘が皆に言った。

「自分の躰は自分が一番わかりまする。私の生命はそう長くはないでしょう。おそらく腹の子も持ちますまい。

でも、それでよいのです。こんな酷《むご》たらしい運命を背負ってゆかねばならぬとしたら、産まれた子が不憫すぎます。産まれぬ方が慈悲というもの…、」

娘は小さく唇を噛むと、天井を睨《にら》みつけるように見ながら続けた。

「だけれども、万に一つ、この腹から無事に赤子が産まれ出てくるようなことがございましたなら、その子に、どうか、母の言葉としてお伝え下さりませ。

どうか、必ずお伝えくださいませ。

……、仏を信じるな。仏を信じる者を信じるな。仏を信じる者を憎め。母がそう申しておったと…。」

激しい憎悪のこもった眼じゃった。

わしらも神武の一族やその取り巻きを憎悪しつづけて千年を過ごしてきた身ではあるが、あのように憎悪に満ちた人の眼を見たのは、後にも先にもあの時一度きりだ。

「なんと！」

その娘の言葉に、居合わせた丹波の山の者たちは、驚いて顔を見合わせた。

なぜなら、それは、わしら倭の裔が、先祖の教えとして聞かされ信じてきたのと、まったく同じ言葉だったからじゃ。正直言って、倭の民と何のゆかりもない娘の口からその言葉を聞かされた時は、わしは感動すら覚えた。

「わかった。必ず伝えよう。

もう、何もう考えず、丈夫な赤子を産むがいい。」

丹波の長が約束した。

それからしばらくして、緑の樹々から蟬の音が雷雨のようにふりそそぐ夏の日、娘は男の児を産み、力を使い果たし、そして死んだ。

娘は、とうとう、死ぬるまで、自分の名をわしらに告げることをしなかった。

赤子だけが残った。わしには、この世に生を受けた赤子の歓喜の泣き声が、娘の悲鳴のように思えてならなかった。

赤子は倭の民の血を受けた子ではなかったし、汚らしい仏僧の血を受けておる。いっそ殺してしまえばよいと言う者もいたが、はかなく死んだ娘と瓜二つの眼であどけなく笑っておるのを見ると、それはできなんだ。

「わしにまかせろ。」

丹波の長は、山の女たちの乳で育てることに決めた。

――美濃を制覇した斎藤道三の呼びかけに応じて、今は妻木範熙と名乗って丹波亀山城の留守居役をしておる喜六たち一行が、山を下りて平野に向かうことになった時、わしは三歳になっていたその子を、道三に託すことにした。もともと倭の民の血は受け継いでおらぬ。平で暮らしたほうがいいだろうと考えたからじゃ。

事情を聞いた道三は、その子を、懇意にしていた明智なる美濃の豪族に預けた。養母の牧の方はその子を実の子のように可愛がり、厳しい教育を与えた。わしも時々は、様子を見に明智の郷まで出向いたものじゃった。利発で、行く末が頼もしい子であった――。

三

織田軍団の行動は常に迅速だ。信長が武田攻めを宣言してからわずか一ヵ月後の二月十二日、嫡男《ちゃくなん》の信忠《のぶただ》が居城である岐阜城を発ち、二月十八日には、駿河口を攻める三河の徳川家康が浜松城を発った。

亡父信玄のつくった武田軍団の幻影を信じ、織田をあなどっていた武田勝頼は、戦さがはじまると愕然《がくぜん》とさせられた。

「木曽福島城主木曾義昌殿、裏切りでござる！」

「江尻城主穴山梅雪殿、裏切り！」

つぎつぎと寝返りの伝令が届く。

「何だと?!」

ふり返ると、勝頼の義兄に当たるこの二人をはじめ、武田家中は寝返り者だらけとなっていた。

「くそっ。このようなことが…。」

勝頼は地団太踏んでくやしがったが、濃い身内から織田方への寝返りが続出してはどうしようもない。みじめな敗退を余儀なくされた。

それだけでは終わらなかった。

「武田の血を引く者は、女子供であろうとも、一人残らず殺せ。この下知《げじ》に従わぬ者は謀反者とみなす！」

信長の冷酷な指令が織田軍に伝えられた。

「皆殺しにせよ、か。叡山の時と同じじゃな。」

信長からの下知を軍令によって知らされた滝川一益《かずます》が、かすかに顔を曇らせた。

だが、

「滝川殿。ここで情け心を起こしてはなりませぬぞ。

叡山焼討ちのときは、明智殿の軍がそれをやり、一番手柄になり申し今度はわれらの一番手柄にせねばなりますまい。」

信長の気質を知悉《ちしつ》している軍監の河尻秀隆が、諭《さと》すように言った。

「そうじゃな。そなたにも拙者にもこの戦さは要の一戦じゃ。つまらぬ情けに惑わされるわけにはゆかぬ。武田勢を徹底的に追討せねばの。」

この一戦での所領拡大は、従軍している織田将校たちの夢だ。そんなことは滝川一益も重々肝《きも》に銘じている。

「そのとおり。

われらでやり申そう。」

「わかった。」

滝川一益は、部下に徹底的な武田勝頼追撃を命じた。

そうした気運は滝川軍だけではなく、織田軍全体に広がり、織田軍は武田殲滅に徹した。途中で白旗を掲げた者も、女子供までも、容赦なく斬《き》り殺した。まさに、かつての比叡山焼き討ちを連想させる殺戮《さつりく》光景だった。

「信長には、武者の情けというものがないのか…。」

戦えば皆殺しにされる武田軍に絶望が走り、かれらは一気に崩れた。手勢を失いに失った勝頼は、滝川一益の軍によって天目山に追いこまれ、三月十一日、失意のうちに妻子ともども自害して果てた。

わずか一ヶ月の戦い――。かつての武田戦と比較すると、あっけない、と言うしかないほどの短期戦だった。

――本陣の床几《しょうぎ》に腰かけた信長が、

「やはり、武田はぼろぼろであったな。光秀。」

自分の読みが正確だったことに満足の表情で言った。

「まことに。あまりにも脆弱《ぜいじゃく》極まりない武田でござりましたな。」

光秀もまた、顔面笑みでうなずいた。

「これで東方の脅威はなくなった。北条家のことは家康に任せておけばよいだろう。われらは西に急ごうぞ。」

「はっ。」

数刻後、信長は、金山のある甲斐は直轄領とした上で、徳川家康に駿河一国を、

「滝川一益。このたびの働き、見事であった。」

武田攻めの尖兵《せんぺい》として大活躍した滝川一益には、信濃と上野《こうずけ》（群馬県）の二国を与えた。一益を鼓舞した河尻秀隆も、甲斐二十二万石と諏訪領を与えられた。


甲斐攻めの偵察に往かせていた小一郎の忍び頭篠田重蔵が、三月半ば、姫路城に駆け戻ってきた。

「武田が陥《お》ちました。」

重蔵は武田勝頼の死を告げた。

「何？　たった一月《ひとつき》で武田が陥ちた?!

それは本当の話か。」

秀吉は驚きの表情を見せ、それが事実だと知ると、

「武田勝頼という男はなんという戯《たわ》けだ。なぜ、もっと粘らぬのか。」

そう言って敵の大将をののしった。

「大変じゃ。こんなところでぐずぐずしてはおれぬ。一日も早く高松城を陥とさねば、どんな

目にあうことか。」

三月十五日、秀吉は大慌てで、これまで本陣としていた姫路城を引き払って、小一郎と共に備中高松へと向かった。

追い込まれて、年内の毛利討伐を誓ったものの、秀吉に確たる策があったわけではない。

「さて。

さて、さて…。」

独り思い惑う秀吉は、西に向かう馬上で、落ち着きなく眼をきょろつかせていた。

だが、その後を往く弟の小一郎は、

「フッ。」

時折秀吉に眼をやり、薄く哂《わら》うだけで、いつもと変わらぬ眠そうな顔で馬に揺られていた。

小一郎には、彼なりの目算があった。備中高松城主清水宗治は剛の者で、これまでに幾度も攻めたがなかなか城は陥ちない。いま、備中高松は毛利の西方の橋頭堡《きょうとうほ》だ。毛利本家が大軍をひきいて応援に駈けつけるというのは十分にありうる。それだけに、ここを陥とせば、毛利勢は一気に崩れる可能性がある。戦功を見せつけるならここだ。小一郎はそれを考えていた。

備中に着くなり、小一郎は秀吉の耳元にささやいた。

「兄者よ。今度は水攻めだ。

まもなく梅雨じゃ。高松城は平城で、まわりは泥田ばかりだ。足守川を堰《せ》き止めて、門前村から蛙ケ鼻《かわずがはな》までの約三十町、ここに堤防をつくって水を溜め、一気に水を流しこめば、高松城は水の中に閉じこめられる。

あとは大軍で取り囲んで、兵糧攻めにして飢えさせればいい。武田同様、こちらも一月《ひとつき》で落とせる。」

「ほおっ。」

秀吉の顔に喜色が浮かんだ。

「小一郎よ。それは妙策だぞ。うん。実に妙策だ。」

秀吉は小躍りし、自軍の足軽ばかりでなく、近在の百姓を一人残らず狩り出して、すぐに堤防作りの準備に入った。


「いったい、どこに続くのだ?」

「皆目見当がつかぬ。」

天正十(一五八二)年三月の末。まだ雪の残る中国山地を、五人の男が歩いている。かれらは、倭《わ》の裔《すえ》が福知山西方の三岳山に設けた小屋からつながるけもの道を、西に辿ってきた。小枝や蔦《つた》の切り跡を注意深く探しながら道を見つけ出す、きわめて根気のいる作業だ。

しかし、かれらは丹念にその作業をおこない、今、大山《だいせん》(鳥取県西部)近くまでたどり着いた。眼前に「伯耆富士《ほうきふじ》」と呼ばれる白く険しい山が聳《そび》え立っていた。

疲れが出た。

「少し休もうぞ。」

小頭の源次が言った。

五人は湧き水の近くに腰を下ろした。一人がその湧き水を両手ですくって飲んだ。高山の水は氷のように冷たかったが、歩き疲れた咽喉《のど》には心地よく沁みた。

「やつらは一体何処《どこ》から来たのじゃろうな。」

干飯《ほしいい》をかじりながら、一人が呟《つぶや》いた。

「もっと西の方だろう。」

濡れ手拭いで顔を拭いていた与助が言った。

「出雲か？」

「いや、もっと西かもしれぬ。」

かれらはめいめいに憶測を述べ合った。しかし、何一つ確証がないから、皆しどろもどろだ。

「石見に違いない。」

それまで黙って考えこんでいた源次が、断言した。

「何故《なぜ》？」

「なぜと言って、石見には毛利の大森銀山があるではないか。」

その指摘に、一同がハッとした表情になった。

「そうか、大森の銀山か。

うん、そうだな。それなら辻褄《つじつま》が合う。」

与助が納得したように肯《うなず》いた。

「しかし、何故毛利のしろがねがやつらに…。」

すぐに、もう一人が疑問を口にした。

「毛利が、敵将である明智に大切なしろがねを渡すはずなどなかろう。そうだとしたら毛利のしろがねを盗むしかないが、しろがねは毛利にとっては一番の宝。毛利が支配する鉱山《かなやま》を荒らすのは至難の業だぞ。簡単に掠《かす》めることはできぬ。」

「こうは考えられぬか？」

源次は、一同を見回して言った。

「西国の山脈は広い。西国は毛利が治めているとはいっても、毛利の目が届くのは平地だけだ。人の住まぬ山奥など、眼がゆき届くはずもない。もし、毛利の支配する大森の銀山は、石見にある銀脈のごく一部にしかすぎず、毛利のまだ知らぬ山奥の銀山を握っている者がいたとしたら、明智にしろがねを渡すことは簡単だ。」

「しかし、誰が…。」

「それはわからぬ。それをつきとめるのがわしらの務めじゃ。」

そこまで言うと源次は言葉を切り、与助に命じた。

「ぬしはここから引き返し、今までのことをお頭に知らせろ。

お頭も苛立《いらだ》っているはずだ。これだけでも何かのお役には立とう。」

忍びであるかれらは、見知らぬけもの道を進む危険を十分認識していたから、四日に一人ずつ、報告の者を福知山で待つ頭の矢平太の元に送っていた。それによってかれらの順路が確かになり、万一の場合には味方が駆けつけてくることも可能だ。

干飯を食い終わると、与助は東に引き返し、残った四人は、これまでと同じように、再びけもの道をたどって伯耆富士を迂回しはじめた。

──まだ浅い春の陽が西の山に傾きかけた頃、突然、ブナの小枝が弾ける音がして、数羽の山鳥が休んでいた樹から飛びたった。ブナの樹から雪が音を立てて落ちた。

「……?!」

人の動く気配がした。

「何者だ！」

源次が、あたりに目を配りながら叫んだ。

「フフフ。」

どこからか、含み笑いがした。

「それはこちらで訊《き》きたいな。

お前たちはどこの手の者だ。何故にこの地に足を踏み入れた。」

女の声だった。

「女か。」

源次が意外そうに言った。

「女と思って侮るなよ。ここはお前たちが入ることを許されぬ土地だ。何を探りに来たかは知らぬが、ここから生かしては帰さぬ。」

声の主は、男のような口調で言い放った。その声と同時に、また微かに人の動く気配がした。

源次は、自分たちが完全に囲まれているのを悟った。

(この囲みを破ることは無理だ。)

忍びの本能がそう教えた。

ならば一人でも多く敵を倒すしかない。四人は源次を中心に固まった。

「もう一度訊く。お前たちはどこの手の者じゃ。何をしにここに入って来た。」

源次は声の所在を知ろうと必死に耳を凝《こ》らしたが、つかめない。沈黙のまま身構え、相手の出方を待った。

「やれ!」

女の声が樹間に響いた。

その声と同時に、四人の頭上から、十数本の短い矢が降り注いできた。製鉄技術にすぐれた倭の血を引く山忍びの矢は、鋭利で、短く、しかもしなやかだ。それが予想もしない頭上から降ってきた。

「?!」

身をかわす間もなかった。肩、首、頭に矢を受けて、源次は仰向けに倒れた。倒れた源次の胸と腹、そして額に、容赦なく矢が降りそそいだ。

「うぐっ。」

源次ばかりでなく、他の忍びもうめき声をあげて、次々と地に転がった。

襲った女たちは慎重だった。四人が身動きしなくなっても、姿を現さない。伏兵がいないか、死んだ振りをしているのではないかと用心しているのだろう。

四半刻も経《た》った頃、濃い緑の装束に身を包んだ十数人の人影が、ブナの大樹から枝を伝って下りてきた。

正姫《チョンヒ》だった。誰もが、右手に矢を握っている。手矢がかれらの武器だったのだ。

山忍びたちは横たわった男たちの左胸に手を当て、生死を確かめ、それでも念のために四人の首筋を掻《か》き切った。生臭い血の匂いがあたりを包んだ。

「福知山の小屋を荒らしたのもこいつらかい？

この道を探るなど、いったいどこの手の者だろう。何ぞ手がかりはないかい？」

正姫が仲間に問うた。

「この帯紐の織り方はどこかで見たことがあるな。」

源次の装束を検分していた与五が、そう呟いた。

「どこでじゃ？」

正姫は源次の死体に近づいて帯紐を見たが、女の正姫には、男物の帯紐の織り方まではわからない。

「ふーむ。たしか、これは、丹後の土地でよく見る帯紐と同じじゃ。」

「えっ?!」

その地名に、正姫が驚きの声を放った。丹後とは、光秀の畏友である長岡藤孝が治める国ではないか。

「丹後？　たしかに丹後か？」

正姫は与五に問いつめた。

「そうじゃ。丹後に間違いない。この帯紐は丹後で織ったものじゃ。」与五は確信ありげに答えた。

「まさか長岡が…。」

正姫は思わず呻《うな》った。


ルソンから戻った交易船が、泉州《せんしゅう》堺の湊《みなと》に着いた。持ち帰られた荷は巨万の富を産むだけに、大きな荷包みが船から下ろされるたび、迎えの人々の口から、歓声があがった。

「まだか…。」

人の群れに混じって、馬面《うまづら》の男が、じれったそうに眼をきょろつかせている。

やがて、長旅を終えた水夫たちが船から下りてきて、そのうちの一人が、馬面の男を見つけると小走りに駆け寄ってきた。

「助佐《すけさ》さま！」

「おお、権次どの。ご無事で戻られたか。何より。何より。」

菜屋助佐は笑顔で挨拶《あいさつ》した。

「これを。」

無精ひげの水夫は、大事そうに抱えていた、油紙に幾重にも巻いた小さな包みを助佐に差し出した。

「おおきに。」

助佐は懐《ふところ》から財布を取り出すと、銭をひとつかみして権次に渡した。

「こんなに？

賃は日本を出るときに、宗易《そうえき》さまからいただきましたぞ。」

権次が驚いた表情をした。

「それはそれ。これはあての感謝の気持ちですねん。皆で長旅の疲れを癒すとよろしい」、助佐は笑顔で答えた。

権次が何度も礼を言って立ち去ると、助佐は渡された包みを風呂敷にくるみ、その足で千宗易の魚屋に急いだ。

宗易は茶室で待っていた。

「旦那さま。ただいま戻りました。」

助佐は襖《ふすま》を開けて宗易の前に進むと、風呂敷包みをさし出した。

「届いたか。」

宗易は丁寧《ていねい》に油紙を解き、中から出てきた異国語で書かれた書状を手にして、感慨深そうに開き、

「読んで聞かせてくれ。」

助佐に返した。

四

四月も半ばを過ぎたある日。千宗易は武田攻めの戦勝祝いのために、岐阜城に織田信忠を訪ねた。

武田攻めの総大将だった信忠は、自害して果てた武田勝頼父子の首実検を済ませた父信長とともに凱旋《がいせん》し、疲れを癒していた。

「武田攻めではご奮闘の由《よし》、祝着《しゅうちゃく》至極にござります。」

孫ほどに若い信忠に、千宗易は低頭した。

「なあに、何ほどのこともなかった。戦さらしい戦さは一度もなかった。あれでは奮闘とは言えぬわ。」

信忠は余裕ある笑みでこたえた。

「久しぶりに宗易殿の茶が所望じゃ。」

信忠は宗易を三階の茶室に誘い、宗易の点《た》てた茶を喫《きっ》した。

雑談になった。話はおのずと甲斐攻めになり、武田勝頼の身の哀れさに及んだ。

「信玄の時代には一族の結束を誇った武田家であったから、この度、身内からあのようにも大勢の寝返り者が出るとは、勝頼も考えてはおらなんだであろう。思えば哀れな話だ。」

そこまで言って、信忠が軽く咳《せ》きこんだ。

「大丈夫でございますか？」

宗易は心配そうに信忠を見た。

「なに。軽い風邪よ。どれほどのこともない。」

信忠の言葉に、宗易が真顔で返した。

「信忠さまも御躰《からだ》には十分ご留意なさってくださりませよ。先に大殿がたった三日御病臥《びょうが》なされただけで、家臣の方々は、みなみな蒼白な面持《おもも》ちになりましたからな。

織田家の御跡取りに万が一のことでもございましたら、一大事にござりまする。」

宗易の声は、いかにも信忠を気遣う心配そうな口調だった。

「それはそうじゃ。」

苦労知らずの青年には、老人のしたたかさは見破れない。世辞が真意に聞こえる。宗易の言葉が嬉しかったのか、信忠は神妙に応じた。

「いよいよ中国攻めでございますな。これが終われば大殿の天下布武《てんかふぶ》も成就したと同様。実に楽しみなことで。」

「そうじゃのう。父上も大層張り切っておられる。」

「今度は山陽と山陰の二ヶ所から攻める策をおとりになるそうで。

そうなりますと、いくら守りに強い毛利でも難儀なことでございましょう。」

「うむ。この度の父上の張り切りようから察するに、早ければ三月《みつき》、遅くとも半年で決着がつくであろうな。」

「それはそれは。」

「武田を滅ぼした織田に逆らおうとする者など、もう、この日ノ本にはおるまいて。」

「仰せのとおり。

しかし。それにしても、大殿の日向守《ひゅうがのかみ》さまに寄せる信頼は大きなものがございまするな。昨年の馬揃え（観兵式）といい、今度の山陰攻めといい、あれほどに大殿の信を一身に受けられたお方は初めてでございましょう。」

宗易は、話の矛先をたくみに光秀に向けた。

信忠の眉《まゆ》が曇った。

（また光秀か――。）

それを宗易は見逃さなかった。

「信忠さま…。」

宗易は声をひそめて言った。

「信忠さまは織田家のご嫡男。いずれは天下を統《す》べる御躰であらせられます。早く信頼できる者をお側にお集めなさいませ。どこの家にあっても、家中が乱れるは代替わりの時にございます。武田がその悪しき手本。大殿万が一の後、勝頼のようになってはなりませぬ。今からのお心積りがご肝要。」

一言一句に、自分に対する愛情があふれている、と信忠は理解した。その好意に溢れた言葉に打たれて、信忠が真剣な眼差しで宗易を見つめ返した。

「のう、宗易殿。まだ若いわしのために一命を賭してくれる覚悟の将が、今の織田家中におるかのう。

わしには、どの将も皆、父上のためにだけ精進しておるように見えて、後々がいかにも心もとない。」

信忠には、信長のように、大人たちの姦計《かんけい》を撃ち破ってきた強靭な意志も理念もない。宗易の言葉を宗易の心として受け止め、思わず、自分が一番不安に思っていることを口にした。

その若い率直さに、宗易はほほえんだ。かれは、今日出向いてきた目的の方向に話題を導き始めた。

「おそらく、日向守さまはさようでございましょうな。あのお方は、大殿あってのお方でありまするから。こういう言い方はなんでございますが、柴田さまや明智さまは、大殿一辺倒で、信忠さまのことなどは眼中にありますまい。丹羽《にわ》さまも池田さまも、おそらくは御同様。

しかし、中には、信忠さまに末永くお仕えしたいと願っているお方もおりましょう。」

その言葉に、信忠の表情が変化した。

「たとえば？」

深い関心を持って信忠は訊いた。

「羽柴さまなどはそうかと。」

宗易は、秘めた暗い心をおし隠してさらりと言った。

「筑前守か？」

秀吉も光秀も同じではないのか――、とは信忠は思わなかった。宗易の言葉があまりにも自分に優しくて、心に沁みたからだ。

宗易は、信忠の心の動きが手に取るように読めた。

「はい。羽柴さまは、若殿の弟君の秀勝さまをご養子にいただいていらっしゃるように、織田家に対しては、人一倍ご忠心の厚い方でございます。織田家中で、大殿から御養子を頂いているのは、羽柴さまただ一人《いちにん》。

先日姫路に出向きました際、信忠さまのご懸念をお話しましたところ、羽柴のご兄弟はひどく心を痛めておられました。

お側に置けばこれほど心強いお味方はございませぬ。宗易めがお取り持ちいたしますゆえ、一度、弟御の小一郎殿と酒《ささ》など酌み交わしてはいかがか？」

それこそが今日の訪問の目的だった。宗易は必死の演技をして見せた。

「そうか。」

その言葉に、信忠が考えこんだ顔をした。

先刻届けられたばかりの書状をすばやく読み終えて火にくべ、長岡藤孝は宮津城の茶室を出た。

「与一郎はどこじゃ。」

与一郎とは、彼の嫡男である与一郎忠興《ただおき》のことだ。

「ただいま奥方さまと庭におられまする。」

「また、お玉か。」

藤孝は露骨に顔を歪めて、舌打ちした。

忠興夫婦の仲の良さは、長岡家中でも評判だった。美貌で名高いお玉を妻にして、忠興は有頂天だ。岳父は、天下人織田信長の信頼を一身に受けている明智日向守光秀だ。世がこのままで推移すれば、娘婿忠興の前途も洋々たるものだ。側室も持たず、お玉一人にのめりこんでいる。「よくよく女房殿の好きな男じゃな。」

「実に仲睦《むつ》まじく、羨《うらや》ましい限りでございます。」

忠興夫婦の仲睦まじさを慶賀《けいが》すべきことと思っている近習には、藤孝の皮肉は通じない。ためらいもなくそう答えた。

「なにが羨ましいものか。ただの呆《ほう》け者よ。

わしはこれより京に向かう。すぐに与一郎を呼んでまいれ。」

藤孝は吐《は》き捨てるように言った。


――長岡藤孝は、わずかな供連れで馬を飛ばし、京に着いた。その足で前の太政大臣近衛前久《このえさきひさ》の元に行き、

「近衛殿。毛利攻めの仕度に、山陰の古誌を調べたくなった。御所の書庫に入るお許しをいただきたい。」

書庫出入りの許可を願い出た。

「それはまあ、熱心なことでごじゃるな。どうぞ、幾日でもお使いくだされ。」

「かたじけない。」

藤孝は、御所の書庫に入ると、石見国に関する古誌を猛烈な速さで調べはじめた。

藤孝は、当代きっての教養人、と言われている男だ。古誌を読むことなどひとつも苦痛ではない。ひたすら読み漁《あさ》った。

それから五日がいたずらに経った。山陰という地域が辺鄙《へんぴ》な田舎であるせいもあろうが、山陰に関する書誌は思いのほか少なかった。わずかに保存されている『出雲風土記』をはじめとして、山陰地方に関するいくつかの地誌を読み漁ったが、

「これでは何の役にも立たぬ。」

藤孝を満足させる記述はどこにも見当たらず、藤孝は舌打ちした。

(武田攻めが終わり、次の毛利攻めまで織田家中はいましばらく休息の時期ではあるが、いつまでも御所に入り浸っていると、どんな不審の眼を向けられるかも知れぬ。そろそろ諦《あきら》めて丹後に帰らねば…。)

そう考えはじめた。

ところが、

「ふーむ。」

ある一冊の古ぼけた書誌を手にして、藤孝が思わずうなった。

しろがね録――。

と、その表紙には書かれていた。

いにしえ、石見国浜田に置かれていた国分寺に残された記録だった。記述者の名も記されていない。紙は黄ばみ、あちこち虫に食われ、表装も十分でない。おそらく、何百年も人目にさらされたことはなかったに違いない。

(いかにも奇なる名よ。)

長岡藤孝は腰を据《す》え、あちこち虫に食われて判読しかねる箇所も多い『しろがね録』を、丹念に読みはじめた。そして、これはと思える箇所を筆写していった。

「――和銅三年。迩摩《にま》の里にて源海なる僧が鬼に殺された。

鼻を潰《つぶ》され、右手がもぎ取られ、胸には尖《とが》った竹が二本突き刺さっているという酷《ひど》い殺され方であった。

この山の鬼どもは、仏を憎む。源海が所有していた木造りの仏像は粉々に砕かれ、僧衣は切り裂かれていた。

――和銅四年。三瓶《さんべ》の山麓《さんろく》の奴婢《ぬひ》が五人、山に伐採に向かった後に消息不明となった。十日を過ぎても戻ってこないため、探しに行ったところ、食いちぎられた五つの死体が発見された。

死体の周辺には大勢の足跡が残っていた。里の者の足跡より二回りも大きいものであったので、鬼の仕業であろうと里の者は噂《うわさ》している。

――和銅五年。仁多《にた》の里に建立中の仏寺が、深夜、何者かによって焼かれた。火の燃え上がる中を、獣の皮をかぶった鬼たちが山に向かって走るのを見た、という者がいた。

尊い仏寺を焼くなどという罰当たりなことをする者は里にはおらぬ。火つけは山に棲む鬼のしわざであろう。何ゆえかは知らぬが、山の鬼どもは仏を憎んでおる、と里の者は噂している。

——天平二年春。阿井《あい》の里の者が山菜《やまな》を取りに奥山に分け入った際、大鹿を追って走る鬼どもの群れを見たという。

獣の皮をかぶった鬼どもであった。その数は十とも十五とも見えたが、確かな数はわからない。口は裂け、眼は里の者の倍以上もの大きさで、禍々《まがまが》しくつり上がっていたという。」

神武《じんむ》一族は、西暦五百年初期に近畿一帯を完全掌握した。その後は、先住部族としての誇りと権利を主張する物部《もののべ》氏、大伴氏、蘇我氏らをつぎつぎと葬り、単独政権を確立した。

文武天皇の大宝元（七〇一）年。刑部《おさかべ》親王や藤原不比《ふひと》等によって大宝律令が制定され、大和一族は中央集権国家づくりをめざし、地方に国庁を設置した。日本という国号が法的に確定したのも、この時だった。

神武朝廷はこの律令によって、王土王民制度に向けて邁進《まいしん》し始めたのだった。王土王民制とは、簡単にいえば、日本の国土も民も神武朝廷の占有物であるという思想だ。それは同時に、神武朝廷以外の先住民の権利を一切認めないという強い意思表示でもあった。

それくらいにまで神武朝廷の支配が強固になっていたという証左だ。王土王民思想は、それ以降、日本支配の基本的思想となる。

奈良時代初めの和銅六（七一三）年、元明天皇は「風土記」の編纂を国庁に命じた。地誌の編纂である。そして天平十三（七四一）年、聖武天皇の時代には、さらなる地方掌握を意図して、国分寺、国分尼寺造営の詔勅《しょうちょく》が出された。仏教と政治の同化政策の推進である。

神武朝廷は、治世に仏教を積極的に活用した。石見国では、浜田の地に国分寺が造営され、それまで国庁に保管されていた「風土記」は国分寺に移管された。

誰の手によるものかはわからないが、『しろがね録』なる地誌は、神武朝廷が仏教を活用して中央集権の色彩をあらわにしはじめた時期に記された膨大な地誌の中から、この記述者の関心のある箇所だけを丹念に抜書したもののようだった。

「ふーむ。」

書き写していると、『しろがね録』の記述者の眼が、山陰の奥山に棲《す》む鬼に向けられていることはわかった。しかし、山に棲む鬼がなぜ誌名の「しろがね」に関係しているのかがわからない。藤孝は気が急《せ》くのを抑えながら読み進んだ。

「――天平三年。三瓶の猟師に質《ただ》す。

かの者の話すところでは、三瓶山の山に棲む鬼は大勢いて、里の者と逢うことを嫌い、里の者の姿を見かけると山に身を隠す。稗《ひえ》や粟《あわ》を食さず、人や獣や鳥の肉、川の魚、木の実を常食としているという。

かの猟師が物知りの年寄りから聞いた話では、この鬼どもは、いにしえの頃にわけがあって出雲から移ってきた、と語り継がれているとのことである。いかなる故があって出雲から三瓶の山中に移ったのかについては、誰も知らぬと言う。

——天平四年。三瓶を西に五里ほど行った森の奥で、阿井の里の猟師が鬼に襲われて死んでいた。首を折られ、両足の骨も砕かれていた。

不思議なことに、その猟師のあけびの蔓《つた》で編んだ籠の中には、獲物ではなく、様々な岩くれが詰められており、その中にしろがねの塊《かたまり》が一つだけあった。」

（しろがね——！）

藤孝の鼓動が早鐘《はやがね》のように鳴った。

（石見、山に棲む鬼、しろがね——。

おおっ。やっと一つの線になったぞ！）

彼は読みすすんだ。

「——天平六年。三瓶の西方の川岸に、獣の皮をまとった死体が流れ着いて、里長の元に運ばれた。鬼であるかと思ったが、鬼ではなく、人であった。歳の頃は三十歳ほどと見えた。頭が砕けているところから、川の奥で誤って足を滑らせて落ちたのではないかと思われる。里の者ではなかった。

獣の皮がところどころ白く光っていた。検分するとしろがねの粉であった。この土地にしろがねが採れたという報告は今までにない。念のために、都に報告した。

——天平七年。しろがね検分のために都から大勢の兵が来た。山に棲む鬼どもの襲撃に備えて、皆、弓矢を携えていた。

三瓶の里の者たちに命じて、大勢で奥山に分け入り、川沿いにしろがねを探させたが、何処にもそれらしきものは見つからなかった。

三十日ほどして、かれらは空しく都に帰った。」

「……！」

筆写のまどろこしさに駆られた藤孝は、あたりを見回し、誰もいないのを確かめると、『しろがね録』を懐にねじこんで立ち上がり、足早に書庫を後にした。

間奏曲　一

晩冬の西陽が、長谷之列木宮《はつせのなみきのみや》（現奈良県桜井市）と呼ばれる檜《ひのき》造りの王宮を、紅《くれない》に染めている。

一人の老人と一人の中年男が、王宮の板戸を開けて、今まさに山の端に落ちようとしている陽を眺めていた。

「これで最後の戦さにしたいものだな。」

顎《あご》に長い髭を蓄えた白衣の老人が言った。

「あの者たちから大和の地を奪い返してから、もう二十年経つが、なかなかあの一族を根絶やしにできぬ。殺しても、殺しても、次から次へと新王を名乗る者が現れおる。」

歯がゆそうな口調だった。

「大王よ。そう急《せ》くな。

仕方がないのだ。やつらはこの百年の間にずいぶんと『血分け』を進めた。根絶やしにするのには、いましばらく時がかかろうぞ。」

　戦さ姿の中年男がなだめるように言った。

「わかっておる。」

　大王と呼ばれた老人は小さくうなずいた。

「しかし、大臣《おとど》よ。わしも、もう老いた。時がないのだ。

　わしの生きてあるうちに、神武の一族はもちろんのこと、百年前、皆を裏切って神武一族につき、わしらを出雲に追いはらった物部と大伴の血も、根絶やしにせねば気が済まぬのだよ。」

　神武一族という言葉を口にした時に、老王の眼は憎悪で光った。

「あやつらは、この百年の間に、海の向こうの者たちに、自分たちがわしらの祖の血統を受け継いだ身であるかのような偽りを、言い触らしてきた。

　わしらの血の流れに、自分たちの血をすべり込ませたのだぞ。しかも、倭《わ》を『ヤマト』と呼び改めさせ、勝手に『大和朝廷』などと名乗りおって。」

「うん…。」

　大臣の平郡真鳥《へぐりのまとり》も、それにはうなずいた。

　老王の激しい憎悪は無理からぬものだった。かれは、遠い昔、大和の地を核として「倭」と呼ばれる国を創設した一族の後裔《こうえい》だった。かれらの祖は、いにしえの頃に日本海のむこうの朝鮮半島から、質の良い砂鉄を求めて渡ってきて、出雲地方（島根県東部）に住みついた職人集団だった。

出雲と伯耆の境（島根県安来市）には、良質の砂鉄があった。製鉄には大量の木炭が必要だ。雨量の多い山陰地方は、いくら樹木を伐採しても山林に復元力があり、木炭にはこと欠かない。そこに大集落ができ一大部族が誕生するのは、当然のことだった。

かれらはその製鉄技術で他部族を凌駕《りょうが》し、出雲を出、中国山脈を越え、難波や大和の地にまで進出していった。そして、先住部族の長たちと合議制国家である倭国を樹立した。

「大臣よ。わしらの祖は、大臣を軽んじての専横は許さぬと決め、それを守り続けたのだぞ。」

老王が誇らしげに言った。

「そのとおり。」

平郡真鳥が素直に応じた。

「国とは血ではない。限られた一族の者だけのためにあってはならぬ。血の違《たが》う者たちが身を寄せ合うことのできるのが国のあるべき姿だ、と考えたのだぞ。われらの祖は、血の異なる者たちが集いながら、それでいていつまでも戦さのない国を創ろうとしたのだぞ。」

「然《しか》り。」

「それで民も幸せであったものを…。」

倭の平和は二百年ほど続いた。しかし、百二十年ほど前、合議員の一人でありながら権力慾に捉われた神武の一族が、倭国の独占に奔った。かれらは、同じく有力部族である物部と大伴の一族を味方につけると、倭王一族や、自分たちに従わぬ他豪族を、抹殺にかかった。

欲望は人の力を倍加させる。権力慾に燃えたかれらは獰猛《どうもう》な戦闘集団と化し、合議制を重視する倭国の構成員たちを武力で殺戮していった。そして、あっけなく王朝が交代し、肥沃《ひよく》な難波《なにわ》や大和は、神武一族のものとなった。

しかし、政権を奪取しながらも、日本海の向こうの宗家の視線を気にした神武一族は、倭王朝を武力で滅ぼしたことを伏せ、倭王朝の血の中で王位継承がおこなわれたように報告した。

「わしらの祖を惨殺したくせに、まるで、わしらの祖の血を引く正統な血であるかのように言いふらすなど、赦《ゆる》しがたい。」

百余年前を想像して、老王は吐き捨てるように言った。

戦さに敗れた倭一族は、大和を捨て、本拠地である出雲に逃げ帰り、以後、自国をかためるのに専念した。当然、小競り合いはつづいたが、製鉄技術に長けた倭一族は武器が豊富で、国の守りが堅く、神武王朝の出雲浸入を許さなかった。

そんな風にして百年の時が流れた。

——二十年前。つまり、西暦五百年初期。今の老王の代になった時、かれは、各地に潜んでいたかつての倭国構成員の裔《すえ》たちに呼びかけた。

「百年の恨みを晴らそうぞ。

いま一度、倭を取り戻すために戦うのだ。同胞《はらから》よ、起て！」

その言葉に、倭一族は、一斉蜂起《ほうき》した。かれらは出雲地方に蓄えていた鉄製の武器を携えて、春の中国山地を越え、再び大和に向かった。

あらゆる利権を同族だけに集中させようとはかる神武王朝の専横は厳しかったので、呼応する兵は膨《ふく》れあがり、九州でも筑紫の磐井《いわい》一族が立ち上がって、決起は成功した。

倭一族は、仇敵である神武一族のほとんどを殺し、物部や大伴の一族を大和地方から放逐すると大和の王宮に入り、かつての合議制国家を再開した。

これが老王が長谷之列木宮の主になった経緯だ。

しかし、一度政権の味を知った神武一族も、敗けっ放しではいなかった。神武政権の重鎮《じゅうちん》であった物部麁鹿火《あらかい》と大伴金村が核となり、近江地方に身をひそめながら、越の国高向（福井県坂井郡丸岡町）にいた神武の薄い血を引く手白香皇女《てしらかのひめみこ》の夫男大迹《おおどの》を、神武一族の大王の座に就くようにと口説き落とし、政権奪回を仕掛けた。

「平群《へぐり》の大臣よ。男大迹はいま何処に？」

「まだ弟国《おとくに》（京都府乙訓郡）から動いておらぬ模様だ。戦さは物部麁鹿火と大伴金村に任せるつもりなのだろう。」

戦さ姿の平群真鳥《まとり》は答えた。

「新王を名乗って二十年、弟国に入って八年か。金村たちは、男大迹のような、神武王と血のつながりもない者を新王に担いで、どうする気なのだ？　手白香皇女がわしの姉だなどと触れておるそうではないか。」老王が首をかしげた。

「やつらは、血統などはどうでも良いのじゃよ。自分たちの意のままになる大王を作るためならば、どんな嘘でも平気につく。

戦さにさえ勝てば嘘も真実になる、と、本気で信じておるのだ。」

この二十年間老王の片腕として倭政権を支えてきた平群真鳥も、老王の言葉に煽《あお》られて気が昂じてきたらしく、吐き棄《す》てるように言った。

「やはり、戦うしかないな。」

「もちろんだとも。

気の重い話だが、倭を本当にわれらのものにするためには、男大迹だけではなく、新王を名乗ってくる者は殺し尽さねばならないのだ。」

真鳥は断言した。

「そうじゃな。」

老王が深いため息をついた、「往くか。」

二人は踵《きびす》を返し、待機している軍兵の元に向かった。

王宮前では倭政権が誇る軍団が老王の登場を待っていた。

「おお、大王じゃ！」

軍兵が歓声をあげた。

老王は兵たちに片手を挙げて応えた。

「わが同胞たちよ。今度こそは、神武一族を、物部を、大伴を、一人残らず滅ぼすのだ。」

居並ぶ有力豪族を前にして老王は叫んだ、「この国はわれらのものだ。再び神武一族に渡してはならぬ！」

「おおっ！」

その声を受けて、倭国軍は戦さ場に向かった。

戦いの朝になった。神武軍と倭国軍は、三輪山麓（奈良県桜井市）の草原を挟んで対峙した。

「大臣の父よ。あれをご覧なされ。」

平群真鳥が戦場に着くと、息子のしびが、味方の陣を指さした。

「うん？」

真鳥は、息子の指さす方に視線をやった。

敵を前にしながら味方の兵たちが動こうとしない。

「どうしたのだ？　誰も動かぬではないか。なんぞ面白い策でも講じたのか？」

真鳥は無邪気そうに訊いた。

「いえ…。」

しびが首を力なく横に振った。

「父上よ。そうではありませぬ。

動かぬのではなく、わが兵たちはみな、動こうにも動けぬのです。」

声が重い。

「何？」

真鳥は、不可解な表情で息子を見つめた。

「昨夜、蘇我から味方の兵たちに、戦勝を祈念する酒が届けられましてな。せっかくの志《こころざし》でもありましたので、兵たちに一献ずつ振舞ったのですが、その直後から、躰の不調を訴える者が続出しました。」

しびが説明した。

「蘇我から届けられた酒で、か？」

事態を把握できず、平群真鳥が困惑の表情に変わった。

その真鳥に、しびが口惜しそうにうなずいて見せた。

「まさか、蘇我が…。」

真鳥は絶句した。蘇我一族は、九州の磐井一族とともに、倭政権の一翼を担っている有力豪族だ。もしも、その蘇我が裏切りでもしたら、倭国軍の敗北は確実だ。

その時。喊声《かんせい》が起こり、鳴り物が響きわたり、前方から物部軍と大伴軍が突進をはじめた。

「敵が攻めてまいりました。」

「しかし、どうすればよいのだ…。」

武勇をもって鳴らしてきた平群真鳥も、予想外の事態に判断を下しかねた。

「大臣。あちらを…。」

傍らの将がうろたえ気味に叫んだ。

「何だ？」

真鳥は右に視線を移した。

「蘇我が…。」

「何？」

見ると、味方であるはずの蘇我一族の軍が、敵の神武軍に向かわず、こちらに向かって攻めてきているではないか。

「蘇我が裏切ったのか?!」

真鳥が驚きの声を発した。

「蘇我が…、あれだけ固く倭国再建を誓い合った蘇我の一族が、大伴金村ごときの口車に乗ったというのか?!」

あまりにも大きすぎる裏切りに、平群真鳥は蒼白な顔で歯軋《はぎし》りをした。

――三輪山麓の戦さは、大伴金村の指揮する神武軍の圧勝に終わった。金村の懐柔《かいじゅう》に乗って倭国政権を裏切った蘇我一族が、倭国軍の兵士たちに振舞う酒の中に毒を仕込んだのが功を奏し、戦さらしい戦さもなく、倭国軍は壊滅させられた。

勢いに乗った神武一族の大軍は、その足で長谷之列木宮に殺到した。倭一族は戦うすべもなくし、王宮の親衛隊長である平群真鳥の息子平群しび、と、後に神武一族から「武烈《ぶれつ》王」という悪名で呼ばれることになる老王は、神武一族の雑兵たちによって惨殺された。

五の章　暗　謀

一

「小一郎よ。安土の手の者からの知らせだと、近々、明智勢が山陰沿いに毛利攻めに加わるらしいぞ。」

二人きりになるのを見はからって、秀吉が不満そうな声で告げた。匂い薬を嗅がせてある信《のぶ》忠《ただ》の近侍からの知らせだ。

「うん？」

秀吉の言葉に、いつもは眠そうな小一郎の三白眼《さんぱくがん》が、不愉快そうに動いた。

「何のつもりだ？」

今の羽柴軍の頭脳は、秀吉でもなければ黒田孝高《よしたか》でもない。羽柴小一郎だ。彼は徹底して兵糧攻めの策をとってきた。

(斬《き》って殺すも、飢えさせて殺すも同じことよ。)

そう考えている。

実戦に役立つ兵を得ることは大仕事だ。刀をもって戦えば、敵兵も死ぬが、味方の兵も減る。戦さ慣れした兵の損傷をおさえることは、将として当然の務めだ。兵糧攻めなら、ほっておけば、敵兵ばかりが飢えて死ぬ。これほど効率的な策はない。

その手で三木城（兵庫県三木市）は獲った。銭はかかったが、兵の損失は少なかった。毛利家の東部方面の前線基地で一番抵抗のはげしかった因幡《いなば》（鳥取県東部）も、自分の手で征伐した。すでに備前（岡山県）の宇喜多も篭絡《ろうらく》して、いまは高松城水攻めの手はずを整えている。

（そこから先は、何ほどのことがあるか。毛利は、年内にわしらの手で滅ぼしてみせる。）

と小一郎は思っている。

あとから参戦した明智軍団が伯耆《ほうき》、出雲を討ったならば、羽柴軍の手柄が霞んでしまう。しかも、毛利を滅ぼしても、大森銀山のある山陰の管理権を手に入れなければ、何の旨味《うまみ》もない。

「ふむ。」

小一郎は両腕を組んで、信長の真意がどこにあるかを考えた。

（毛利を征伐したら西国全域をわしら羽柴にくれるのが筋じゃが、ひょっとしたら、信長は、山陽は兄者、山陰は光秀と考えているのではないのか？）

そんな想像が頭をかすめた。

温暖で土地の肥えている山陽にくらべると、雨ばかり降る山陰地方は貧弱な土地だが、その貧弱な山陰に、富の源である大森銀山が存在している。

（最近の信長の光秀に対する寵愛《ちょうあい》ぶりから考えると、まんざらないことではない。）

小一郎はそう思った。

顔を合わすたびに生理的な嫌悪を覚える明智日向守《ひゅうがのかみ》光秀の道人面が浮かんできて、彼は舌打ちした。

(明智日向守光秀。いけ好かぬ男だ。)

急に腹が立ってきた。

「兄者よ。わしらはこうして一生、信長と日向守にこき使われるだけで過ごすのか。」

小一郎は、酒の満ちた湯飲み茶碗を一息に飲み干すと、力まかせに投げつけた。茶碗は壁にあたり、音を立てて砕けた。

(わしら羽柴一族が舐《な》められるのも、つまるところ、兄者が信長にへつらいすぎるからだ。実子がないからとはいえ、血を分けた甥《おい》もおるのに、信長の子を養子に迎えたりして。兄者は一族の者たちのことを一つも考えておらぬ。)

怒りは、骨のない兄秀吉に向けられた。

日ごろは豪気な大風呂敷を広げるくせに、土壇場になると気弱に縮こまる兄が、最近、癪《しゃく》にさわってならない。そんな弟の感情を敏感に感じとったのか、秀吉が眼を逸《そ》らせた。

「信長や光秀にこき使われるだけの一生など、ぬしはよくとも、わしは真っ平じゃ。」

小一郎は吐《は》き捨てるように言った。

——それから数日して、小一郎の心を一層激怒させるような知らせが届いた。

伊勢の九鬼水軍に対して、大型船造船のための用地を伊勢湾に早急に確保するよう、信長から下知《げじ》があったというのだ。併せて南蛮の大船一艘が停泊できるように港を整備せよ、と添えられていたという。

その知らせを小一郎に送ってきたのは、千宗易《せんそうえき》だった。宗易からの書状には、

「このままでいくと、ルソン交易の利は大殿ひとりのものになってしまいまする。」

との強い懸念がつけ足されていた。

千宗易や羽柴小一郎には、光秀や信長が海原の彼方に見ている夢や危機感など、かけらも見えない。あくまでも南海交易の利の問題だ、と思っている。しかも、千宗易の示唆もあって、最近の小一郎は、ルソン交易の利の大きさに食指が激しく動いている。たとえ相手が信長であろうと、これを他人に奪われることは看過できない。

書状を読み終えた小一郎は、

(これ以上は放っておけぬ。)

と瞬間的に思った。

「兄者よ。」

抑えた声で言った。

「うん？」

「ここに至っては、もう、消えてもらう以外にないのう。」

「誰にじゃ？」

「もちろん、信長よ。

わしは、もう、あの男にこき使われるのは飽いた。」

小一郎はこともなげに言った。

「なにが信長だ。骨身を削って働くだけ働かされた挙句《あげく》、国も、家臣も、あの養子の秀勝に持っていかれるなど、馬鹿馬鹿しくてやっておれぬ。」

「こっ、こら。小一郎…。」

秀吉は、陣幕内に誰もいないのを承知しながらも、両手を何度も振って、思わず周囲を見回した。

「そう簡単にできるわけがないではないか。なんと言っても、相手は大殿じゃぞ。お前ももっと考えてものを言え。」

秀吉は信長の魔性を信じている。

「何を阿呆《あほう》な——。」

小一郎は唇をゆがめて嗤《わら》い、兄の怯《おび》えを無視してつづけた。

「兄者よ。織田信長という男、あれは、わしらと同じヒトじゃ。槍《やり》で突くと血が出るし、首を落とせば死ぬるのよ。

誰も、わが身が可愛いから反逆できずにいるが、どうせ水呑《みずの》み百姓のせがれのわしたち。元の裸になる気になれば、あんな男、恐ろしくも何もない。」

「……、」

その言葉に、秀吉は、蒼《あお》ざめて、生唾を呑んだ。

「殺《あや》める方法は今から考えればいい。人を殺める方法など、探せばいくつでもあるものだ。ただ、このままでは、いつまで経《た》っても同じことよ。兄者の前には常に日向守が立ち塞がっておる。おそらく、今度の南海交易だとて、軸になるのは日向守だぞ。仮に信長が大病で倒れたとしても、信長に意識がある限り、やつは日向守を何よりの頼りとするじゃろう。時が経てば経つほど、織田家は日向守を軸にして回り続けるばかりだ。一生明智のうしろを歩く生活《くらし》のどこが面白いのか。」

秀吉は押し黙ったままだった。

小一郎は、そんな秀吉を無言で見つめ続けた。

「……。」

秀吉は答えない。秀吉には、小一郎が本気で言っていることが、ひしひしと伝わっている。だが、それに応じるわけにはいかない。ひたすら沈黙を守り、小一郎の視線を避け、この空恐ろしい時間の過ぎるのを待った。

「……、」

「……、」

重い時が流れた。

秀吉を見つめる小一郎の眼に、侮蔑《ぶべつ》と怒りが広がった。彼は無言で立ち上がると、秀吉の胸倉をつかんだ。

「弟よ。」

意外な言葉が、小一郎の口から出た。

「ぬしが織田信長の足軽組頭になり、力になる身内が欲しくて、京の町を探し歩き、わしを夜《や》盗《とう》から連れ戻しに来た時、ぬしはわしに言ったではないか。

兄者。夜盗など、大きな顔をしたところで、せいぜい京の町の夜の世界を牛耳るくらいのものだが、武士になれば、二人で天下が狙える。

とりあえずの足がかりは自分が作ったから、これから、二人で、天下取りの夢を見ようと。

藤吉郎よ。あれは、ただの言葉だけだったのか？」

「……。」

秀吉は、沈黙のまま顔をそむけた。躰《からだ》が小さく震えている。

「あの言葉は、ぬしにとっては、わしを連れ戻すためだけの方便だったのか？」

小一郎は胸倉をつかむ手に、いっそうの力を籠めた。

「……」

蒼ざめた秀吉は、答えない。

「しかし、ぬしにとってはただの方便だったかもしれぬが、わしは、ぬしのあの言葉に、夢を見たのだぞ。

百姓であろうが夜盗であろうが、才覚のある者が天下を摑《つか》めるという夢――。兄であることを隠して、ぬしの弟を演じながら、わしは、ぬしと共にこの手に天下を取る夢を見たのだぞ。

それを、十五年も経った今になって、信長が大きくなりすぎたからという理由だけでその夢を棄《す》てられるか。そんな無様な真似をするくらいなら、夜盗のまま気ままに過ごしておった方がどれほどよかったか。」

半開きの眼をいっそう細めて、小一郎は、秀吉を睨《にら》んだ。

だれもが誤解していた。

この兄弟は、実は、小一郎が羽柴兄弟のひとつ違いの兄であって、弟藤吉郎が織田信長に仕えたため、家臣である弟が兄になりすまし、兄は弟を演じて、引き立て役に回っていたのだった。

小一郎と「とも」は、かれらの母の前夫との間にできた子であり、秀吉や妹の「あさひ」とは父が違った。水呑百姓は貧しい。そのために、長兄の小一郎は、若くして家を捨てた。

「いや、兄者。それはもちろん…。

じゃが、しかし…、」

秀吉は言葉に詰まった。

「なにが信長だ！

そんなものが怖くて天下が狙えるか。ここまで来たら、腹を据《す》えろ。のう、藤吉郎。人と人との戦いというものは、捨て身になった者が倍の力を得るのよ。刺し違うつもりになれば、天下人の信長相手でも、結構面白い勝負になるものだ。」

小一郎は秀吉の身体を揺さぶりながら、激しく詰め寄った。

「そうは言っても…、」

秀吉は口ごもった。羽柴秀吉は、出世志向の強い男ではあったが、主君である信長への反逆までは考えていなかった。

彼は信長を恐れてはいたが、一介の足軽に過ぎない自分を引き立ててくれた信長を、その数倍も敬愛していた。彼としては、そのうちに織田家一番の重臣としての地位を確保したい、といった程度の野心しか持っていなかった。

しかし今、兄の小一郎は、秀吉が思い描いてきた野心の垣根を一挙に跳び越えるよう、決断を迫っていた。

兄の有無を言わさぬ恫喝《どうかつ》に、秀吉はひたすらうろたえた。信長と小一郎、つまり、主君と兄の二つ共に取れぬ以上、どちらか一つを選ばねばならないが、いまの秀吉は選択能力を喪失していた。

「藤吉郎！」

小一郎は、もう一度、秀吉を睨みつけた。

彼の睨みには、夜盗時代から、格別の凄みがある。兄のその眼の鋭さに、秀吉はうろたえることしかできない。

「聴こえておるのか、藤吉郎。」

「……、」

「……！」

「……、」

秀吉は、ひたすら無言で小一郎の視線を避けつづけている。

「この臆病者！」

小一郎は弟を怒鳴りつけて、摑んでいた手を放した。

「あっ。」

秀吉が尻餅をついた。

「人を煽《あお》るだけ煽って責任のとれぬやつは、男の屑《くず》だ。」

もう一度、侮蔑の言葉を投げつけた。

「……。」

秀吉は、力なくうなだれた。

「もうよい。ぬしがやれぬのなら、わしがやってみせてやる。藤吉郎よ。わしが、必ずぬしに天下を取らせてみせるから、ぬしはしばらく、わしのすることを、黙って眺めていろ。」

小一郎はそう言い残すと、秀吉をおいて陣幕の外へと去った。

二

四月の末近い日の夜半、羽柴小一郎は、姫路の外れにある増国寺に着いた。先日の書状で、千宗易が、どうしても会わせたい人物がいる、としたためてきたからだ。

「人目をはばかりますゆえ、」

宗易はそう書いてこの寺を指定し、増国寺の門前まで小一郎を迎えに出てきている。

宗易の隣には、托鉢僧の姿があった。その托鉢僧は、僧編傘で顔を隠したままで小一郎を迎え、無言で辞儀をしただけで、部屋に入っても編傘を取ろうとしない。

宗易は後ろを振り返ると、托鉢僧に、

「ささっ、こちらに。」

と声をかけて、小一郎の向かいの座布団をさした。

僧が自分の横に座ると、宗易は小一郎を見つめた。

「丹後の長岡兵部大輔藤孝殿でござります。」

「何？」

小一郎が軽くない驚きの声を発した。

宗易が、ニタリと笑った。僧が、おもむろに僧編傘を取った。

長岡藤孝は、明智光秀の盟友として知られている。明智と羽柴は疎遠でありつづけたので、同じ織田軍団に属してはいるものの、小一郎と藤孝が親しく口をきいたことはこれまでない。

しかし、いま小一郎の目の前にいる、眼窩《がんか》の窪《くぼ》んだ白髪交じりの初老の男は、まちがいなく、丹後宮津城の城主である長岡藤孝だった。

「長岡殿が、羽柴さまに折り入ってお話があるとのことで。」

千宗易が言った。

宗易は頻繁に小一郎に会うようになってから、羽柴家の実質的な当主は、筑前守秀吉ではなく弟の小一郎ではないか、と思うようになった。これまでの「羽柴殿」が「羽柴さま」に変わっているのが、宗易の今の心理を如実にあらわしている。

繁栄をきわめる堺を棄てて、辺鄙《へんぴ》な石見を南海交易の拠点にしようとする信長の計画が徐々に明らかになっていく過程で、宗易は反信長の情報網を広げた。その情報網に、長岡藤孝が引っかかった。

それは意外すぎる収穫であった。人間洞察の鋭い千宗易でさえ、長岡藤孝が心の奥深くに秘めてきた信長・光秀に対する憎悪には気づかずにいた。

「このような形で接見を求めたこと、なにとぞお許しあれ。なにぶんにも、人目を憚《はばか》らねばならなかったゆえの。」

藤孝が詫《わ》びた。

「いや、そちらにも事情がござろうて。」

そう返すと、小一郎は無表情にお茶をすすった。

小一郎は、信長に目通りも許されない陪臣《ばいしん》（又家来）にすぎない。それに対して長岡藤孝は信長の直参だ。身分的にいうと格段の差がある。だが、それにもかかわらず、小一郎の口調は変わらぬ。相変わらず横柄だ。

「時も限られておりますゆえ、まずは長岡殿のお話を。」

宗易が長岡藤孝をうながした。

「では、まず、それがしの話をお聴き願おうか。」

藤孝が口火を切った。彼もまた、小一郎に負けずに横柄だ。尊大な表情と口ぶりで小一郎に接している。

「先日、日向守に呼ばれてな。近々、出雲、石見に兵を出すので準備をしておくようにと、内々の下知を受けた次第。」

「明智が、出雲、石見に兵を出す。確かにそう申したのだな？」

小一郎は、不快そうに藤孝に念を押した。

「さよう。この耳でしかと聞きもうした。なんでも、大殿には深いお考えがある由。」

「ふん。」

小一郎は怒りの息を吐いた。

(やはり、あの噂《うわさ》は本当だったのか――。)

先日の秀吉の話を思い出した。

「信長公は何を考えておるのじゃ。」

藤孝にたずねた。

「ちらとした話で詳しくはわかりかねるが、毛利征伐の後、石見に大港を造るつもりらしい。おそらく浜田の地と思われる。あそこは、海の底が深くて、大船が繋留《けいりゅう》するに適しておるという。日向守は、それは大殿の大いなる夢だと申しておったが。」

「やはり…。」

今度は宗易が納得した表情でうなずいた、「大殿は、南海交易の利を独り占めなさるおつもりじゃ」、忌々《いまいま》しそうに舌打ちした。

「独り占めではない。日向守と二人で甘い汁を吸う気じゃ。なにが大いなる夢だ。」

小一郎が吐き棄てるように応じた。

「しかし、何で、石見のような辺鄙な土地に、わざわざ大港を造らねばならぬのか。港なら堺で十分であろうに。」

信長と光秀の壮大な計画を知らぬ小一郎には、それがどうしても解しかねた。

藤孝が、薄く嗤《わら》って、小一郎を見た。

「羽柴殿は山人《やま》族なるものをご存知か？」

「…？」

わけのわからぬ話題を持ち出され、小一郎は瞬間面食らった。

「何じゃ？　それは。」

「この国の埒外《らちがい》である奥深い山々には、狩をして生活を営む者たちが大勢おってな、その者たちのことを、里の者たちは、昔は鬼と呼び、今は山人族と呼んでおるそうな。

この者たち、人にして人に非ずといった者たちで、里者の前に姿を見せることは、滅多にない。」

「ほう。」

そのような者たちの存在など、夜盗時代にも耳にしたことがない。

「じつはこの一族、遠い昔、朝廷がこの国を治める以前に出雲地方を支配していた、出雲族ともうす異族の末裔《まつえい》どもじゃ。」

藤孝は無表情に、自分の知る限りの知識において、山人族の由来を語りはじめた。倭《わ》族の存在を知らないから、山人族、という言い方をした。

「この一族は、製鉄技術に長けておって、西の一帯を統治しておったが、大和朝廷の意向をことごとく無視して従おうとはしなかった。古事記という書物には、ヤマトタケルノミコトなる皇子によって滅ぼされた、と記されておる。今から千年も前のことだそうじゃが。」

「さすが織田家きっての物知りといわれる長岡藤孝殿。わしなどが知らぬことをずい分とご存知だ。」

そんな大昔の話など、小一郎にとってはどうでもいい。阿呆らしい、と思いながら、小一郎はありきたりの世辞を言った。

藤孝はそんな世辞などかまわずに続けた。

「しかし、実は、その一族は完全に滅んだのではなく、朝廷に追われて、出雲を捨て、中国地方の奥深い山に身を隠しながらも、今日まで、脈々と生き永らえておったのでござるよ。」

藤孝はそこで言葉を切ると、小一郎を見つめた。

「どうした?」

「いや…、」

長岡藤孝はそう答えながらもしばらく沈黙を保ち、鷲鼻を軽く撫《な》で、それから、何ごとかを決心した様子で、独り小さくうなずくと、再び口を開いた。

「ところで、その山人族じゃが。その者どもは、中国地方の奥山に、自分たちのしろがねの鉱山《かなやま》を有して、特に石見においては、毛利の大森銀山以上のしろがねを何百年もかけて蓄えてきた模様。

しろがねは腐らぬからのう。何百年も蓄えるとどれほどの量になることやら。まあ、言うなれば、石見の山脈《やまなみ》はしろがねの蔵。」

「しろがね！」

それまでは藤孝の話をいい加減に聞いていた小一郎が、「石見のしろがね」と聞くと顔色を変え、思わず、食い入るような眼差しで藤孝を見返した。宗易も、藤孝から前もって何も聞かされていなかったらしく、小一郎同様に驚きの表情を浮かべた。

「……。」

藤孝の眼が哂《わら》った。かれは足利幕臣として長く折衝《せっしょう》に関わってきた。相手を驚かすことができれば折衝は勝ったも同然だ、ということを知っている。

「そのしろがねが、里に流れておるらしい。」

「ほう。」

「何処《いずこ》へだと思われるか？」

「わしなどにわかるはずがない。」

小一郎はぶっきらぼうに答えた。それがかえって、小一郎の関心の深さを示していた。

そんな小一郎の反応を楽しむかのように、藤孝はもったいぶってお茶を一啜《すす》りし、今度は宗易に視線を移し、おもむろに口を開いた。

「大殿。というよりも、おそらくは、明智日向守光秀。」

「まさか?!」

小一郎と宗易が、同時に驚きの言葉を発した
「一時、大殿が美濃《みの》や尾張に隠し鉱山を持っている、との噂が流れたことがござったな。あれは、大殿の際限ない財力を不思議がっての噂であった。前将軍の足利義昭殿などは、しんから羨《うらや》ましそうに、その話をしてござらっしゃった。

しかし、尾張や美濃のどこに鉱山らしきものがあろう。そんなことは羽柴殿が何よりご存知のはず。そんなものがあれば、人や物が活発に動くのが自然の流れ。しかし、尾張にも美濃にも、そのような流れは、ただの一つもござらなんだ。」

「たしかに。」

小一郎がうなずいた。

「大殿の財は、日向守を通じて山人族から渡されたしろがねよ。荷運びに使われたのは、中国山地のけもの道。」

「なんと!」

想像すらしたことのない話であった。

(真実の話か?)

小一郎は、あらためて長岡藤孝を見つめた。

　二人の視線が合った。

　藤孝が無言でうなずいた。小一郎は、思わず生唾を飲み込んだ。

「振り返ってみるに、尾張の一大名にすぎなかった大殿が、その様を大きく変えたのは、日向守と二人して罰当たりな叡山焼き討ちをおこなってからじゃ。あれからの大殿は、それまでとは規模の違う男になっていった。

　おそらくあの時期に、山人族のしろがねが大殿に渡されたのではないかと、わしは睨んでおる。」

「なるほど…。」

　咽喉《のど》を嗄《か》らしながら、小一郎は頷いた。

「膨大な量のしろがねに違いない。なにしろ、千年かけてこつこつと蓄えつづけておるからな。この富がある限り、大殿と日向守は一心同体でありつづけよう。この先、筑前守殿がどんなに戦功を挙げようとも、織田家において日向守を追い越すことはかなわぬ道理。

　それがしの手の者が、福知山から伯耆富士までのけもの道を探索に出向いたが、その後行く方知れずとなった。おそらくは始末されたのであろう。」

「……。」

（そうか、全てはしろがねだったのか――。

　信長が、明智に山陰攻めを命じた背景には、石見のしろがねがあったのだな。）

　しろがね、信長、光秀の財力、毛利攻め、石見、ルソン交易――。藤孝の示唆によって、これまで小一郎の中で模糊《もこ》の海に浮いていた個別の疑問が、すべて一筋の糸となってつながった。

小一郎は、すべてを悟った。

(やはり、われら兄弟は、あの二人の使い捨ての駒にすぎなかったのだ。)

信長の高慢ちきな顔と、光秀の温厚をよそおった顔が浮かび、激しい屈辱と、憤怒の感情が、小一郎を襲った。

(馬鹿にしおって。)

小一郎の顔が醜くゆがんだ。

「しかし、羽柴殿。冷静になって考えるなら、これは朝廷にとっては由々しき事態。かの山人族は、朝廷に逆らって滅ぼされた出雲の異族どもの後裔《こうえい》。そのような者たちから渡された銭で天下布武《てんかふぶ》などと言うは、言語道断。主上を欺《あざむ》いておると申しても過言ではない。」

「ふむ。」

藤孝は、小一郎の心中など知らぬ顔で、そうつづけた。

小一郎は、藤孝来訪の意図を、やっと理解した。かれに信長や光秀を憎むどんな理由があるのかはわからぬが、長岡藤孝は、羽柴兄弟が探しあぐねていた光秀追い落としの糸口を与えてくれているのだ。

「そのとおりだ。天子さまに逆らう者のさし出した富など…。」

相槌《あいづち》を打った。

「ただ、」

と藤孝は、小一郎の勇む心を制した。

「これは、おそらく、大殿もご承知の上でのこと。したがって、これをもって日向守を咎《とが》めることは無理。いまの大殿には恐ろしきものはござらぬ。天下布武の邪魔となれば、帝《みかど》すら滅し奉るやも…。」

それも小一郎にはわかった。

(だが、わしらを虚仮《こけ》にしてきたあの二人に、良き思いをさせてなるものか。その富は、必ず、わしらのものにしてみせる。)

憎しみが、抑えきれないほどに膨《ふく》らんできて、小一郎は腕組みをした。沈黙が生じた。

「いっそ、二人とも。」

長岡藤孝が、呟《つぶや》きとも思えるほどに押し殺した声でそう言った。

「……。」

小一郎は、藤孝を見た。

暗い光を宿した藤孝の眼だった。

だが、小一郎は迂闊《うかつ》には返事しない。万が一、これが明智陣営から自分たちに仕掛けられた罠であったとしら、取り返しのつかないことになる。以前、荒木村重《むらしげ》に謀反を唆《そそのか》したとき、配下の黒田孝高の身柄を拘束されて、冷や汗をかいたことがある。

小一郎は、探るような眼でもう一度藤孝を見つめた。藤孝も笑みを浮かべて小一郎を見返した。

人を見棄てること、人を陥《おとしい》れること、人に背くことに、何の罪障感も抱くことのない者だけが持つ、残忍な眼光だった。

(こやつ…。)

と、小一郎は心の中で唸った。

(こやつは、もう一人のわしじゃ。)

自分と同じ種類の男がそこにいるのを、小一郎はしっかりと理解した。小一郎の腹が決まった。

「さようさな。信長も来年は五十歳。もういい歳じゃ。二十年以上も一人だけ良い思いをした。もうよかろうて。」

そう口にしてみた。

「然《しか》り。」

藤孝がうなずいた。

「それで、今のうちに聞いておこう。おぬしはこれだけの大事をしゃべったのだ。おぬしなりに魂胆があってのことであろう。

事が成就した暁に欲しいものは何だ。領地か? 銭か?」

「羽柴兄弟の天下になったら、内裏《だいり》(朝廷)はわしに仕切らせてもらいたい。」

藤孝はそう答えた。

「内裏?

あんなものの何が欲しいのだ?」

小一郎は不思議そうに訊《き》いた。

「わしにはわしにしかわからぬ思いがある。」

卑しい生まれの小一郎に、血統を重んじる自分の思いを語ることは憚られた。藤孝はそんな言い方をした。

「そうか。

よかろう。内裏はおぬしに任そう。」

小一郎は請け負った。

「されど、なかなか方法が。」

これまで黙って聞いていた千宗易が口を挟んだ。

宗易にすれば、一蓮托生《いちれんたくしょう》、この二人に乗るしかない。ただ、やるからには、失敗は絶対に許されない。

「あるさ。」

小一郎がこともなげに言った。

「ござるか?!」

宗易が目を輝かせて小一郎を見た。

小一郎は深くうなずいて答えた。

「武田攻めが終わってすぐの毛利攻め。いまの信長は、これまでの細心さを忘れて手を広げすぎておる。

畿内は、いくら手を広げても距離が近いから、万一の場合には救援に駆けつけることが簡単だった。しかし、これだけ広がるとそうはいかぬ。京で不測の事態があった場合、一日や二日では容易に救援豚は駆けつけられぬ。

有力武将たちは、滝川の関東、柴田の北陸、明智の山陰、それにわが羽柴の山陽と、四方に散っておる。こんどの毛利攻めが一段落したら、四国征伐に信雄《のぶかつ》殿と丹羽《にわ》殿を向かわせるとか。こんな時にはどこかに隙のできるもの。できなければ、わしらの手で隙をつくればよい。」

小一郎は、不敵な笑みを浮かべて二人を見た。

「さよう。たしかに、人間慢心すればどこかに隙の生ずるもの。」

藤孝が、この男には珍しく、腕組みながら何度もうなずいた。

「幸いにして、秀吉兄者は信長から可愛がられておる。これを利用すれば、なんぞ方法はあろう。ただし——。」

と、小一郎は二人を睨みつけた。

「ここまで腹の内を明かした以上、これから先、わしを裏切るなよ。わしは裏切った者は絶対に容赦せぬ男じゃ。わしを裏切ったときは自分も死ぬる時だと思っておくがいい。」

「それはこちらも同じ思い。ここまでの秘密を漏らしたのだ。そなたも、わしを裏切らぬようにしてもらわねばの。」

藤孝が、小一郎の気迫に臆することなく、そう返した。

三

五月十五日。武田攻めの慰労として信長に招かれた駿河の徳川家康が上洛《じょうらく》した。

「よく来られた。」

信長は笑顔で迎えた。

若い信長が桶狭間の戦いで今川義元を討ってから二十二年、信長と家康との間には、戦国史上でも稀有《けう》といわれる長い同盟関係が続いている。饗応《きょうおう》役は光秀が請け負った。最高の礼で家康を迎えたことを示すためだ。

「徳川殿、ゆるりとな。」

信長は上機嫌で言った。

家康饗応の膳には、一献から十三献まで、贅《ぜい》を凝《こ》らした料理が、つぎつぎと運ばれた。たとえて言えば、蛸《たこ》、鮑《あわび》、かずの子、さざえ、海月《くらげ》、鯛、まな鰹、蒲穂子《かまぼこ》、焼貝、からすみ、鴨、鯨汁といった東西山海の珍味に、御菓子として、うぐいす焼、きんかん、姫くるみ、薄皮、南蛮渡りのコンペイトウ、唐菓子の大ゴマ餅などが並べられた。

徳川の家臣団には、貴重な赤葡萄酒もふるまわれた。

「なんと豪勢な！」

三河の田舎料理しか知らぬ徳川の家臣たちは、驚嘆の声をあげた。

この破格なもてなしに、律儀で通っている家康は大感激し、酒を飲み、珍味に舌鼓を打ちながら、信長との談に興じた。

「遠路お疲れでござったろう。おなごの酌がよろしかろうが、それがしの酌もお受けくだされ。」

饗応役の光秀は、徳川の家来たち一人ひとりに挨拶《あいさつ》をしてまわった。

「日向守さまと対座して酒が酌み交わせるなど、夢のようでござりまする。どうか末永く懇意《こんい》にして下されませ。」

家康の重臣である大久保忠世《ただよ》が、深々と頭を下げた。

座にあるだれもが、織田・徳川連合体の前途に射す陽光に心を浮かせていたから、大広間には笑い声ばかりが響いた。

しかし。半刻ほどが過ぎたころ、突然、信長の怒声が広間に響きわたった。

「光秀が甲斐の僧どもと通じておったと？

誰がそのような話を徳川殿に吹きこんだのじゃ！」

一同が驚いて振り返ると、顔色を変えて家康を睨みつけている信長の姿があった。家康は初めて見る信長の険しい顔に驚き惑っていた。

信長の怒声は、徳川の重臣たちを饗応していた光秀の耳にも聞こえた。

(何ごとか？)

光秀は振り向いた。

「誰とは言いかねますが…、」

世間話のつもりが信長の思いがけない怒声を浴びて、家康は口ごもった。

この四月三日。元近江の雄六角義治を匿《かくま》ったかどで信長の嫡男《ちゃくなん》である信忠軍に攻めこまれ、焼き討ちに遭い、「心頭を滅却すれば火もまた涼し。」と言って炎の中で死んだ甲斐恵林寺の快《かい》川《せん》和尚が、生前に、武田家の安堵を光秀に頼みこんでいたという噂が、甲斐平定後に織田陣営で流れ、その噂を、家康の家臣が家康に伝えた。

長年武田に苦しめられてきた家康としては、噂が事実ならば聞き捨てることができない。それが思わず言葉となった。

ただ、家康には邪気がない。かれは、噂を噂として率直に信長に提供したに過ぎない。

信長もすぐに冷静さを取り戻した。

信長は先年、武田勝頼と通じた罪によって、家康の嫡男信康を切腹させ、家康の妻築山殿を殺害させた後ろめたさがあった。信康の妻お徳は信長の実の娘だったにもかかわらず、信康を殺したことで、「信長公は、信忠よりも優秀な家康の嫡男の将来に脅威を覚えたため、言いがかりをつけて殺したのではないか」、などと世間では噂した。

信長は、光秀が武田家とつながっていたという噂の披瀝《ひれき》が、自分に対する家康の面当《つらあ》てかと錯覚したのだった。

笑みの蘇った信長は、諭《さと》すように家康に言った。

「徳川殿よ。それだけは絶対にない。およそこの世の絶対を信じぬ信長であるが、光秀が仏僧と結ぶなど、それだけは、絶対にない、と断言しておこう。

光秀に対する妬《ねた》みよ。そんな口さがない馬鹿者どもの言をそなたまで信じなされるな。

そなたは、まだ、本当の光秀を知らぬから無理もないが、これからは肝《きも》に銘じておかれるがよい。

わしがここまで来れたのは、光秀が隣におったからじゃ。光秀という存在がなかったなら、これほどに遥かな道のりを歩んではおらぬし、歩むこともできなかった。光秀は、そなた同様、わが躰の一部じゃ。」

「ほおっ。」

明智光秀に対する全幅の信頼の表明に、家康だけでなく、彼の家臣たちまでもが驚きの表情で、あらためて光秀を見つめた。光秀は無言でうつむいた。

(何故《なぜ》、信長公はそれほどまでに明智を買うのか?)

光秀を見つめる家康の顔は、そんな不思議議で染まっていた。

光秀はうつむきながら、信長の自分に対する信頼を、全身で感じ取っていた。

(この信頼に対しても、まだ倒れるわけにはいかない。)

光秀は、みぞおちの奥で暴れる病魔を、必死でなだめていた。


五月十七日。

信長の元に、備中高松城を包囲している羽柴秀吉から、信長自身の来援を依頼する急使がとどいた。

「高松城水攻めの準備は整えもうしましたが、それを聞きつけた毛利勢が、大挙して高松城救援に向かうとの噂がございます。

無力な自分の指揮では心もとない限りので、どうか、大殿さま御自ら備中まで出向かれまして、毛利攻めの指揮を執っていただきたい。さすれば、毛利の者どもは、大殿さまのご威光に恐れをなして、直ちに軍門に下るに相違ありませぬ。自分は、一介の将として大殿さまの下知に従ってはたらく所存でござります。」

そんな内容であった。

「猿めが、見え透いた機嫌取りをしおって。」

書状を読み終えると、信長は苦笑いをした。

秀吉には三万の兵が与えてあり、対する毛利方は一万五千の陣容と聞いている。毛利軍が援軍を送ってきても、せいぜい両者者互角の勝負になるくらいの話で、大騒ぎするほどの一大事ではない。

確かに信長は、明智光秀に対する愛情とは異なる愛情を、羽柴秀吉に対して抱いていた。光秀への愛情は同志愛であったが、秀吉へのそれは、いくら邪険にしてもじゃれついてくる猫に対する愛情に似ていた。別の言い方をするならば、信長にとって、光秀は同じ地平に立っている男だったが、秀吉は自分とは異なる地平から自分をふり仰いでいる男だった。頭脳、武力、胆力、財力、それらのいずれをとっても、秀吉には自分を凌《しの》ぐものがない、信長はそう信じて疑わなかった。

信長の認識は正当ではあった。だが、それは、自らの優性を誇る者のおちいりやすい驕《おご》りでもあった。そして何より、信長は、自分が見下している羽柴秀吉の隣に、いつも影のように寄り添っている三白眼の男の存在に気づかなかった。

ただ、仮に気づいたとしても、夜盗上がりの陪臣など、信長は歯牙《しが》にもかけなかっただろう。

「どうやら、水攻めの準備ができたらしいな。

猿め、高松城が水浸しになる様をわしに見せたいのだろう。

わかった。すぐさま戻って筑前守に伝えよ。三河殿の堺見物が終わったら、わしが直々に備中に出向くとな。」

信長は、笑顔で承諾の旨を使者に与えた。

この時期の信長はひどく先を急いでいた。新王朝の樹立に心が塗りつぶされていたからだ。先日も、二番家老の丹羽長秀と三男の信孝《のぶたか》に、毛利制圧の直後には四国征伐に出発できるよう準備を命じたばかりだ。

秀吉からの使者を受けた信長は、徳川家康の饗応に忙しい光秀を呼んだ。

「光秀よ。この頃のわしは、まるで、祭りの日を待ち焦《こ》がれる童のようじゃ。一日も早く、毛利を滅ぼし、新しい王朝を創りあげたい。」

信長は、照れ笑いをしながら、そう言った。細い眼がいっそう細くなって、瞳が隠れそうになっている。

その笑顔につられて、光秀も思わず顔をほころばせた。

「そう急《せ》かずとも、毛利を討ち滅ぼせば、いよいよ新しい王朝の幕開けでございます。」

「大王はわしでいいのだな？」

信長は念を押した。彼にとっては、それが一番の気がかりだ。

「もちろんでございます。ここまでのことを為してきたのは大殿。大殿が大王の座に就くことに、誰に異存がございましょうや。」

光秀は断言した。

「そうか。」

信長が安堵の表情を浮かべ、

「のう。家康にはまだ話せぬか？」

そう訊いた。

「はい。徳川殿には、せめて、毛利を滅ぼしてから伝えるべきかと。」

「日本の東半分を徳川に知行させると言ったら、家康のやつ、さぞかし驚くであろうな。」

その時を想像して、信長は愉快そうに言った。

「家康もそちの饗応はもう十分に堪能したであろう。あとは今井宗久《そうきゅう》を案内役につけて、堺見物でもしてもらおう。饗応役も誰ぞと代わるがいい。そちは一刻も早く伯耆に向かってくれ。わしも今日、猿から書状を受けた。備中高松まで出向いて高松城攻めの指揮をとってくれとのことじゃ。家康が堺から戻り次第、わしも高松に参るつもりじゃ。

光秀よ。時こそ今じゃ。武田攻めの勢いを買って、一気に毛利を攻め潰《つぶ》ぼそうぞ。」

時こそ今！　と信長は言い、光秀はそれにうなずいた。

毛利家を討ち滅ぼすということに対して、この二人には余人には測り得ない思いがあった。

いま、この国の臍《へそ》は、帝都京にあるのではない。商都堺でも博多でもない。毛利家が支配してきた僻地《へきち》石見の大森銀山にあった。そこはこの国の臍であると同時に、世界の臍でもあった。毛利を滅ぼし大森銀山を手に入れることで、二人は一挙に世界に近づくことができる。

「それでは、それがしもすぐに坂本に戻り、準備のでき次第に西に向かいまする。」

「それがよかろうな。われらには、いくら急いでも時がない。毛利を討ち滅ぼさねば、われらの世直しは始まらぬ。

なにせ、千年もの長い間続いた朝廷だ。この廃朝には、反発と抵抗が山津波のように起きてくるはずだ。欲を言えば、それを最小限のものにするには、毛利だけではなく、四国までの布武は、どうしてもやり遂げておきたい。」

そう言って信長は唇を引き締めた。

——光秀は、信長の元を辞して、明智の京屋敷に向かった。

饗応役を降りた安堵からか、胃の痛みが甦ってきて、みぞおちの奥がキリキリと痛んだ。

自分が病いの身であることが周囲に知れた時の家中の騒音を懸念して、今になっても、薬師や医師にも打ち明けていない。

(もちっと辛抱いたせよ。

われらの夢が実現するまでは、あと一年はかかる。そこまではこの光秀でなければ、他の者ではできぬ。それまで何とか頑張ってみせよ。)

光秀は腹をさすりながら、病魔をなだめた。

しかし、彼の額からは、小さな汗がにじんで落ちて止まらない。

光秀が去った後、嫡男の信忠が信長の元にやってきた。

「どうした。信忠。」

信長は、父親の眼で優しく信忠を見た。

「父上。たってのお願いがございまする。」

信忠は低頭した。

「なんじゃ、申してみよ。」

「山陰攻め総大将の役目、何とぞこの信忠にお命じ下さいませ。」

そう言うと、信忠は面《おも》を上げて信長を見つめた。

「……。」

思いつめた表情だった。

「どうしたのだ？」

信長は、息子の真意がわからず、不思議そうに信忠の顔を見返した。

「父上。信忠は若くはございますが、父上の天下布武の夢を受け継ぎたく思っております。山陰攻めはその重要な戦い。どうか信忠にお任せくださりませ。」

「ふん。」

信長は小さく笑った。信忠の真意がわかり、可愛かったのだ。

信長は一族の間にあって、常に孤独を強いられながら生きてきた男だった。そのせいで、肉親の愛情などというものにすら不信を抱いてきた。しかし、そんな信長でも、亡き父信秀と嫡男信忠に対してだけは、格別な思い入れを持っていた。かれは嫡男である自分の教育に愛情を注いでくれた亡き父を敬愛し、信忠に対しても、亡き父のようであろうと努めてきた。

「そちの気持ちはありがたいが、そちにはまだ無理じゃ。この役は、光秀でなければできぬ。」

「いえ、私にもやれます。どうか。」

信忠は必死だった。

「何をそんなに急ぐのじゃ。そちはまだ若い。今は織田の家を治めることに努めよ。天下のことは、わしと光秀に任せておけばよい。

だいたい、そちには、関東征伐の総大将という大切な役目を与えておるではないか。その任を十分に果たすのじゃ。」

信長には、信忠の切迫感の裏にあるものが見えない。功を急ぐ若さと誤解した信長は、優しく拒絶した。

しかし、

(やはり、宗易の申したとおり、父上は、わしよりも日向守に信を置いておられる。)

父の言葉に、信忠の心は激しく歪んだ。

日向守から父を取り戻さねば…、と彼は焦《あせ》った。

「父上。信忠は、山陰攻めがどうしてもやりとうござりまする。どうかこの役目、ぜひ信忠めに。」

信忠はなおも言いつのった。

信長の顔が変わった。信長の眼は、父親の眼から、覇者のそれになった。

「何度言っても同じことよ。この役は、光秀でなければできぬのじゃ。」

「そこを何とぞ。」

信忠は珍しく執拗《しつよう》だった。彼にとっては、山陰攻めに成功することが、覇者織田信長の跡取りとしての通行手形を手にすることだ、という強い思いこみだけがある。信長ににじり寄った。

信長が怒りを爆発させた。

「ならぬ！」

信長は一喝した。

「信忠。赤い血に甘えるな！

体内を流れる血など、いかほどのものか。血とは志《こころざし》じゃ。その体内を流れている血よりも、わしの胸からそちの胸に伝わる志こそが、本来血と呼ばれるべきものじゃ。光秀とわしは同じ志でつながっておるが、そちには、まだ十分にはその血が流れこんでおらぬ。

信忠。わしらがこれまで断ち切ろうとして格闘してきたものに、そちが絡めとられるな。」

「……。」

「この国を駄目にしてきたのは、血統などという愚にもつかぬ代物だ。そんなまやかしの権威を後生大事にしてきたせいで、この国は、いま、滅びに向かいつつある。

信忠。そちは、ポルトガルやイスパニアといった南蛮人どもの襲来を想像したことがあるか？

この国で採れるしろがねがどれほど安値で国外に流れておるかに、関心を抱いたことがあるか？」

信長はそう問うてみせた。

しかし、そんなことを考えたこともない信忠には、答えようもなかった。

「いえ…。」

信忠は口ごもった。

信長は、さもありなんという表情で小さくうなずくと、

「治者は、それを怠《おこた》っては仕舞いなのだ。然《しか》るに、朝廷も、足利も、国のことを忘れて、おのれのことのみにかまけてきた。

わしと光秀は、この国をもう一度やり直すために戦ってきた。わしと光秀の十年はその戦いの十年だ。それもまもなく成就する。そちが、織田の家も、天下も、共に自分のものとしたいのであれば、わしの志こそをしかと受け継ぐのだ。わしの志を理解できぬ者に、天下を治める資格はない。」

断言した。

「いま、わしに万一のことがあった時に、天下の仕置きができるのは光秀だけだ。わが子ではあるが、そちが天下を治めるのはまだ無理じゃ。そちはまだ若い。まだ二十六歳ではないか。今しばらくは、わしや光秀から学ぶのじゃ。」

「父上…。」

信長の口から出た言葉の意味を考察するよりも、実の父親に評価されていないという落胆で、信忠はうなだれた。

「今夜のそちはどうかしておる。もうよいから下がれ。」

信長は声を落として信忠に命じた。

これ以上食い下がると、どのような勘気《かんき》を蒙《こうむ》るかわからぬ。

「はい…。」

信忠は渋々と辞去したが、背を少し丸めて自室に向かいながら、

(宗易が書状で知らせてくれたとおりじゃ。父上はやはり、万一の場合、わしではなく、光秀に天下の仕置きを任せるつもりでいる…。)

その落胆だけが、信忠の心を覆っていた。

(日向守があれほどに父上の信頼を独り占めしておったとは…。)

正室のお濃《のう》の方に男子ができず、側室生駒の方との間にやっとできた男子であったため、甘やかされて育った信忠は、これまで、他人に対して、嫌悪の感情は持っても、憎しみを抱いたことがなかった。

その信忠が、他人に対して、初めて憎悪の感情を抱いた。直接の相手は父の忠臣明智日向守光秀であったが、それはいつの間にか、実の父親の信長に対する憎しみにまで拡大していた。

「武田信玄公とて、美濃の斎藤龍興とて、いつまでも自分を子供扱いする強い父親を撥《は》ね返して、家中を統一いたしたのでござりまするぞ。」

宗易の言葉が、脳裏によみがえった。

このままでは、名ばかりの嫡男として、世に存在感を示すことができないまま過ぎるに違いない。そんな深い絶望の中で、信忠は自分自身に暗い断を下していた。


五月二十一日。徳川家康が堺見物に発った。

「徳川殿。ゆるりと遊んでくるがよい。わしも、間もなく備中まで遊山に出かけることにした。武田ではそなたに随分と余計な汗をかかせたが、毛利は織田だけで片づけてみせる。」

信長は、余裕に満ちた言葉を家康に送った。


——同じ日。

備中高松城（岡山県岡山市）を見下ろす竜王山の中腹に、羽柴秀吉と小一郎はいた。

足守川を使う水攻め用の堤防は、今日中には完成する。近隣の百姓を総動員して、三十町の長さの堤防を十日あまりでつくり上げさせた。

いま、堰《せ》き止めた足守川は、梅雨期のため、水は溢れんばかりに溜まっている。成功は間違いないと思いながら、万一の場合に備えて今日は、もうひとつの川である鳴滝川の視察に来たのだった。

（信長——。）

激しい闘争心が、知らずに湧き上がってきて、小一郎は、京で呆《ほう》けているに違いない信長に、心の中で呼びかけた。

(有頂天になっていろよ。お前が一番得意になっておる時に、ぬしが阿呆扱いしてきたわしらの手で、お前を谷底に突き落としてやる。

この世は、野放図で、民は勝手気ままにあるべきなのだ。それを、ぬしたちは民の一人一人まで支配しようとしておる。

この国にそんな支配者は要らぬ。毒にも薬にもならぬ朝廷が形だけ存在していればいいのだ。そうすれば、民は自由気ままに生きられる。)

一陣の風が吹いて、樹々が揺れた。見上げた空では、太陽はまだ真上にたどり着いていない。

「そろそろ家康が堺に向かう頃だな。」

小一郎が低く言った。

「あやつは、堺にどのくらいとどまるのだ?」

秀吉が訊いた。

「長岡藤孝からの知らせでは、信長がこちらに向かうのと同じくして浜松に戻るとの話じゃ。」

「ふふふ、その間は丸裸同然か。兄者よ。いっそのこと…、」

秀吉が欲深そうな表情に変わった。

「いや。そこまでやる必要はない。何ごとも一つずつこなすことが肝要だ。今は徳川など放っておけ。徳川は信長あっての家だ。信長が死ねば、すぐに崩れる。」

小一郎は首を横に振った。

「うん…。うん。そうじゃの」、秀吉もうなずいた。

「のう、兄者よ。兄者は、本当に、わしに天下を取らせてくれるのだろうな」、不安そうな眼で念を押した。

「当然よ。ここまで来た以上、天下を取らずにおくものか。なんだ。ぬしはまだ怖がっているのか？」

「当たり前じゃ。このような大それたこと、これまで考えたこともなかったのだぞ。不安にならぬ方がどうかしておる。」

これが失敗したら命までも失う。秀吉は率直に不安を口にした。

「心配するな。必ずぬしに天下を取らせてやる。羽柴幕府を創って将征夷大将軍にでも何にでもなればよい。わしは、今までどおり、ぬしの弟を演じ続けてやる。生涯ずっとそれでよいから、もう、わしを兄者などと呼ぶな。

その代わり――。」

と、小一郎は秀吉を睨みつけた。

「この後、絶対にわしを裏切るなよ。天下を取ったからといって、わしを無視してのわがままは許さぬぞ。政《まつりごと》は、わしの許しなくして勝手におこなうな。

夜盗の時分から、わしは裏切り者が一番好かぬ。わしを裏切ったら、たとえ弟であろうとも、わしは許さぬ。」

そこまで言うと、小一郎は何を思い出したのか、奇妙な笑みを浮かべ、「藤吉郎。お前は、夜盗の裏切り者に対する仕置きを知っておるか？」と訊いた。

秀吉は、無言で首を横に振った。

「夜盗の世界で仲間を裏切った者は、大方はなぶり殺しにあうが、たまには生かしてもらえることもある。そんな者はな」、と小一郎は脇差を抜いて、秀吉の鼻の頭に当てると、「こうやって、まず鼻を削《そ》ぎ落とされる。」

秀吉は真っ蒼になった。

「それから、利き腕の筋を切られるのだ。両腕の筋を切らぬのは、それまで仲間だったことに対する、せめてもの情けというやつだ。

そして、わずかな銭を懐《ふところ》にねじ込まされて、病毒持ちの女たちのたむろする河原に棄てられる。金がなくては、病毒持ちの売女も可愛がってはくれぬからのう。」

そこまで聞いて、

「あ、あ…、あに者、もう、言わずともよい。」

秀吉があわてて両手を振った。

「わしが、兄者を、裏切るわけなどないではないか。わしが兄者一人を頼りに生きておることぐらい、兄者も承知しておろうが。」

懇願するように叫んだ。

「その言葉を生涯忘れるなよ。忘れた途端、ぬしは京中の夜盗から命をつけ狙われる。」

小一郎は、今でも自分が京都の夜盗たちに強い影響力を持っていることを匂わせた。

――それからしばらくの間、二人は、黙って、備中高松城を見下ろしていた。

高松城の後方には、毛利輝元《てるもと》以下、援軍の毛利勢が陣を張っている。毛利勢は、羽柴兄弟の水攻めの秘策に気づいていない。数日後には、大水に巻き込まれてこの城は孤立するのだ。そしてそれがかれらの大博打の幕開けになる。

「いよいよか。」

小一郎が呟いた。

信長と光秀を憎む長岡藤孝から協力の申し出を受けて以来、宗易と三人で練りに練った策だ。遺漏はないはずだが、それでもいざ決行となると、小心な秀吉でなくとも、自分たちが現場に行けないだけに、不安も生じるし緊張もする。

「皆がうまく踊ってくれればよいがの…。」

そこまで言って、突然、秀吉の躰が大きく震えた。

「ウッ。」

秀吉がうめいた。

「どうした?」

小一郎が驚いて秀吉を見た。

「なんでもない。」

秀吉は呻《うめ》くように答えたが、秀吉の全身はガクガクと震え続けている。

(なんと。)

小一郎は、弟の臆病に苦笑した。

「心配するな。武者震いじゃ。ただの武者震いじゃ！」

そう叫びながらも、秀吉の躰は震えつづけた。

間奏曲　二

三輪山麓《さんろく》の戦いからふた月が経った朝。春の陽光を浴びた西国の平野は、鮮やかな緑一色に染まっていた。

空では薄い青の中に白い雲がいくつも浮かび、西方にそびえ立つ山脈《やまなみ》から降りてくる春の風が、草原をやわらかく撫《な》で、海に向かって走っていく。それは、昨日と変わらぬ平和な朝の光景だった。

しかし。叫び声が平穏を破った。

「神武《じんむ》の一族が攻めてきたぞっ！」

その叫び声に誘われるように、出雲平野の東方にある草原に、戦さ装束の神武一族の兵士たちが次々と姿を現わしはじめた。

百や二百の数ではない。五千にも六千にも迫ろうとするおびただしい数の兵の群れだった。

「神武だ。」

「神武が攻めて来た。」

想像を絶する大軍の出現に、出雲平野に住む倭の男たちは、蒼ざめた顔で槍を手にとり、自分たちの陣に向かった。

神武軍の先頭にいるのは騎馬隊だった。まだ騎馬隊による戦さに慣れていない時代だったので、神武の騎馬軍団の出現は、出雲に住む倭の民を十二分に仰天させた。

「あれが馬か…。」

初めて見る異様な戦闘部隊に、倭の軍兵たちは思わず心理的に後ずさりした。

時が経つにしたがい、大仰《おおぎょう》な鳴り物の音と共に、広大な草原が神武軍の兵で埋めつくされていく。

「進め！ 今日こそ倭一族を皆殺しにするのだ。」

神武軍の総大将である物部《もののべ》一族の重鎮《じゅうちん》物部麁鹿火《あらかい》が叫んだ。

騎馬隊が動いた。神武軍の兵たちは思うがままに火矢を放ち、つい今しがたまでは緑一色だった草原を、またたく間に赫《あか》く塗り替えていった。

――戦場は平野ばかりではなかった。

倭の防衛軍はつねに兵力を平野に集中させていたが、それを見透かしたように、神武軍は、昨夜のうちに日御碕《ひのみさき》の陰に百を超す小船をひそませておき、朝になって一斉に沖合に姿を現わし、平野裏手の入江に突入した。

先頭の船に仁王立ちをしているひげ面の指揮官が、右手を大きく振って、「かかれ！」と叫んだ。

船のかれらは大伴一族の軍兵たちだった。神武軍内では、陸は物部、海は大伴と決められている。倭一族制圧後の力関係にも影響するだけに、物部に負けまいと、大伴の指揮官は勢いこんでいた。

一艘の小船には武装した十人ほどの兵士が乗っており、かれらは神戸《かんど》川の河口に着くやいなや浅瀬に飛び降り、大刀を振りかざして川べりの集落に向かった。

壮年の男たちは平野の戦いに出はらって不在だ。予想もしなかった不意の襲撃を受けて、無力な老人や女こどもは慌てふためいた。その老人や女子供に、神武軍は襲いかかった。

「殺せ！」

「一人も生き残すな。皆殺しにしろ！」

神武軍は無慈悲な殺戮《さつりく》集団だった。出逢う民を手当たり次第に大刀で斬り、槍で突き刺した。

「助けてっ！」

いたるところで悲鳴が響いた。

神武軍の小船は続々と入江に着けられ、兵の数は時間を追うごとに膨れ上がっていった。兵たちは、眼に入る家という家に火を放った。粗末なわらぶき小屋は火の回りが早い。集落はあっというまに劫火に包まれた。

入江の集落の民をあらかた殺戮し終わると、

「ここはもうこれくらいでいい。倭の王宮へ急げ！」

ひげ面の指揮官がまた叫んだ。

「おおっ！」

神武軍の兵は、海側から平野へと、雄叫《おたけ》びをあげて怒涛《どとう》のごとく駆けた。

――その平野でも、一方的な殺戮がつづいていた。

兵士の数は互角だったし、倭軍の手にしている刀や槍は神武軍のそれよりも強い鉄でできていたから、本来ならあっさりと敗れるはずはないのだが、騎馬隊の迫力と、火矢のすさまじさに押され、神武軍の兵と直接刃を交わすことができず、なす術を失っていた。

騎馬隊の放つ火矢によって、草原は赤い炎を噴き上げている。神武軍の総指揮官である物部麁鹿火が叫んだ。

「あの松林の中の道を進め。きっと、敵の王宮に続いているはずだ。馬を先頭にして、王宮まで一気に駆け抜けろ。」

「はっ。」

麁鹿火の言葉に、燃えさかる炎の中を、五百を超える神武の騎馬軍団が突進した。もし、小高い場所からそれを眺めたならば、神武軍の兵列は火焔の中で踊り狂う大蛇のように見えたに違いない。

まもなく、王宮を守る倭軍陣営の一角が崩れた。

「おおっ。やったぞ！」

神武軍の間で歓声が起きた。

崩れた一角に神武軍が殺到し、神武の兵たちは戸惑い乱れる倭軍を尻目に、倭の王宮の見える集落に突進した。

「王宮が危ない！」

倭軍の指揮官の声がした。

「王宮を守れ！」

その声を受けて、倭軍の兵たちは集落に向かおうとしたが、一丸となって社に迫る神武の騎馬軍団の勢いに押されて、それができない。

やがて、集落のあちこちから女の悲鳴が聞こえ、大きな館から黒い煙がのぼった。

「王宮が燃えている。

もう駄目だ。みんな、山に逃げろ。立久恵《たちくえ》に逃げろ！」

倭軍の将が悲痛な声で叫んだ。

まるで、それを合図としたかのように、倭軍が一挙に崩れた。

「逃げろ！」

倭軍の兵たちは戦いを放棄して、西方へと走り出した。

たしかに、西方には緑に染まった山脈《やまなみ》があった。ただ、出雲平野から山脈まではかなりの距離がある。懸命に駆けたところで無事にそこまで逃げ切れる保証はない。

しかし、そんなことを考える余裕もないまま、倭の軍兵たちは途惑う民の手を引きながら山脈に向かって、必死の形相で走った。その後を神武軍の馬や兵が追う。

「うっ。」

倭の民や兵の背中に、矢や槍が突き刺さり、一人、二人と、声もなく倒れていった。

燃えさかる王宮の際《きわ》で、深手を負った老人が、数人の兵に抱きかかえられていた。

「わしにかまうな。われらは敗れたのだ。もう、戦さは終わりじゃ。お前たちだけでも逃げろ。」

長い白髪を後ろで束ねた老人は、両脇の兵に言った。

「しかし…、」

この老人は大和の国で討たれた老王の弟だった。彼は、出雲を出て大和に駐留する兄の大王に代わって、出雲一帯を統治していた。

兵士たちの眼にも、右肩からおびただしい血を流しているこの老人が、かなりの重傷で、もう手の施しようのないことはわかったが、それでも、老人を置き去りにして自分たちだけ逃げることには、ためらいを見せた。

「往け！　わしよりも、おんな子供を一人でも多く山に落ちのびさせよ。」

老人は厳しい口調で兵に命じた。

「……、はい！」

その声の激しさに兵たちは姿勢を正すと、逡巡《しゅんじゅん》を振り捨てて、老人を残し、西南の方角へと走った。

老人は地べたに横たわった。王宮に乱入してきた敵兵に斬られた肩から、血が流れ落ちて止まらないが、もはや痛みは感じなかった。

（――倭の一族よ。

わが同胞《はらから》よ。)

彼は心の中で、山脈に向けて逃げる者たちに語りかけた。

(今日のこの忌まわしい出来事を、決して忘れるな。

今よりは、わしらをこのような目にあわせたあの酷《にく》たらしい者たちを、神武を、大伴を、物部を、蘇我を信じるな。あの者たちが信じるいかなるものも信じるな。われらを裏切ったあの者たちを憎め。あの者たちを許すな。あの者たちを呪え。何十年何百年経とうとも、この憎しみを失わず、憎悪を抱きつづけよ。人は憎しみだけを支えにしても生きてゆける。)

肩から流れ出る赤い血のように、激しい怒りと憎しみが、老人の肉体で奔流していた。

――やがて、痛みも感情もない静寂が訪れた。

老人の眼には、いくつも雲を浮かべた青い空だけが見える。白く薄い雲はそれぞれに異なる形をして、平野の一角で繰り広げられている惨状など知らぬげに浮かんでいる。

肩から流れる血を押さえる気もなくして、老人はじっと四月の青空を見つめ、朦朧《もうろう》とした意識の中でほほえみながら呟いた。

「それにしても、なんと美しい雲であることか。わずかの間に、七様にも八様にも形を変えてゆく…、」

八雲立つと言われた美しい青空。それが老人の見た最後の光景だった。

出雲の倭国は、壊滅状態になった。

「あとわずかの我慢だ。走れ！」

「若王だけは神武の手に渡すな！」

わずか三百人ほどの男女が、大和の地で惨殺された老王の血を引く少年を守って、西の山に逃げこんだ。

「わしの後に続け。遅れるな。」

肩に浅手を負った将が、後から来る者たちにそう告げると、険しい斜面に向かった。

山ふところは伐採のため禿山《はげやま》になっていて歩きやすかったが、奥に入りこむにしたがって雑《ぞう》木《ぼく》や蔦《つた》が往く手をさえぎり、急ぐ者たちの足取りは鈍った。

「歩を緩めるな。なんとしてでも、若王だけは守らなくてはならぬ。急いで、もっと奥山に入れ。」

先導の将は悲壮な声で一同を励ました。

「……。」

言われるまでもなく、三百人ほどの彼や彼女たちは、渾身の力で急な斜面をよじ登っていた。

だが、時が経つに従って、疲労に敗けて倒れる者や遅れる者が出てきた。それらにかまっているゆとりは、誰にもなかった。みな、崩れる同胞を横目で見ながら、無言で坂を登り続けた。

山の奥に入り込むにしたがって、人数はさらに減っていった。背後に人の崩れ落ちる気配を感じながら、

「すまぬ。許してくれ。」

先導の将は、振り返ることもなく小声で呟いた。

敗残者の彼や彼女たちは、山を登り続けた。どこといって往く当てもなかった。ただ往き場を失ったまま、山中をさまよっていた。

——やがて陽が落ち、闇が次第に濃くなってきた。

「歩きずくめで辛かろうが、まだ安心できぬ。神武の追手の届かぬ奥山まで逃げるのだ。」

先導の将は、重い声でみなを励ました。

不意に、頬を、冷たいものが打った。

「雨か…。」

皆から重いため息が漏れた。

「とうとう雨まで降ってきた。のう、みな疲れ果てておる。どこか行き場所を決めねば、数が減るばかりじゃぞ。」

別の将が困惑気味に言った。

「ふむ。確かに、このままではどうにもならぬな。雨をしのぐ洞窟でもないものかのう。」

先導の将は立ち止まり、雨空を見上げ、付近に視線を移しながらつぶやいた。

「そうだ。三瓶《さんべ》に向かおうぞ。三瓶なら山も深いから、神武の軍も追ってはこれぬだろう。」

若王を背負っている将が提案した。

三瓶は出雲の西方にある高山だ。その奥地に足を踏み入れた者の話は聞いたことはない。

「……、ふむ、三瓶か。あそこならば。」

そうつぶやきながら先導の将は一同を見渡した。

疲れ果てた哀れな顔ばかりがそこにあった。

「どうだ、三瓶に潜むか？」

将はみなに問うた。

未知の土地に対する不安はあったが、目的地もなく彷徨《さまよ》っているよりはましだ。皆が無言でうなずいた。

「よし、三瓶に向かおう。

そうと決まれば気が楽になった。一休みしようぞ。洞窟を探せ。」

将が決断を下した。

一同は休息できる洞窟を探しながら、さらに西へと向きを変えた。

「神武の一族め。二度にわたっての汚らしい仕打ち。この、追われる者の怨みは、絶対に忘れぬぞ。」

誰かが重い声で、呪いの言葉を口にした。

「そうだ。われらの一族の血がつづく限り、この怨みは消さぬ。いつの日か必ずこの怨みは晴らしてみせる。」

別の誰かが応じた。

「……。」

「……。」

憎悪の念だけが突き進ませる暗い行進だった。それぞれの心に神武への怨みが充満して、もはや、誰の口からも、言葉は出てこない。
――無言の逃避行は続いた。遠くで獣の咆哮《ほうこう》が聞こえた。
やがて、雨だけではなく、肌寒い夜風がかれらを打ちはじめた。男の背中で寝息を立てていた若王が小さく身震いをした。それなのに、雨をしのぎ身を横たわらせるための洞窟は、まだ見つからない。
「山に花咲け
平《ひら》に怨降れ
渓谷《たに》に水湧け
平に憎満ちよ…、」
突然、詠うような呪うような声がした。
血だらけの足をした若い女だった。女は、兵である夫をこの戦さで失ったばかりだ。その声に別の一人がつづけた。若王の護衛兵である彼は、妻子を置き去りにして山に逃げこまざるを得なかった。
「怨こそ証し
憎こそ証し
雨を溜めては河と成せ
河は溢れて平覆え

怨を殰《た》めては仇《あだ》を為せ
山咲く花で平覆え……」
かれらは泥濘《でいねい》に脚を滑らせながら、西の三瓶へと、歩を進めていった。
その日を限りに、倭と呼ばれた一族が、平野から消えた。

六の章　吉凶万華

一

　天正十（一五八二）年五月二十七日。山陰攻めの兵をひきいて近江坂本城を出た明智光秀は、もう一つの居城である丹波亀山城に入った。この亀山城がこれから西国攻めの補給基地だ。光秀は、坂本城に貯えてきた金銀も兵糧も兵も、あらかたを亀山に移送させた。坂本城に残してきた妻子も、いずれは亀山城に移り住むことになる。

　その日は丸一日、坂本城から運んできた金銀や兵糧や武器の搬入に、城兵だけでなく民百姓までも総動員された。

　宵《よい》になった。

「では、往こうか。」

「皆、心待ちに待っておりましょうて。」

「そうだな。」

　光秀は、留守居役であり岳父でもある妻木《つまき》範煕《のりひろ》とともに、美保屋を訪れた。

光秀のためにつくられた離れには、すでに料理が運ばれていた。主の美保屋宗兵衛の下に、五右衛門と正姫《チョンヒ》、かれらの向かいの席には明智秀満の姿もあった。

「世話になるぞ。」

光秀は上座に腰を下ろすと、美保屋宗兵衛に声をかけた。

「ようこそ、お帰りなさいませ。」

山の民でありながら、光秀と直道の意向を受けて、三十年以上も国内外の海原を駆けめぐってきた宗兵衛は、黒光りした四角い顔を笑みでクシャクシャにしながら応じた。

父宗兵衛の言葉が終わると、娘の正姫が静かに立ち上がって光秀の隣にはべり、

「どうぞ、ご一献。」

瓶子《へいし》を傾けた。

(なんとも嬉しそうな顔よ。)

いつもの男口調とはかけ離れた女っぽい仕草でふるまう正姫を見て、正姫の真情を知っている五右衛門は、小さくほほえんだ。

正姫が心密かに慕いつづけてきたのは、親子ほどに歳の離れた光秀だった。妻子があり、しかも、側室を持つ気など一向にない光秀を慕っても、何の実りのないことはわかっていたが、それでも、正姫の心は光秀にだけ注がれていた。

正姫の注いだ盃を片手に持つと、

「いよいよ毛利攻めが始まる。今夜はささやかな前祝いじゃ。積もる話もある故に、皆もゆっ

くりくつろいでくれ。」

光秀は、満足そうな表情でそう告げ、盃を掲げた。

「わが一族の中でも、秘事を共有しておるのはたったこれだけだ。これからも世話をかけるが、事の成就までは、この光秀の力になってくだされよ。」

光秀の言葉に、一同は顔をほころばせてうなずいた。

（よい笑みだな。）

光秀の笑顔を見ながら、最近加速度がついたように光秀の人柄に惹《ひ》かれていく自分を、五右衛門は感じていた。

それは、自分以外の何ものかのために尽くすという夢を抱えて、五十歳を目前にしても、その夢を塵や我欲で汚すことなく走りつづけている光秀の純粋さ、それに対する共鳴共感だった。正姫が光秀を恋い慕うのも、きっと同じ理由からだろうと、五右衛門は思ってきた。

夢の成就を目前にしながらも、心を驕《おご》らせたり遊ばせたりしない光秀の生真面目さに、五右衛門は、自分と同じものを感じとっていた。五右衛門自身も、この国の山脈に住んでいる百万の倭《わ》の裔《すえ》のために生きる宿命を背負っているが、祖父の直道から光秀出生の秘話を聞かされているだけに、そのような痛ましい過去を持ちながらの光秀の純粋さの持続には、畏敬の念を覚え、直道が光秀を頼りとするのは当然だ、と思うようになっている。

五右衛門は、久しぶりの光秀の横顔を見つめた。多忙な日が続いているせいなのだろうか、一月《ひとつき》前よりも、光秀の頰のあたりが削《そ》げたように思えた。

「また忙《せわ》しない日々が続くであろうから、今宵は、何のために毛利攻めを急ぐかについて、もう少し詳しく話しておこう。」

光秀は盃の酒を飲み干すと、たった一人だけ倭の裔ではない娘婿の秀満を見、そう切り出した。

「五右衛門や正姫に、わざわざ南海にまで出向いてもらい、二年かけて調べてもらったが、いま南蛮との交易の中心地となっておるのは、ルソンにあるマニラなる町だ。

ルソンの島は、十年ほど前にイスパニアの大艦隊に攻められて、今はイスパニアの属国となっておる。そこに、明《みん》、琉球などの交易船が押しかけて、活発な商いをして、マニラの町は大にぎわいだ。

確かそうであったよな？　五右衛門。」

「相違ございませぬ。」

五右衛門はうなずいた。

「南蛮人どもは欲深い。わしは、いずれ、南蛮の大艦隊が、ルソンをそうしたように、わが国にも押しかけてくるのではないかと懸念しておる。そのために、一刻も早く国内に大港を造り、軍船、商船にかかわらず、自前の大船を百艘も持って海原を支配し、南蛮からの攻撃に備えなければならぬ。」

「ほう。」

国内の戦さに明け暮れてきた戦国武将たちは、国内の動向に視線をやるのに手一杯で、南蛮の襲来など誰も想像したことすらない。明智秀満もそうやって生きてきた武将だ。光秀の話は秀満にはかなり意外だったらしく、驚きの表情を見せた。

「そのための港が石見国の浜田であり、そのときの武器が、しろがねじゃ。」

「しろがねが武器代わりになるのでござりますか？」

秀満が不思議そうに訊《き》いた。

「そこが一番の要なのじゃ。

秀満よ。これから、お前には、明智家の柱としてこれまで以上に働いてもらわねばならぬ。今からわしが申すことを、しっかりと頭に叩きこんでおいて欲しいのだ。」

秀満への信頼と期待の言葉を口にした後、光秀はつづけた。

「国と国との戦いは、武力による戦いだけではない。並行して、富による戦いがなされる。その戦さの武器は銭（通貨）だ。この戦さに敗れると、国は疲弊し、やがて滅びる。

異国では、しろがねが一番値打ちのある銭（通貨）だ。丁銀《ちょうぎん》がそうじゃ。あれは地金《じがね》だが、しろがねを目方で切り取って銭としてつかう。

南蛮でも、また南海でも、ものを買い求めるには、すべてしろがねの量が基準となっておる。中でも、イスパニアの商人は、東の外海を渡った属国に、大量にしろがねを産出する鉱山《かなやま》を有しておってな、そのしろがねで、明の絹や陶磁器を買いたたいて利を得ておるのだ。」

丁銀というのは室町期から流通した通貨で、棒状の銀貨だが、これは切り取って重量を計って使用することができた。

「ところが、毛利や堺商人などが愚かで、大森や生野《いくの》のしろがねを安く売って交易をしてきたため、南蛮人たちが、わが国のしろがねに眼を向けはじめた。自分の国に大量のしろがねを有しておるイスパニアにしても、いちいち大海原を越えて、遠い自国にしろがねを取りに戻るのは面倒じゃからのう。

念のために、五右衛門や正姫に、ルソン、マカオと南海の商港を調べてきてもらったが、この十年間、しろがねは下落の一途だ。」

光秀の言葉に、五右衛門が再び無言でうなずいた。

「いずれ、イスパニアだけでなく、南蛮の国々が、わが国のしろがねを奪いに来るのは必定。拒めば武力で押してこよう。

しかし、いま襲われては、われらの武力では手も足も出ぬ。」

光秀が嘆かわしそうに言った。

光秀が考えたのは、今風に言えば、国家防衛、ということだった。しかも、それは、単に武力的なものだけを指すのではなかった。

せっかくの国家的財産である銀を投げ売りしてきたため、この国の経世は破綻に追いこまれようとしている。かれの視線は、経済防衛にも向けられていた。南蛮の国々に比較して、明らかに国力が見劣りするこの国の防衛を、今後どうするか、それを光秀は考えたのだ。

いにしえの倭王一族の国家観と同じく、国とは異なる国々で構成される世界の中に存在してこそ国家である、という発想の持ち主である光秀の脳裏に、「鎖国」などという閉じられた概念はなかった。国を開きながらの国家防衛を考えると、国内の天下布武《てんかふぶ》の後になすべきことは、国家的財産である銀の海外流出を防止しながら、海原の支配による国力強化しかなかった。

余談になるが、桃山・江戸期にはいると、わが国の銀は海外に大量に流出して、日本から海外に輸出される銀は、世界の年間産銀量六百トンの三分の一から半分を占めるようになる。しかし、世界の銀価格を左右できるほどの銀を産出しながらも、銀を投げ売りしていったため、銀の価格は下落に下落をかさね、金銀比率は二十年余りで一対二から一対十三にまで落ちる。

世界最大の銀の産出国となりながら、当の本人たちが、自分たちの銀が、金よりも重要な通貨であるという事実を、とうとう理解することができなかったのだ。

「もう、毛利や堺の商人にしろがねの束ねは任せておけぬのじゃ。」

光秀は秀満を見つめて、しみじみと言った。

国内貿易に重点をおいた商いをしていた天王寺屋津田宗及《そうぎゅう》や納屋今井宗久《そうきゅう》は、異国に交易船を出して、南蛮人たちの言い値で品を買い、それを日本に持ち帰って三倍五倍で売って利を稼ぐという、単純な商いをした。それだけでも莫大な利益が上がるから、かれらは満足していたが、国として貿易を見たときには、南蛮人だけが儲かり、国の富が猛烈な勢いで海外に流出する事実に気づこうともしなかった。かれらは異国間交易の仕組みに鈍感、というよりは、まったく無知だったのだ。

世界事情に詳しい光秀にしてみれば、銀は国家の宝であると同時に、国家を滅ぼしかねない爆薬でもあった。最大通貨である銀を国家管理することにより、異国と対等に接する方途を模索した。

「毛利討伐を急ぐ一番の理由はそこにあるのだ。愚昧な毛利から大森・生野のしろがねを奪い取らぬ限り、この国が滅びる。」

光秀の言葉は、毛利攻めを単なる天下布武の一環と思ってきた秀満には、驚き以外の何ものでもなかった。「それは…」、と言いかけて、ゴクン、と咽喉《のど》を鳴らした。

「堺や博多の商人たちは、自分たちの商いが結局は南蛮商人を利するだけで、この国のためにはならぬことなど気づこうともせぬ。先年出した撰銭令《えりぜにれい》も、商人たちの強欲の前には、一向に効き目がない。」

それにしても、今夜の光秀は珍しく多弁だった。

こんなに熱っぽく語る光秀をはじめて見た五右衛門は、光秀が、「秀満よ」、と語りかけながら自分をちらりと見るその視線で、南海を二年間見聞して来た自分に構想の深さを教えようとしているのに気づいた。

祖父の直道は、倭の裔の長に光秀を推すことに決めていた。しかし、そういった野心の薄い光秀は、若い五右衛門を次代の長として鍛えようとしていたのだ。

「天下布武を成したる後は、早急に国力をつけねばならぬ。とりあえずは、明からは鉄砲に必要な鉛、ベトナムからは、火薬の原料になる硝石《しょうせき》を大量に買いつけて、軍備を整える。そして、しろがねを厳しく管理して、投げ売りを止めさせ、国内に蓄え、財力をつけ、しかる後に、南海にまで交易に出向こうと考えねばならぬ。

調べてみてわかったが、異国との交易はなかなかに魅力がある。南蛮人は、しろがね以外に、わが国で作られる屏風《びょうぶ》や硯箱《すずり》、刀剣の類《たぐい》を欲しがっているそうな。これをうまく商えば国が潤《うるお》う。先だって直道さまから頂戴したしろがねは、その大船をこしらえるためのものなのだ。われらが、自分の手で百艘もの大船をこしらえて、それに荷を積み込んで、大砲を積んだ軍船に守らせて海を渡るのじゃ。」

「……。」

誰もが無言で聞き入っていた。

「安土からも石見からも陸続きで、大森のしろがねを運びやすく、南海に出やすく、百艘もの大船を収容できる港といったら、浜田の港しかなかろう。

秀満よ。浜田から大船で海原に出ると、高山国（台湾）までならわずか十日、ルソンまでは二十日、シャムですら四十日ほどで行けるのだぞ。」

「それはまた…、」

想像したこともなかった大がかりな構想に、秀満は、呆《あき》れて言葉を失っていた。

「瀬戸内廻りの航路だと、風待ちの時間がかかりすぎるし、堺商人の使う外海（太平洋）廻りは、荒波のために安全性が確保できぬ。その上、四国や九州にはまだ、織田への臣従を拒む豪族がおおぜいいて、航海の邪魔をせぬ保証がない。

九州・四国の大名たちを臣従させるには、これからまだしばらく時が必要じゃ。そんな手間をかけるよりも、毛利を討ち、浜田に大港をつくって南海に乗り出すのが一番現実的な方法、と思ったのよ。」

なぜ自分が石見にこだわったのか、その理由を光秀は説明した。

「その交易に倭の裔を使おう、と考えておる。山育ちゆえ、大海原は苦手かもしれぬが、海に慣れた宗兵衛がおれば、安心であろう。」

その言に、妻木範熈が大きくうなずいた。

光秀は、血のつながりはなくとも、根本において、紛れもなく倭の裔の一員だった。彼は、倭の裔たちが大手を振って国を歩けるようにしてやりたかった。彼のこれまでの人生はそのためにあった。

そして、それがやっと実現の兆しを見せてきた。敬愛する直道の孫で、次代の倭の裔の長たるべく鍛えてきた五右衛門に、それを聞かせてやりたかった。

その光秀の心遣いは五右衛門にも十分に伝わった。五右衛門は軽く頭を下げた。

「しかし、また妬《ねた》まれますな。」

妻木範熈が心配そうに言った。

「もう慣れたがな。」

光秀の存在感が顕《あら》わになるにしたがって、織田家重臣たちの光秀を視る眼の光が濁《にご》ってくる。羽柴筑前守秀吉や森蘭丸《らんまる》が自分に投げつける暗い光を思い返しながら、光秀は苦笑いした。

石見を制圧すると同時に浜田城の築城にかからなければならない。異国との窓口にふさわしい大城を造らねばならぬから、かなり大がかりな工事になることは間違いない。そうなれば、かれらが光秀を視る眼はもっと濁ってくることだろう。

「亀山はこのままで？」

「そのつもりだ。安土から浜田までの道を、すべて五間の道幅にし、大戦さがなくなって働き場を失う雑兵たちによる荷馬車隊を編成して、交易品を運搬させるつもりじゃ。そのためには、安土から浜田までの土地は、一人の将が治めた方がやりやすい。」

「しかし、そのなりますと、羽柴筑前守殿が平定した但馬、因幡《いなば》も、光秀の殿が知行なさることになるのでは？」

五右衛門がたずねた。

「但馬には生野銀山があるゆえ、そうなろうな。」

光秀の脳裏に、やっと但馬竹田の城主になったばかりの羽柴筑前守の弟の貌《かお》が、一瞬間浮かんで、消えた。

「わしも信長公も、間もなく五十の齢《よわい》を迎える。使える時は限られておる。人のちっぽけな妬みや利害など、今はいちいち気にかける余裕がないのじゃ。人の眼も気にならぬわけではないが、今は知らぬふりをするしかない。

それに、残念ながら、羽柴殿には日本の西半分を治めるだけの力量がない。結局はわしがやるしかあるまい。」

光秀は、自分に言い聞かせるようにそう言った。

「それはそうですが、くれぐれもご用心召され。男の嫉妬《しっと》と申すものは、おなごのそれよりも暗く根深いものでございまする。かれらはこれまでのいきさつを何ひとつ知りませぬゆえ、いつ殿の寝首を掻《か》きにくるやもしれませぬ。」

妻木範煕が、不安げに忠告した。その言葉に、秀満も宗兵衛も、心配そうな視線を光秀に向けた。

「ああ、気に留めておこう。」

妻木範煕の言葉に曖昧《あいまい》にほほえみながら、眼の前の膳に視線を向けた光秀が、

「これは何か？」

小皿の一つを眼でさして、正姫に訊いた。

「直道さまから届けられた鹿の乾し肉でございます。炙《あぶ》って塩と刻み紫蘇《じそ》をまぶしてみましたが、殿さまのお口に召しますやら…。」

自分で光秀のために料理した正姫が、恥ずかしそうに答えた。

久しぶりに光秀の顔が間近に見れて、今宵の正姫は浮かれている。

「ほう、直道さまが。

鹿の肉か…、これは珍しい。」

直道の気遣いが嬉しかったのだろう、光秀の顔がほころんだ。一切れを箸《はし》で取ると、口に入れ、噛《か》んだ。

「これは美味。

などと言うと、獣の肉を嫌う仏からは叱られそうだな。」

いたずらっぽく笑った。

今夜の光秀は、心底からうれしそうだった。

「ところで、秀満。そなた、山の民とは何者だと思うか？」

光秀は秀満に視線を移し、そう訊いた。

「さて、それが…。」

秀満が首をひねった。秀満は倭の裔ではない。彼は、明智光秀という見識高い武士に心酔して、ここまでついてきただけの神武《じんむ》の民だ。

「さもあろう。」

光秀が空の杯を酌をする正姫に差し出した。正姫はあわてて杯を満たした。

それほど酒に強くもないのに、光秀は注がれた盃を、また一気に飲み干した。毛利攻めが公表され、念願だった三瓶《さんべ》奪回の時節がとうとう到来した。ここに至るまでの苦労は並大抵ではなかった。それだけに、今夜の光秀の殿はよっぽど気分がいいのだろう、と誰もが思った。

しかし、本当の理由は、光秀しか知らない。

この数ヶ月彼を苦しめてきた胃の痛みは、最近益々昂じてきて、今では、酒の酔いでごまかすのが一番の治療となっている。

「山の民とは、敗れし者の謂《い》いじゃ。」

光秀は言った。

「敗れし者？」

秀満が不審気に訊き返した。正姫も五右衛門も、不思議そうに光秀を見つめた。

「直道さまは、山の民とはいにしえの倭の裔と思いこんでおるが、わしは、奥山に逃げこんだ倭の子孫だけをさして山の民と呼ぶのではない、と思っておる。

考えるに、千年という長い歳月の間には、藤原に負けた菅原の者も奥山に逃げこんだであろうし、源氏に敗れた平氏の者も逃げこんだかもしれぬ。また、足利に敗れた北条の者が密かに山に入ったかもしれぬではないか。

奥山に救いを求めて逃げこんだ者、つまり、敗れし者の怨念の系譜につながる者たちの謂いが山の民じゃとわしは思っておる。」

「なるほど。」

光秀の見解に、黙って聴いていた美保屋宗兵衛が、感心したように大きくうなずいた。光秀の岳父である妻木範熙もほほみながら盃を口にあてた。

光秀は続けた。

「わしの実の母は、倭の裔ではない。」

「それではお父上が…。」

秀満にとって、光秀の父母とは、美濃《みの》明智の郷の当主夫妻だった。

「いや、わしは父を知らぬ。」

光秀は淋しそうに言った。

「しかし、美濃には…、」

秀満が首をかしげた。

「あれは本当の父母ではない。」

「そこまで話さずとも……」

妻木範煕が、あわてて口を挟んだ。

「いや、よいのだ。秀満はわが娘婿。実の息子たちはまだ幼いゆえ、これからは、秀満に明智の屋台骨を背負ってもらわねばならぬ。

また、五右衛門はもうすぐ山の長に就く身だ。秀満と山との関係が深くなれば、いずれは耳に入ること。隠すことはない。」

「それはそうでございましょうが……」

また一気に酒を飲み干すと、光秀は、空の盃を正姫に差し出した。

酒は肉体に巣食う病魔をも溶かすのだろうか。いまの光秀の腹部から痛みは消え、身内と語らっている心地よさだけが支配している。

正姫が酒を注いだ。

「わしの母なる者は、幾人もの僧に犯されてわしを産んだ。わしは父《てて》なし子同然じゃ。」

光秀は卑下する風もなく、さらりと言った。

「えっ……？」

初めて耳にする光秀の出生の秘密に、秀満だけでなく、正姫や宗兵衛も、驚いて光秀を見つめた。

「……。」

すでに祖父の直道から聞かされている五右衛門は、盃を両手で包み込み、黙ってうつむいた。

「母は…、」

と言葉を続けかけた光秀を、

「もうお止しなされ。」

妻木範熙がさえぎった。

「もうよろしかろうて。」

光秀を見つめる眼が、哀しみに満ちている。

「……、そうか。」

光秀はどちらでもいいという風だったが、妻木範熙に従って、その話を打ち切った。

「なあ、秀満よ。」

光秀は言った。

「わしの躰《からだ》には、倭の裔の血は入っておらぬ。それどころか、わしの躰の半分には、倭の裔の忌み嫌う仏僧の血が流れておる。しかし、倭の裔の血は受けておらぬが、おのれが倭の裔であることを疑ったことがない。わしはこう思うておる。人は血によってのみ繋《つな》がるのではない、人と人とを結ぶのは志《こころざし》じゃ、とな。

血にくらべれば、志など糸一本よりもか細く危うい繋がりかもしれぬ。しかし、その糸一本よりも危うい繋がりに生きる人間も存在するのだ。わしが直道さまに共鳴するのはそれゆえだ。かのお人の志、あれはわしの夢でもある。

秀満、覚えておくがいい。わしは、倭の裔の憎悪をわが憎悪とした。人は、憎しみすら共有できる。」

それから、実に感慨深そうに、光秀は座にいる全員をあらためて見つめ、一呼吸置いて言葉をつづけた。

「しかし、本当のことを言えば、天下布武などたいした仕事ではない。その次にわれらの命運を賭けた大仕事が待っておる。

……。

遅くとも一年後には、神武王朝を廃して新王朝を創りあげる。」

「なんと！」

それまで以上に予想外の構想に、座にいたすべての者が、いつもは沈着な妻木範熙ですらもが、驚愕《きょうがく》の声を上げた。そして、明智秀満以外の者たちの表情は、すぐに、驚愕から激しい歓喜へと変わった。

「とうとうその日が参りましたのか！」

妻木範熙が上ずった声で、喜びを口にした。

「今宵一番話したかったのはそれじゃ。

いよいよあと一年後だ。大王など、誰であってもかまわぬ。信長公がなりたいのならそれでよい。信長公はずいぶん尽くしてくれたからのう。ただ、嫡男《ちゃくなん》の信忠《のぶただ》殿は大王の器ではない。信長公のこれまでにたいして、一代は大王の座について就いてもらえばよい。要は、倭の裔たちの願いを現《うつつ》とする国であれば、それでよいのだ。」

光秀は言い切った。

それから、五右衛門を見つめ、

「五右衛門。これが実現したならば、それがしは、少しは倭の裔たちに喜ばれるかのう。」

そうほほえむと、光秀は立ち上がり、厠《かわや》に向かった。


雲のない夜空に、半月が照っていた。

用を足して、手水《ちょうず》で手を洗おうとしたその瞬間、

「うっ。」

光秀を激しい吐《は》き気が襲った。彼は思わずしゃがみこむと、縁の外に嘔吐《おうと》した。血も、肉も、体内からすべてが奔流していくような、生温かい、奇妙な解放感があった。

(呑《の》み過ぎたかな。)

光秀は、苦笑しながら右手で口を拭い、汚れた掌《てのひら》を洗おうとその掌を見て、愕然《がくぜん》とした。月の光の下で、彼の掌は、赤く染まっている。

(これは…。)

光秀は、言葉を失って立ち竦《すく》んだ。

これほどまでに病いが深行しているとは、自分でも思ってもいなかった。

「……。」

「殿さま。」

背後で、少し浮き浮きとした女の声がした。

「うん？」

振り返ると、正姫が濡れ手ぬぐいを持って、いそいそとこちらに向かっている。

正姫は、今夜、光秀の出生の秘密を少し知り、いままで以上に光秀を愛しく思うようになって、頼まれもせぬのに迎えに来たのだ。

眼が合った。

「殿さま！」

正姫が小さな叫び声を上げた。

光秀はあわてて懐紙を取り出すと口をぬぐった。駆け寄ってきた正姫が、夢中で光秀を抱きすくめた。

「よいか、正姫。他の者には決して言うのではないぞ。その血も、人に気づかれぬように洗い流しておいてくれ。頼むぞ。」

正姫の手から奪うように濡れ手拭いを取って、もう一度口の辺りを丹念にぬぐいながら、光秀はそう命じた。

正姫に抱きかかえられるようにして、光秀は部屋に戻った。

「どうなさいました？」

美保屋宗兵衛が訝《いぶか》しそうにたずねた。二重の襖《ふすま》に囲まれてはいるが、正姫の叫び声が聴こえたのだろう。

「いや、なに、わしが酔って転びそうになったものだから、正姫が驚いて大声を出したのよ。たしかに、いささか酔ったようじゃ。すまぬが、今夜はここに泊めてもらおうか。」

光秀は笑顔でごまかした。

「何の遠慮がいりましょう。すぐに、」

と言いかけた宗兵衛よりも早く、

「私が支度いたしまする。」

硬い表情で正姫が立ち上がった。

（……？）

正姫の光秀に対する秘めた恋情を、五右衛門だけは察知している。尋常ではない正姫の振舞いを、五右衛門は不審そうに見つめた。


二日後の五月二十九日。堺に向かう仕度をととのえた徳川家康が挨拶《あいさつ》に参上した。

「毛利攻めの大勝利を祈願いたしております。」

「なあに。毛利などなにほどのことではない。二月《ふたつき》もあれば滅ぼしてみせる。」

信長は自信たっぷりに答えた。

「それよりも、家康。毛利攻めが終わったら、もう一度安土に参れ。そちに折り入っての話がある。」

「それはどのような。」

「フフ。秘事ゆえ、まだ今は話せぬが、おぬしにとっては吉なる話だ。そのときは、家臣を大勢引き連れて来るがいい。」

「承知つかまりました。」

何のことやらまったくわからぬ家康は、曖昧にうなずいた。

「ではその時に、光秀と三人で、心ゆくまで語らおう。」

堺見物に発つ徳川家康を見送ったのち、織田信長は百名余りの百衣衆《ほろ》と呼ばれる親衛隊を連れただけで、京に向かった。

屈強の武者で編成された親衛隊とはいっても、信じられないほどに少ない供連れだったが、今の信長にとって、もはや、畿内はおのれの庭先に等しかった。京に着くと、信長は本能寺に入り、岐阜から出向いてきた嫡男の信忠一行は、妙覚寺に入った。

信長が京での定宿とした本能寺を、単なる寺院と考えるのはまちがっている。信長の定宿として使われるようになってからの本能寺は、さまざまに手を加えられ、「砦《とりで》」と呼んだ方がふさわしいものになっている。

「信忠。上野《こうずけ》の滝川一益《かずます》からなんぞ知らせは届いておるか。」

本能寺で夕餉《ゆうげ》を共にしながら、信長が信忠に声をかけた。

信忠はあの夜から以前の陽気さを失い、暗く固い表情をするようになった。

「はっ？

はっ、はい。」

病み上がりのようなさえない表情で箸を運んでいた信忠は、あわてて信長を見た。摘《つま》んでいた小海老《えび》の煮物が、ポロリと箸から落ちた。

「勝家殿もなかなか頑張っておられる様子で…。」

「勝家だと？

どうした？　そちは加減でも悪いのか。」

先夜信忠を怒鳴りつけたことなど、信長の記憶からは消えている。信長は息子のとんちんかんな返答に、信忠の顔を覗《のぞ》きこんだ。

「いえ…。いえ。そんなことはございませぬ。信忠はいたって壮健にてございます。」

信忠は、信長の視線を避けて、急いで否定した。

「なんだ。備中攻めに今から気を高ぶらせておるのか。

この度はただの見物じゃ。もっと気楽に構えぬか。」

毛利攻めの後の国造りに思いを馳せるばかりの信長は、そんな息子の変化など一向に気にとめず、ほほえんだ。

「往くぞ！」

六月一日、夕刻。暑気のおさまるのを待って、明智軍一万三千の兵は、水色桔梗《ききょう》の旗をたなびかせて、丹波亀山城を発ち、福知山城に向かった。

福知山城には、秀満がこの遠征のために三瓶しろがね山の銀によって買い付けた大量の武器兵糧がある。それを受け取るために、空の荷車が何十台も用意されていた。

「時こそ今！　これからがわれらの正念場じゃ。石見三瓶では、わが一族が、われわれの到着を首を長くして待っておる。石見を平定するまではこの地には戻らぬつもりで進め！」

光秀は兵に檄《げき》を飛ばした。

将の昂揚《こうよう》は兵にも伝わる。倭の裔の血を受けている兵たちから、歓声があがった。かれらはこの日のために戦い続けてきた。

山陰街道は夏の匂いが充満している。明智軍は夜道を力強く進んだ。三草山を越え、園部、須知を抜けて福知山に入るのが、明智軍のこれからの進路だ。

しかし。馬に揺られてしばらくすると、光秀は、腹部だけでなく、腰の辺りにも軽くない痛みを感じた。病魔は予想以上の速度で彼の肉体を喰い荒らしているようだ。

昨夜正姫が内緒で、「胃の腑《ふ》に効く山の薬ですから」、といってよこした、山椒《さんしょう》の果皮と花《はな》茗荷《みょうが》の種、それに甘草《かんぞう》の根を擦《す》ったものを飲んで、少し楽になったような気がしていたが、やはり、もう、薬ではどうにもならないような状態になっているようだ。

(ひょっとしたら、これが、自分にとって、最後の戦さになるのかもしれぬな。)

そんな予感がした。

不思議に死の恐怖はなかった。人は限られた生命を生きるしかない。元をただせば、名もわからぬ貧乏公家の娘とならず者の悪僧との間に生れ落ちた身だ。本来なら、どこでどう果てようと、見向きもされる身ではない。

ただ、気がかりなのは、倭の裔だ。神武王朝の支配に慣れきっている民は、皇族の抹殺には恐怖を感じるであろうし、銀管理を強引に推進すれば、堺や博多の商人たちが、反発や憎悪をむき出しにしてくるのはわかりきっている。

（まだ、ここでわしが倒れるわけにはいかぬ。せめて、神武廃朝まではわしの手でやり遂げておかなければ…）

光秀は、自分を励ました。

二

周山《しゅうざん》街道は京と若狭をつなぐ。

光秀のひきいる明智軍が亀山城を発つ数刻前、陽の落ちかけた周山街道を、甲冑《かっちゅう》姿の武者が一人、背に一本の旗ざお、馬の鼻先には提燈《ちょうちん》をぶら下げて、のんびりと京に向かって、馬を進めていた。旗にも提燈にも、鮮やかな水色桔梗の紋が入っている。

顎《あご》まで伸びた髭は見えるものの、兜《かぶと》が邪魔をして顔は見えない。左手に長槍《やり》を握ってはいるが、戦さ場に向かう緊張感は身辺にはなく、まるで物見遊山にでも出かけるかのような悠長な風情だった。

四半里ほどゆくと、脇道から同じ甲冑姿の武者が数騎、二十名ほどの雑兵を伴って現れ、ものも言わず、先をゆく武者の後につづいた。この武者も、背に水色桔梗の旗ざおをかかげ、雑兵たちは水色桔梗の紋入りの提燈を手にしている。

さらにまた四半里ほど往くと、これもまた同様に、背に水色桔梗の旗ざおを負った甲冑姿の武者が数騎、脇道から現れ、伴った雑兵共々、無言であとにつづいた。

奇妙な合流は幾十度もくり返された。

ただ、すべてが無言のうちにおこなわれ、しかも、かれらに急いでいる様子が微塵《みじん》もなかったため、すれ違う通行人たちは、その一団に格別の関心を抱かなかった。

脇道を過ぎるたびに膨《ふく》らんだその一団は、京まであと五里ほどになったあたりでは、もはや、一軍、と呼ぶのが相応しい規模になっていた。しかし、あまりにも余裕に満ちた行進ぶりのため、夜の行軍であるにもかかわらず、はためく水色桔梗の旗印を見た通行人たちは、

（明智の殿が京に向かわれるのか。）

と思った程度だった。

もし、その一軍とすれ違ったのが五右衛門と正姫でなかったら、誰も、かれらが京に着くまで、その行軍の異常さを見過ごしたままだったかもしれない。

五右衛門たちがその一軍と遭遇したのは、まったくの偶然だった。二人は、京都、安土に散らした配下の山忍びたちに、これからの指示を急達して、丹後に向かう途中だった。

五右衛門は、伯耆《ほうき》富士にまで探りを入れてきた長岡忍びとおぼしき存在が、どうしても気にかかってならなかった。正姫からの報告を受けた光秀は、「長岡殿が？」と驚きに顔を曇らせ

た後、「放っておけ。」と言ったが、祖父の直道からも、光秀の身辺に用心するように、とくどく注意されていたから、

(丹後に出向いて、自分の眼で確かめよう。)

そう思い立っての丹後行きだった。

今夜の五右衛門と正姫は、荷を運ぶ馬人足夫婦のなりをしている。万が一敵に襲われた場合、馬で逃げるのが一番であろうと思ってのことだった。

前から来る一軍の旗印と提燈の紋所を目にした時、

(なぜ、明智の軍が周山街道を京に向かうのか?)

五右衛門は、不思議に思った。一昨夜、念のために丹後まで出かけてくると伝えにいった時、つなぎ役の明智秀満は、「明智軍は全軍、福知山に向かう」、と言っていた。京では方角が違う。京に滞在している信長の警護のためかもしれないが、それなら誰の指揮する軍であろうかと、五右衛門はすれ違う将校たちに視線を走らせた。明智軍の将の大半は倭の畜山の血を引いているから、長の孫である五右衛門は、その顔を全員承知している。しかし、いま眼の前を往き過ぎる一軍の中には、五右衛門の顔見知りの将が一人もいない。

(奇妙な、)

五右衛門はその一軍に強い違和を覚え、かたわらの正姫を見た。

「あれは本当に明智かい?」

正姫も、そう呟《つぶや》きながら、不思議そうに水色桔梗の一行を見つめた。闇は五右衛門たちの眼

に障害とはならない。道端にかがみこみ、草鞋《わらじ》の紐を直す振りをして、目の前を往く雑兵たちを、注意深く観察した。驚いたことに、千人を優に超える兵であるのに、誰一人その顔に見覚えがない。

(実に奇怪。)

五右衛門はさらに眼を凝《こ》らした。しかし、いくら凝視しても、見覚えのある顔がない。

軍列の半ばが通り過ぎたあたりで、やっと一人の足軽が目に止まった。

(あの男は確か。)

五右衛門は、記憶の糸をすばやく手繰り寄せた。

自分と同じくらいの年齢のその足軽は、武田攻めの際に長岡軍にいた男だ。どこかに忍びの匂いを漂わせていたので、記憶に残っている。五右衛門は、目の前を通り過ぎていくその男を、いま一度凝視した。

(やはりあの男だ。しかし、長岡の忍びがなぜ明智の軍に?)

不吉な予感が五右衛門の全身を貫いた。

五右衛門は正姫に目配せをして、かがみ続けながら、その一軍が通り過ぎるのをじっと待った。

明智軍が三草山へと進軍を始めて半刻も経《た》ったころ、

「殿、一大事でございますぞ。」

しんがりを勤めている明智秀満が馬で駆けて上ってきて、光秀の耳元に囁《ささや》いた。

秀満の後ろには、五右衛門と正姫が従っていた。よほど急いできたのだろう、五右衛門たちの乗った馬は、荒い息をしている。

「いかがした？」

いつもは沈着な秀満が、一大事などという大仰《おおぎょう》な言葉を口にするのを訝しんで、光秀はたずねた。

「怪しげな一軍が、水色桔梗の旗印を掲げて、周山街道を京に向かっているとのことでございます。」

「水色桔梗の紋？」

光秀は馬から下りた五右衛門を見た。暗い表情の五右衛門が無言でうなずいた。

水色桔梗の紋――、それはとりもなおさず、明智の紋所だ。今ここにいる軍兵以外に、いったい誰が、水色桔梗の旗印を担いでいるというのか。

(――?!)

いやな予感が光秀の脳裏を走った。

「小勢ではございませぬ。その数、二千に迫ろうかと、」

五右衛門がつけ足した。

「何？」

その数を聞いて、光秀は驚愕した。

「京に、わが明智の旗印を掲げた二千もの兵が、確かに京に向かっておるのだな？」

羽柴秀吉から、中国攻めの兵を鼓舞するために来てほしい、と懇願された信長は、今、物見遊山にでも出かけるかのような軽装、戦国の武将としては手ぶらに近い姿で京にいる。警護している軍団はない。もし信長を襲うとしたら、これほど格好な場所はない。

しかし、いったい誰がそのようなことを？

「それから…、」

五右衛門が言葉を濁した。

「何だ。遠慮なく申せ。」

日頃の光秀らしくもなく、少し苛立《いらだ》ちの混じった声で光秀は促した。

「その怪しげな一軍の中に、見覚えのある長岡の者がおりました。」

五右衛門が答えた。

「長岡の？」

長岡藤孝は、明智の後続部隊として数日後には山陰に向かうよう、打ち合わせができている。彼は丹後から但馬を経由して、因幡の地で光秀軍と合流する予定になっている。いま、京に向かう用などないはずだ。

「あれは、間違いなく、長岡の足軽でござりました。」

五右衛門は光秀を見つめ、確信をもって断言した。

「……？」

(長岡藤孝が、わが明智の旗印を掲げて京都に向かう？

それは何なのだ。）

光秀の胸に、いつも苦虫をかみつぶしたように難しげにしている長岡藤孝の顔が、また、細い眼をさらに細めた信長の笑顔が、交互に浮かんだ。

「三岳山を荒らしたのも長岡の手のものでございましたぞ。」

今度は、五右衛門が、控え目に言った。

光秀と五右衛門の眼が合った。

「……。」

五右衛門が、哀しげに小さくうなずいた。

（まさか、藤孝殿が謀反を？）

それは、信じがたい想像だった。光秀の思考回路のどこを探っても、長岡藤孝が信長に謀反を企てる理由は出てこない。藤孝は信長から恩恵を受けこそすれ、恨みを抱くような目にあったことはないはずだ。

（しかし、この戦国の世にありえぬことなどない。心を落ち着かせて考えねば…、）

そう思い改めて秀満に眼をやると、秀満は何やら思い当たると見えて、不安そうに光秀を凝視している。

「――！」

光秀の心に、不安が一斉に襲ってきた。

（急がなければ――。）

光秀は、不審気にこちらを窺《うかが》っている武将たちに叫んだ。

「全軍、これより急ぎ京に向かう。

信長公が危ない。

敵は本能寺にあり！　敵は本能寺にあるぞ。」

将たちは驚いた表情で、あわただしく馬頭を京に向けた。


真夜中の山陰街道を、明智軍はひたすらに駆けている。老いの坂峠を越え、沓掛《くつかけ》を抜け、いま、桂川を駆け抜けた。先頭を駆けるのは「明智三羽烏」と呼ばれる猛者の一人、安田作兵衛だ。

「不審な者は、片端から斬《き》り捨てよ！」

作兵衛は後につづく家来たちにそう命じた。民に優しいと定評のある明智軍には珍しい、非情な処置だった。

深夜の思いがけない大軍の出現にうろたえる通行人たちが、容赦なく斬られていく。

「急げ！　遅れる者にかまうな。ひたすら急げ！」

明智秀満が何度もそう叫んだ。

（謀反だとしたら、誰がこのような謀反を企てたのか。）

焦燥に心を激しく揺さぶられながら、光秀は必死で考えた。

五右衛門の報告から察すると、長岡藤孝が関与しているのは間違いなさそうであるが、

（これは藤孝殿一人の考えではない。）

光秀はそう確信していた。

足利幕臣としては権謀術数《けんぼうじゅっすう》の場を踏んできた長岡藤孝には、知恵はあっても、信長弑逆《しぎゃく》などというだいそれた企てを実行する胆力も兵力もない。彼はもっと臆病で、もっと賢い。それは、長年行動をともにしてきた光秀が一番知っている。

誰かが背後で糸を引いているはずだ。

(義昭殿か？)

長岡藤孝の実弟であり、信長にたいして執拗《しつよう》な憎しみを抱きつづけた足利家最後の将軍の顔を、光秀は思い浮かべた。それは、誰の脳裏にもすぐに浮かんでくる反信長の象徴的な人物であった。しかも、義昭は、彼を見放して信長についた光秀を恨んでいる。明智の旗印の兵に信長を襲わせるという計画の隠微《いんび》さは、義昭の性格と合致する。

(しかし、義昭殿はこれまでに、思いつく限りの反織田闘争を企図して、そのことごとくが失敗に終わった。

それに嫌気がさして実兄の藤孝殿さえも義昭殿を見限った。いまさらあの二人が手を結ぶはずがない。もはやこの畿内に、いや、この天の下に、あの方の策謀によって反織田闘争を企てる武将など存在しない。)

光秀は義昭関与の疑惑を打ち消した。

しかし、他にいまの信長に謀反を企てるような有力な勢力は、畿内には存在しない。

(織田家中か？)

しばらくの間、光秀は、織田家中の武将たちの顔を、一人ずつ思い直してみた。

それ以外にないな。と思い至った。

（ひょっとしたら、あれは大きな手違いだったかもしれぬ。）

光秀は振り返った。

昨秋、五右衛門に指示して、信長に高熱を生じる薬を盛らせた。天下人信長が床に臥《ふ》した場合の、世間の反応を知りたかったからだ。高熱はわずか三日間で治まり、信長は体力を回復して、それ以降は武田攻めを成功させ、いまは中国毛利攻めを開始して、かれの天下統一は目前のこととなっている。

しかし、わずか三日間の病臥《びょうが》に過ぎなかったが、それは、誰もが不老不死の鬼神であるかのごとく畏怖していた信長が、実は自分たちと同じ「生身の人間」であったという事実を、織田の家臣たちに強く知らしめる結果となった。その時は叛意を顕わにはしなかったものの、信長もまた生身の人間に過ぎないと思い至った家臣の誰かが、信長が築きあげたものを丸ごと全部奪い取ろう、という暗い欲望にとり憑《つ》かれたのかもしれぬ。

人が見る夢を止めることは誰にもできぬ以上、そんな誰かが、信長の自然死を待つに焦《こ》がれて、藤孝を取りこんで信長逆殺へと奔った可能性は否定できない。

（その時、わしが一番の邪魔者か。）

ことあるごとに自分を意識する羽柴秀吉や、最古老としての威厳を見せびらかしたがる柴田勝家の刺すような視線を、光秀は感じつづけてきた。

かれらは、信長の躍進の影にいる倭の裔の存在を知らない。光秀の肉体の奥深くを食い荒らしている病魔の存在を知らない。かれらにとって、信長の寵愛《ちょうあい》を一身に受ける光秀は、仮に信長に不測の事態が生じた場合には、一番邪魔な存在になるのだろう。

そして、長岡藤孝という存在――。

十五年間親交をつづけてきた男が、いま、自分を裏切るという。深い悲哀が光秀を包んだ。

「藤孝殿。それほどに光秀が憎うござったか。それほどに足利の血が尊うござったか…。」

光秀は、声にして呟いた。

仮に長岡藤孝が光秀を憎むとしたら、その理由が何であるか、光秀だけは知っている。

藤孝が存続に躍起になった足利幕府の消滅は、時間の問題だった。光秀の時代観からすると、天下を統《す》べる能力を失った足利幕府などは、消滅してしかるべきだった。個人の思惑で存続するしないの次元の問題ではない。新時代の到来を希求した光秀は、信長の天下布武に尽くすことで、藤孝の執着する足利幕府消滅までの時間を加速させた。

そのことを、光秀はひとつも悔《く》やんでいない。しかし、長岡藤孝には恨みが残ったにちがいない。もし、光秀が倭の裔に深い愛着を抱くように、長岡藤孝が足利幕府に深い愛着を抱きつづけたとしても、誰もそれを責めることはできない。

本当は、五右衛門や正姫から、「しろがねの秘密を長岡藤孝に知られたかもしれない」、と聞かされた時に、今日の事態まで想定しておくべきだったのだ。しかし光秀は、娘お玉の嫁ぎ先でもある長岡藤孝をそこまで疑いたくなかった。そんな自分の甘さに、光秀は臍《ほぞ》を噛んだ。

「何をぐずぐずしておる！　もっと急げ。」

光秀のわずか先を駆ける、妻木範武《ひろたけ》と共に「明智の双腕」と呼ばれてきた猛将斎藤利三《としみつ》が叫んだ。

「急げ！　作兵衛に遅れをとるな！」

明智秀満も声を嗄《か》らせながら叫んだ。

明智軍一万三千は、文字通り、怒涛《どとう》のごとく京に向かって疾走していた。織田家中でもっとも統率のとれた軍団という定評どおり、この変事にも乱れることがない。あと半刻もすれば、本能寺に着くはずだ。

「光秀！」

そう呼ぶ声が聞こえたような気がした。

細い眉《まゆ》、切れ長の眼、薄い唇……。昨日まで見慣れたはずの信長の幻が浮かんだ。

(信長公。無事でいてくだされ。)

幻の信長に、光秀は必死の思いで叫んだ。

信長もまた、直道同様に、光秀にとって得がたい盟友であった。

武力と野心は両腕からこぼれんばかりに抱えていても、緻密な政権構想の不足していた信長に、あの夜、岐阜城の茶室で、光秀は、「天下布武」、「織田王朝樹立」という具体的な夢をあたえた。その壮大な夢に信長は乗り、光秀と信長の二人三脚が始まった。

それは、どちらが主で、どちらが従であるか、の判別ができかねるほどの、奇妙な二人三脚だった。光秀は、信長の短慮をおぎなって天下布武に理念を付与し、信長は、光秀の孤独癖をおぎなって、光秀を武士社会の表舞台に立たせた。その取り合わせは絶妙な効果を発揮し、これまで何人たりも成せなかった王朝交代を目前とするところまで来た。

だが、その二人の夢が、いま潰《つい》えようとしている。信長の死をもって。

「それがしの名を騙《かた》った者どもが、信長公を襲うなど、そんな馬鹿なことが、あっていいはずがない。」

憤怒の中で、光秀はそう呟いた。

「それがしを疑いながら信長公が死ぬなど、それでは信長公が哀れにすぎる。そんな形で信長公が弑逆されるなど、そんな悲惨な死にざまを、あの信長公に与えてなるものか。」

栗毛に鞭をあてながら京都の方角を見据《す》え、今、本能寺で偽の明智軍二千と戦っているに違いない信長に、光秀は、必死の声で呼びかけつづけた。

「信長公！

すぐにこの光秀が駆けつける。もうすぐ、もう間もなくだ。

頼むから、それまで持ちこたえてくれ。そなたに、それがしを疑いながら死なれては、それがしは、これより後を、後悔だらけで生きてゆかねばならぬ。どうか、どうか無事でいてくれ！」

七の章　本能寺、炎上

本能寺では、無秩序な乱世を夜叉《やしゃ》のように生き抜いてきた男が、漆黒の絶望の中で懸命に戦っていた。

「これは、本当に、光秀の軍なのか？」

寺院の下からこちらに槍《やり》を向けている雑兵たちに矢を放ちつづけながら、織田信長は、何度も、何度も、近習に質《ただ》した。

「はい。あの旗棹は、まちがいなく、桔梗《ききょう》の紋所でございます。」

日ごろから光秀に暗い嫉妬《しっと》を抱いてきた森蘭丸《らんまる》が、憎しみをこめて、断言した。

「そこまではわかりませぬが、あれは、間違いなく明智軍でございまする。」

「指揮を執っておるのは誰だ。光秀本人か？」

蘭丸は、もう一度断言した。

「そうか…。」

それ以上は訊かず、信長は足元の雑兵めがけ無言で矢を放ちつづけた。

「光秀…、」

矢を放ちながら、この四十九年間、心に湿気を帯びさせることを禁じてきた男の心に、突然に湿気が生じた。

(光秀が、あの光秀が予を襲う。

そんなことが、この世にありうるのか。)

絶対を信じない男が、たった一つ、「絶対に」あり得ないと思っていた事態が、いま、目の前で展開されている。

百衣衆と呼ばれる信長の親衛隊は、剛の者を選りすぐって編成されているが、今日ここには百人ほどしか連れてきていない。その百人が、一人、二人と、倒れてゆく。しかも、いくら時を稼いでも、自分を救出に向かう援軍の来る予測が立たない。

(光秀。何故《なぜ》だ。)

信長は、十余年間同じ夢を共有してきた男の幻に問いかけた。

(ぬしたち倭の裔は、もう、予が不要になったのか。)

しかし、その男の幻は、無言のまま哀しげな眼で信長を見つめているだけで、何一つ答えようとしない。

「光秀!」

わずかばかりだった湿気に、次第に哀切が混じり、ついには、信長の肉体の細部にまで、哀切が滲《し》みわたった。

弓を引く力が鈍ってきた。

「つまらぬ。」

そんな言葉が、信長の口から漏れた。

「はっ？」

森蘭丸が、不思議そうに問い返した。

信長は、感情を失った眼で蘭丸を見、手にしていた弓を、投げ捨てた。「人の世などつまらぬ。」

もう一度そう呟くと、

「予の死骸を、光秀の手に渡すな。」

部屋に置かれた燭台を、両手で乱暴になぎ倒しながら、信長は、奥の部屋に姿を消した。

——やがて、本能寺から、赫《あか》い炎が立ちのぼった。


—


六月二日、夜明け前。

明智軍一万三千の兵は本能寺前に着いた。

本能寺は業火に包まれて、焼け落ちる寸前だった。

「おお。本能寺が燃えておる！」

斎藤利三が、落胆の声をあげた。火の粉を噴き上げている本能寺を見つめて、光秀は、思わず眼を瞑《つぶ》った。

「遅かったか…。」

絶望が彼を襲った。

馬を進めると、謀反軍と思われる二千の雑兵が、火焔に包まれた本能寺の周りを取り囲んでいた。しかも、その兵たちは、五右衛門から報告されたとおり、明智の紋所である水色桔梗の軍旗をはためかせていた。これでは、誰の目にも、明智の謀反としか見えないだろう。

本能寺を取り囲んでいた正体不明の偽明智軍は、突如としてあらわれた一万を越える本物の明智軍に驚き、槍をいっせいに明智軍に向けた。

「うぬら、雑兵どもが、よくも信長公を！」

光秀は、怒りに顔を染め、思わず腰の太刀を抜いた。

（この偽明智軍を、皆殺しにしてやりたい！）

心底から憤った。

そんな光秀を、

「殿。それよりも、信長公の御安否の確認を急がねば」、明智秀満が制した。

「ふむ。」

光秀は小さく答えて太刀を収めると、再び、火焔に包まれた本能寺を見つめながら、「信長公のご安否を確かめよ。謀反者たちは斬り捨てよ」、大声で下知《げじ》した。

その声に明智兵が動いた。文字通りの乱闘が始まった。しかし、味方も水色桔梗なら敵も水色桔梗、実情を知らぬまま見物に来ていた京人たちには、本能寺周辺にたなびく一万五千の水色桔梗の旗しか見えない。

「明智日向守《ひゅうがのかみ》様、ご謀反！」

「本能寺、炎上！」

「右府様、ご落命！」

大通りには、そんな叫び声ばかりがこだました。

明智の旗印を掲げた軍兵が、本能寺をとり囲んで織田信長を襲ったのは、事実だった。その事実は消しようがない。それを偽明智軍だと言うのなら、偽明智軍の中から長岡の手の者を探し出して、衆目の前で黒白をつけるしかない。しかし、仮に探し出したとしても、その者たちが、光秀の命を受けてやった、と言ったなら、それはそれで通用する。織田軍団の一瞬の空隙をついた、見事なはかりごとであった。二千もの明智の旗印を事前に用意してのたくらみだ。おそらく、他にもあれこれと手が打たれているのだろう。

「くそっ。」

光秀は歯軋《はぎし》りした。今日の今日まで、信長とともに革命の駒を飛ばしてきた自分が、いまは「主殺し」の謀反人の汚名を、全身に浴びさせられているのである。光秀にとって、これほどの屈辱はない。

明智秀満がやってきた。

「謀反軍の中に長岡家中の者はいたか？」

光秀は小声で聞いた。

「いや。主だった者はすでに逃げおおせた様子でございます。生きて残っておるのは、銭で雇われた者たちばかり。」

「そうか…。」

明智軍の武将を装った指揮者たちは、本物の明智軍到着を知ると、今度は偽明智軍の雑兵を、「偽者め！」などと叫んで切り捨てながら、逃亡していったという。今の本能寺周辺には、謀反軍が偽者であったことを証明する何も残されていない。

五右衛門が走ってきた。

「本能寺から逃亡した謀反兵たちをつけましたところ、やつらは二条御所に逃げこみました。」

「二条御所へ？」

「二条御所には、岐阜の信忠《のぶただ》が立てこもっている模様――。」

五右衛門は不愉快そうな声でつけ足した。

「信忠さま？」

それもまた、思いがけない名であった。

「信忠は、本能寺の異変を聞くと、本能寺には駆けつけず、すぐに、兵を連れて二条御所に入ったとのこと。」

「信忠さまが信長公を見殺しにしただと？

信忠さままでこの謀反に加わっているのか。

いったい何を考えておるのだ。あの男は。」

この企てに、長岡藤孝だけでなく、複数の織田家関係者が絡んでいるのをあらためて知って、光秀は顔を曇らせた。

「秀満。いくら信長公への謀反とはいえ、嫡男の信忠さまをわしが討ち取るは耐えがたい。済まぬが、二条御所はお前と利三に任せる。」

光秀は秀満に頭を下げた。

「お任せあれ。」

秀満は、疲れた顔も見せずに微笑んだ。

「……、のう、秀満、」

光秀は、焼け落ちた本能寺を見つめながら、つぶやくように言った。

「信長公は、水色桔梗の旗印を見て、わしの謀反だと信じたのであろうな…。」

今の光秀にとって、それが何よりの無念だった。その時の信長の心情を想像すると、口惜しさだけがつのる。

「……、」

明智秀満は、痛ましいものでも見るような眼で、光秀を見た。

「わしの謀反と信じこみ、わしの謀反を憎悪しながら、あの雑兵どもと戦って、最後にあの火の中に身を投じたのであろうな。」

光秀の心に、烈《はげ》しい憤怒と憎悪の感情がわきあがってきた。思わず、手にしていた軍配を大きく振った。

「なぜ、このような馬鹿げたことが起こるのだ。藤孝や信忠のちっぽけな憎しみや野心のために、われらの悲願が、なぜ、かくも無残に潰えてしまうのだ。

殺すなら、わしを殺せばよかったのだ。このわしを――。

わしの生命など、放っておいても長くは持たぬものを。」

その告白に、秀満と五右衛門が、同時に、驚きの表情を見せた。

「胃の腑《ふ》の病いじゃ。」

光秀は淋しげにほほえんだ。

「殿――。」

秀満が絶句した。

(そうだったのか…。)

五右衛門は、正姫《チョンヒ》から光秀が血を吐《は》いた夜のことを聞いてはいたが、そこまでの重症とは思っていなかった。哀しそうに眼を伏せた。

「わしの生命などどうでもよい。だが、この国を本物の国にするには、信長公がどうしても必要であったというのに。」

光秀は、無念いっぱいに呻《うめ》いた。

「理解できないほどに偉大な者は、小人には不要なのです。胸中お察し申し上げるが、そう悔《く》やまれますな。

それより、これからが大変でござる。」

秀満はそう慰めると、軍をひきいて二条御所に向かった。

明智秀満と斎藤利三との部隊が二条御所を囲み、朝もやの中に、五千を超える明智の旗がはためいた。

「明智の軍が京に入ったと？
何故だ！　きゃやつは福知山に向かったのではなかったのか。いったい、何の手違いじゃ。」

信忠は、悲痛な叫び声をあげた。

「この数では持ちこたえられぬ。援軍はまだか?!」

近習に問いかけた。

「援軍とは？」

今日の今日まで何も聞かされていない近習には、誰が敵で、誰が味方か、さっぱりわからない。おろおろ声で信忠に問い返した。

「わが援軍じゃ。瓢簞《ひょうたん》の旗印は見えぬか。」

「瓢簞？」

瓢簞の旗印は羽柴筑前守のものだ。羽柴筑前守はいま備中高松にいる。その彼を鼓舞するために自分たちは京に出てきたのではないのか。近習は信忠の言葉に首をかしげた。

「そのようなものは一向に。」

背伸びをして、彼方に目を凝《こ》らしながら、近習は答えた。

「そんなことはない。必ず来る。よく見張っていろ。」

信忠は自分に言い聞かせるように断言した。

千宗易《せんそうえき》を仲介者としたかれらの計画では、偽明智軍の本能寺襲撃を見過ごした後に、中国から戻ってきた羽柴軍と合流して、山陰に向かっている正規の明智軍を背後から襲い、これを滅し、そして、信忠は羽柴秀吉を後見人として、織田家のすべてを継承する手はずになっていた。

信忠はその約束を信じて、本能寺には兵を出さず、二条御所に立て篭もった。

「まだか…。」

信忠は、待った。焦《こ》がれながら羽柴軍の到着を待った。しかし、一人、二人と、自分の兵が討ち取られていっても、羽柴の援軍の現れる様子がない。

「瓢箪の旗印はまだか！」

「見えるのは水色桔梗の旗ばかりでござりまする。」

「……！」

やっと信忠は気がついた。千宗易や羽柴小一郎は、主君信長を葬り去るために、自分を利用しただけだったのだ。

「おのれ。羽柴兄弟。たばかりおったな！」

信忠は悲痛な声をあげた。

だが、すべては後の祭りだった。しょせん、信忠は、凡庸《ぼんよう》な嫡男に過ぎなかった。鬼神信長を廃してでも息子の信忠を担ぎあげようと思う「忠臣」など、この世に一人も存在していないことを、彼は、理解することができなかった。

それでも、

「このまま明智に捕らえられたりしたら、わしは親殺しの大不忠者にされてしまう。それだけは、どうしても避けねば……。」

それくらいの恥辱の意識は残っていた。

「奥に火を放て！　我が首を渡すな。」

信忠は奥の間に駆けこむと、自刃して果てた。かれに従った京都所司代の村井貞勝も、斎藤利三の兵に討たれた。

二条御所から火焔が噴き上げた。

「岐阜中将さま、討死！」

また、京の人々の叫び声が、早朝の往来に響いた。

たまたま同じ京都で、同じ時刻に、水色桔梗の旗印を掲げた兵によって殺された織田信長父子を、京人たちは、二人とも明智光秀の謀反によって殺された、と信じた。本当は、死んだ親子が、その立場をまったく逆にしていたことなど、かれらには知りようもなかった。

――結局、本能寺周辺での戦いは早朝まで続いた。

後の世の史書では、信長の鬼神を思わせる戦いぶりに、さしもの明智軍も攻めあぐねた、ということになっているが、そんな話は捏造以外のなにものでもない。信長勢百人対明智軍一万三千人だったというかれらの話が真実だとすると、いくら信長の家来たちが勇猛だとはいっても、しょせんは巨象と蟻の戦いだ。決着がつくのに、そんなに時間がかかるわけがない。同じ本能寺周辺で、戦いが二度にわたって行なわれたこと、それが時間の長引いた一番の理由だった。


二条御所からそう遠くない辻に、編笠と頭巾で顔を隠した武者が数人、身を潜めている。中央に腕組をしているのは、窪《くぼ》んだ眼と少し突き出た顎《あご》……。丹波宮津城主長岡藤孝とその郎党だった。

(どうやら、思い通りの仕儀となったようじゃな。

明智の将を装った夜盗《やとう》たちも、うまく逃げおおせたに違いない。)

二条御所から立ちのぼる炎を見つめながら、藤孝はほくそえんだ。

「帰るぞ。」

小声でそう言うと、彼は馬にまたがり、北国丹後へと走った。


同じ頃。

泉州《せんしゅう》堺港では、馬面《うまづら》の菜屋助佐《すけさ》が、初めての船主としてルソンに向かう帆船の帆を、上げきれずにいた。

「まだか。」

見送りの人々に愛想よく笑顔を振りまいていた助佐が、船に乗りこむと、苛立《いらだ》たしそうな声で独り言《ご》ちながら、京都の方角に視線をやった。船底には、堺の出資者たちから集めた金銀や、ルソンで売りさばく予定の屛風《びょうぶ》や硯箱《すずり》や刀剣が積みこまれている。羽柴兄弟から預かった大量の銀もある。無事に戻ってきたら、これらが五倍十倍の富に変わる。助佐と宗易が初めて仕かける大商いだ。

（まさか、失敗《しくじ》ったのではあるまいな。

失敗ったら、二度とこの国に帰ってこれなくなる。）

助佐は、四方に眼をきょろつかせた。

彼が千宗易から言いつかった役目は、本能寺を襲った偽明智の武将、といっても、それらは全員、羽柴小一郎が集めた荒くれの夜盗たちだったが、その男たちをこの船に乗せて、ルソンに逃がすことだった。しかし、それらしき者たちの姿は、いつまで待っても視界に入ってこない。

「……。」

いたずらに時が過ぎていく。不安が助佐を包み、せっかくの船出に気を重くさせる。

「助佐さま。あそこに！」

船頭が、見送り人の後ろの方角を指した。

「来たか！」

助佐は、水夫の指さす方向に視線を走らせた。

二十人ほどの武者姿の男たちが、馬を下りて、こちらをめがけて懸命に走ってくる。先頭を走る毛むくじゃらの大男が、助佐を認め、大きく両手を振った。本能寺襲撃軍の頭目だ。

（成功した！）

助佐は、思わず自分も大きく両手を振って応えると、満面に安堵の笑みを浮かべ、

「あやつらをすぐに船に入れろ。あやつらが乗り終わったら、とも綱を離せ。出航だ。」

大声でそう叫んだ。


それより一刻ほど後。

同じ泉州堺にある今井宗久《そうきゅう》の屋敷は、昨夜の宴の疲れで、主の宗久も、泊まっている徳川家康やその家来たちも、まだ眠りこけていた。

突然、通用門の戸を強くたたたく音がし、

「どなたかおられぬか。」

男の声がした。

「どなたじゃ？」

朝の掃除をしていた若い丁稚《でっち》が、生欠伸《なまあくび》を押さえながら土間に降り、通用門の戸を開けた。

馬子姿の青年が立っていた。

「明智日向守光秀さまからの使いの者だ。急ぎの用で参った。すぐに、徳川家康公に取り次いでくれぬか。」

青年はそう告げた。

「明智さまの？」

「そうだ。これが、光秀の殿が御自分でしたためた家康殿宛ての文だ。渡してくれ。」

その青年、それはもちろん、京都の本能寺から駆けてきた五右衛門であるが、彼は、懐《ふところ》から一通の書状を取り出して、丁稚に渡した。

「はっ、はい。しばらくお待ちを。」

丁稚は驚き、すぐに屋敷の内に走った。時を置かずして、一人の中年武士が五右衛門のもとに駆けてきた。家康の信頼の厚い大久保忠世《ただよ》だ。

「殿がお会いになるそうでございます。どうぞ。」

忠世はそう言って、五右衛門を導いた。

案内されたのは、居間ではなく狭い茶室だった。人が遠ざけられていて、家康一人が座していた。家康は、寝間着姿のままで五右衛門を迎えた。顔が引きつっている。

「ここに書かれていることは真実か？」

五右衛門が腰を下ろすなり、そう訊いた。

「そこに何が書かれているのか、俺は知らぬが、もし、信長が殺されたことならば、それは本当の話だ。」

五右衛門は顔を曇らせながら答えた。

「やはり！」

家康と大久保忠世が、驚愕《きょうがく》に顔を見合わせた。

「いったい、何者が？」

「それはわからぬ。今のところで確かなのは、明智を装った二千の軍に信長が討ち取られ、光秀の殿も危うい場所に追われようとしていること。敵の正体がしかとわからぬ限り、手持ちの兵の少ないそなたたち徳川の者の命も危ういということ。それだけだ。

俺が光秀の殿から言いつかったのは、今の明智は京都を守るのに手一杯だ。もし、そなたたちに三河に帰る気があれば、俺の手の者を貸してやるようにとのことだ。」

「そなた、名は？」

家康が訊いた。

「五右衛門。」

五右衛門は短く答えた。

家康がうなずいた。

「それで、五右衛門とやらよ。聞かせてくれ。

もし、わしらが三河に戻ると望むなら、そなたの手の者たちの助けで、無事に三河に戻れるか？」

その質問に、五右衛門がほほえんだ。

「俺たちは山に住む者だ。山のことならこの国の誰よりも詳しい。山伝いにお前たちを三河に帰すくらいのことは、容易《たやす》い話だ。」

「そうか。」

家康は、瞬時考えこんだ顔つきになったが、すぐに言った。

「では、そうしてもらおうか。敵の正体がわからぬのでは、ぐずぐずするのが一番危険じゃ。

ただちに支度にかかる。」

それを聞くと、五右衛門は立ち上がった。

「俺の手の者がこちらに向かっておる。頭は与五という男だ。その男の指図に従うがいい。悪いが、いまの俺は光秀の殿のことが気がかりだ。この足で京に引き返す。」

そう言うと、五右衛門は家康に背を向けた。

「五右衛門とやらよ」、その背中に、家康が声をかけた、「これから後、この家康に用がある時は、この大久保忠世を繋《つな》ぎとして使うとよい。」

「そなたが信長の仇《あだ》を討とうという気になった時には、そうさせてもらう。」

「ふむ、信長公のあだ討ちな。」

家康が呟いた。

「それくらいの意気地は十分にあるぞ。三河に戻ったら軍を整え、光秀殿を助けにすぐに引き返そう。」

「そうか。楽しみにしておる。」

振り向きもせずに、五右衛門は部屋を出た。

二

六月三日夜半。備中は、梅雨のねっとりとした雨に包まれている。

水浸しになって孤立した備中高松城を見下ろす秀吉の陣に、羽柴忍びの頭目篠田重蔵が戻ってきた。重蔵は、二条御所で信忠が光秀軍に討たれるのを見届けて、西に走ったのだった。ずぶ濡れ、しかも泥だらけの篠田重蔵が陣屋に入ってくると、小一郎は人を遠ざけ、秀吉と二人きりで報告を聞いた。

「どうだった？」

小一郎は、緊張した表情で重蔵にたずねた。

「本能寺は、出口を閉ざされた状態で焼け落ちました。遺骸の確認はできておりませぬが、信長公が自害したのは間違いございませぬ。」

重蔵が少し誇らしげな笑顔で答えた。

即席の陣屋の屋根に打つ雨の音にかき消されて、三人の声は、外には漏れない。重蔵は、本能寺奇襲の成功、思いがけない明智軍の到来、信忠の死などを、詳細に説明した。

「そうか。明智は信忠まで始末してくれたか。」

重蔵の報告を聞き終えて、小一郎は薄ら笑いを浮かべた。

「手間が省けたのう。」

「然《しか》り。」

秀吉が、これもまた冷酷な笑みを返した。

まちがいなく信長を討ち果たしたと聞いて、秀吉の全身から不安という感情が霧消していた。しかも、自分たちの手を汚さずに信長を討ち果たすことができたから、加害者意識も希薄だ。

「重蔵。お前にはずいぶんと働いてもらった。疲れたであろう。まあ、酒でも飲め。肴《さかな》は後で運ばせる。」

小一郎はそう言って立ち上がると、自ら瓶子《へいし》と盃を携えて重蔵の前にいき、酒を注いだ。

「はっ。」

主君直々の酌だ。重蔵は盃をおし戴いた。

しかし。ありがたそうに酒を飲み干した途端、

「うぐっ！」

重蔵は突然、悲痛なうめき声を上げて盃を落とし、地に転げた。

「こっ、これは…?!」

血反吐《へど》を吐きながら、驚愕の表情で重蔵は小一郎を見上げ、睨《にら》んだ。

「フッ。」

小一郎が冷やかに哂《わら》った、「お前の役目はこれで仕舞いだ。この秘事を知っておる者は、大勢いてはならぬ。お前は少し知りすぎた。」

「くそっ。よくも…。」

重蔵は、小さく叫んで、刀を抜こうとした。しかし、それよりも毒の効き目のほうが数倍も強く、重蔵は苦悶に喉《のど》をかきむしりながらのた打ち回り、やがて、動かなくなった。

「ふん。」

まだ小さな痙攣《けいれん》を残しながら白眼を剝《む》いている重蔵を爪先で蹴り、死を確かめながら、心の

臓を脇差で一突きして、小一郎は薄く嗤《わら》った。

その光景を、秀吉は黙って見ていた。秀吉も、羽柴の冷薄な血を取り戻しつつあるのだ。

重蔵の屍骸を無感情に一瞥《いちべつ》したあと、小一郎は、別の瓶子を持ってきて自分の盃に注ぐと、一息に飲み干した。

ごくん、と喉が鳴った。満足そうな飲みっぷりであった。

その直後。突然、秀吉が、これまでに見せたことのないほどに真剣な表情になって、陣幕の外に聴こえる大声で、

「なんと。明智の謀叛とな！

大殿は御自害なされたじゃと？

おう、おいたわしや！　信長さま。信忠さま。さぞかしご無念であられましょう。しかし、ご安堵召されい。このご無念は、必ずや秀吉めが、この秀吉めが晴らして見せ申す！」

そう叫んだ。

秀吉の声に、陣幕の外でざわめきが起きた。加藤虎之助や福島市松、石田佐吉といった小姓たちが、雨に濡れながら中の様子をうかがっていたのだろう。

外のざわめきを確認すると、秀吉は元の小骨だらけのひょうきんな顔になり、ぺろりと舌を出して笑った。

つられて苦笑しながら、こういう芸だけは自分には絶対に真似のできない弟ならではのものだ、と小一郎は思った。信長にはないこの愛嬌《あいきょう》が、自分たち兄弟の天下取りには不可欠だと。

（しかし、これからが本番だ。浮かれずに気を引き締めねば。）

小一郎は自分に言い聞かせた。

ここまでは計画通りに運んだ。魔神のごとく疾走していた信長は死んだ。跡取りの信忠も死んだ。一番厄介な存在だった信長の片腕明智光秀は謀反人となった。

このあとの手を間違わなければ、天下は確実に自分たち兄弟のものになる。

（毛利と即刻手を打たねば。）

小一郎は、独り、思いを巡らした。

西国の雄毛利家の祖である毛利元就《もとなり》は、一代で西国全域を平定したにもかかわらず、自分の後継者である孫の毛利輝元《てるもと》には、「もう、他国を攻めるな」、それ以上の欲を持つことを禁じた。

その理由が、輝元の若さなのか人間性なのかはわからないが、西国の梟雄《きょうゆう》毛利元就は、孫である輝元による統治を危惧《きぐ》した。その結果、輝元は毛利家の当主でありながら、小早川隆景《たかかげ》、吉川春元といった、亡父の弟たちの意向を無視して政《まつりごと》をおこなおうことができない身とさせられた。

その叔父たちは、輝元にとっては祖父、自分たちにとっては父親の元就の言を守り、「これ以上の領地は不要。これから先は、領国をいかに治めるかだ。」保守主義に転じて、不拡大策をとった。

その毛利の不拡大策が、秀吉に幸いした。

「羽柴筑前から、和議の申し出が参った。」

「どのみち、備前には秀吉に従属した宇喜多がおって、われらと吉備の国との間を妨げる。因幡《いなば》も織田の手に渡った以上、無益な戦さは避けて、和議の応じた方がよかろう。」

「それが賢明だな。」

毛利一族は、秀吉が提示した和議にすんなりと応じた。

信長の死を秘したまま六月四日に毛利との和議を終え、水攻めで孤立させた高松城主清水宗《むね》治《はる》の自害のさまを見届けると、六日、羽柴軍は一斉に東に走った。

小一郎と秀吉は馬を使わず、二人乗りの駕籠《かご》に向かい合って座った。十二人の小者がそれを担いで山陽道を東下する。

小一郎は、駕籠の中で、次の手を打ちつづけた。

「弟よ。北陸の柴田や上野の滝川が戻ってくるまでに、織田の家臣団をどれだけ味方につけるかで、雌雄《しゆう》が決する。

要になるのは摂津衆だ。いま、やつらだけが畿内に兵を持っておる。畿内に残っておる摂津衆をこちらの味方につけるのじゃ。まず、高槻《たかつき》の高山友照父子と茨木の中川清秀に書状をしたためよ。」

「あの二人がこちらに落ちるのかや？　高山親子は、荒木村重《むらしげ》の謀反の後に明智の寄騎《よりき》になってからは明智べったりだぞ。」

秀吉が問い返した。

「落ちる。

必ず落ちる。わしが保証する。」

小一郎は断言した。

「なぜ？」

秀吉は不思議そうだった。

「一度人を裏切った者は、何度でも人を裏切るものよ。わしが裏切り者を許さぬのはそのせいだ。あの二人は、以前、われらが黒田孝高《よしたか》をつかって荒木村重に謀反を唆《そそのか》した時、主筋の村重をあおりにあおって謀反をおこさせたくせに、ちょっと脅しただけで、土壇場で裏切った。あの時は、あまり簡単に寝返ったもので、わしらも呆《あき》れたではないか。

高山親子は裏切りの天才じゃ。なにが吉利支丹《キリシタン》だ。あやつらは、誠実を装いながら、腹の内では、いつもしっかりと損得勘定をしておる。息子の高山右近などは、吉利支丹をずっと守ってやるとでも匂い薬を嗅がせれば、必ず落ちる。

あの若僧は、裏切りの理由を探し求めて生きているような男よ。反吐《へど》の出そうなやつだが、やつをこちらにつければ吉利支丹衆が流れてくる。いまのわしらにはやつらの支援が必要じゃ。」

「しかし、そんなやつらなら、いつか、また、わしらを裏切るかもしれぬではないか。」

秀吉は少し不満そうに言った。

「ふん。あんなやつらが必要なのは、今だけだ。用が済めば始末すればいい。その頃は、ぬしが天下人じゃ。どうにでも始末できる。」

小一郎は鼻先で嘲笑《あざわら》った。

羽柴の家臣たちは、「主君信長公を虐殺した謀反人明智光秀を断固討つべし。」としたためられた秀吉の書状をかかえて、四方に飛んだ。

――六月八日夜の姫路城では、備中からのとんぼ返りの強行軍で疲れ果てた兵たちが、しばしの眠りを貪っていた。女好きな秀吉は、早々と女と床入りをしている。

羽柴小一郎は、独り、手酌の酒をあおっていた。珍しく気が昂《たか》ぶって眠れないのだ。自分のことを敵とすら意識しなかった傲慢不遜な信長を葬った歓喜の中に、彼はいた。

(しかし。考えてみれば、信長も、光秀も、わしも、同じ種類の人間。神仏など信じられぬ男だった。

ただ、やつらは、神仏の代わりに、神仏よりももっと愚かなものを信じた。

何が大いなる夢か――。

阿呆《あほう》よ。

およそ、この世では、手に触れて感じられるもの以外は信じてはならぬのだ。幻を信じて生きる者など、わしは認めぬ。

この世に〈美しいもの〉などあるはずがない。あさましく醜いのが、この世の常態よ。この世にあるはずもない〈美しいもの〉を信じるやつらなど、極楽往生を説く仏僧にも劣る。そんなものを信じるやつらには、この戦国の世を生きる資格はない。

あの二人が創ろうとしたものなど、これから、わしが独りで、粉々に崩して、跡形もなくして見せてやる。それが、阿呆を生きた者たちが受けねばならぬ罰というもの。そして、したり顔しかできぬ光秀よ。よく見ておれ。お前だけは、一番不様な形でこの世から消し去ってやる。）

姫路城の一室で、小一郎は闇に吼《ほ》えていた。

八の章　山崎の戦さ

一

石見三瓶《さんべ》の奥山にいる倭《わ》の裔《すえ》の長《おさ》直道が、五右衛門からの第一報を受け取ったのは、本能寺の異変から丸六日が過ぎた六月七日の午後だった。石見は遠い。いくら健脚な山の民とはいっても、京から石見までは、独りで走りきれない。五右衛門は、配下の忍びに、中国山地の随所にある倭の裔の集落まで走り、そこで次の者に伝言を中継するという方法で、三瓶に急がせた。

それでも、三瓶の館にたどり着いた最後の使者は、極度の疲労で、息も絶え絶えの状態だった。

「信長が、明智の軍を装った軍に攻められて、京の本能寺で殺されたじゃと?! それはいったい何なのだ。もっとわかるように話して聞かせよ!」

さすがの直道も、驚きを隠せず、疲労で土間に横たわった使者の襟首《えりくび》をつかんで、激しく揺さぶった。

「わしにも、それ以上に詳しいことは、何一つわかりませぬ。五右衛門さまの使いの者は、偽の明智軍に攻められた本能寺が焼け落ちているのを見て、その足ですぐに山に入ったとのことでございます。

　五右衛門さまからの伝言は三つ。

　明智を装った二千の兵に信長が本能寺で殺され、本能寺は焼け落ちたこと。その正体不明の偽明智軍の中に、光秀殿とは親戚にあたる丹後長岡藤孝の手の者がおったこと。そして三つ目は、信長の嫡男《ちゃくなん》の信忠《のぶただ》がこの企みに一枚嚙《か》んでいるらしいこと。それを直道さまにお伝えせよとのことでありました。

　詳しいことがわかり次第、次の知らせを向わせる手はずになっているとのことだそうで…、」

　使いの男は、荒い息でそう答えた。

「信長が死んだ…。」

　予想もしなかった知らせに、直道は、力なく土間に腰を下ろした。

「……、何ということだ。」

　やり場のない落胆が彼を包んだ。

　斎藤道三《どうさん》の凋落《ちょうらく》はある時期から予想されていたから、心の準備もできた。しかし、信長の死は、青天の霹靂《へきれき》以外の何ものでもない。光秀から、近々日本海沿いに毛利を攻め、浜田の地に大港を築く予定であるとの書状を受けたのは、わずか一月《ひとつき》ほど前のことだ。それが、どうして、このような事態になったのか――。伝える者も、聞かされる者も、何一つ事の真相が見えない。それが直道を苛立《いらだ》たせた。

　ただ、偽明智軍が信長を殺したことで、光秀がきっと危機に見舞われる。それだけは、遠く離れた直道にも容易に理解できた。

（光秀…。）

直道の脳裏に、若い時分の光秀の顔が浮かんだ。眼袋をたわわせた光秀の優しげな笑顔が、浮かんだ。

「こんなことをしておる場合ではない。」

直道は、気を持ち直して立ち上がった。

「急いで皆を呼び集めよ。」

そう指示すると、自分は、あわただしく館の奥に入った。

板鐘が鳴り、すぐに、百人を超える倭の裔が、不安げな表情で館前の広場に集まってきた。猟師姿の者もいれば、しろがね山と呼ばれる銀山から出てきた鉱山《かなやま》掘り姿の者もいる。

旅支度を整えて館から出てきた白髪の直道が、広場よりも一段高い門前に立った。左手に百日紅《さるすべり》の枝で作った杖を持ち、蓑笠《みのがさ》を背にし、底に獣の皮を貼りつけた草鞋《わらじ》を履いた旅姿だった。直道は、これまで他人に見せたことのない険しい眼つきで広場の一同を見渡し、

「信長が殺された！」

大声でそう告げた。

「なんと?!」

驚きの声があちこちから起こった。

「しかも、信長を殺したのは、光秀の軍を装った正体不明の者どもだという。

詳しいことは、次の知らせを待たねばよくわからぬが、確かなことは、信長も光秀も、だれぞに誑《たぶら》かされたということだ。

放っておくと光秀の身が危うい。

みなも知っておるとおり、光秀は、倭の血を引いてもおらぬのに、これまで、わしら倭の裔の平入りために必死で尽くしてくれた男じゃ。神武《じんむ》も仏も信じぬ信長の世となって、倭の裔は、明智の家臣として、この国を大手を振って歩けるようになった。それはひとえに、光秀のおかげだ。

その光秀の危機を手をこまねいて眺めたとあっては、倭の大王の血を引くわしの面目がない。わしは今から光秀の元に向かう。」

直道はそこまで言うと、もう一度、広場に集まっている倭の裔たちを、鋭い眼で見渡した。

直道の顔は、怒りで赤らんでいる。

「わしは、今からすぐに、ここを発つが、もしも、わしと同じ思いで、光秀を助けようと思う者がおるならば、わしの後を追いかけてくるがよい。行き先は、光秀の丹波亀山城。亀山城には、今は妻木範熙《つまきのりひろ》と名乗っておる喜六が留守居役でおる。

往くも往かぬも、わしは強制せぬ。皆それぞれに、自分の心に従えばよい。ついて来ぬからといって、恨みに思ったりはせぬ。

ただ。残る者に言っておく。

もしも、一月《ひとつき》経ってもわしからの連絡がなかった場合は、このしろがね山を爆破して、入り口を塞ぎ、跡形もなくしてしまえ。そして、ことごとく家々を焼き払い、北へと向かえ。そうしないと、そなたらの命が危ない。これだけは守るのだぞ。

済まぬが、わしには時がない。今から光秀の元に向かう。さらばじゃ。」

それだけを言うと、直道は、猟に使う弓を背に負い、小刀を握って、急ぎ足で石段を降り、東への道に向かった。

数人の山忍びが、無言で彼の後に従った。残された倭の裔たちは、言葉もなく、直道の後姿を眺めていた。

——夏の高山には、涼やかな風が走っていた。

直道一行は、三瓶から出雲吉田を抜け、翔《か》けるように吾妻山に分け入った。梅雨の雨を存分に浴びてきた樹々は、緑を充満させて陽に輝いていた。

しかし、直道はそれらの風景を一顧だにしなかった。痛みでもこらえるかのように顔をしかめながら、視線を東に向けて、後を振り向くことなく、黙々とけもの道を進んだ。老いたとはいっても倭の裔だ。足取りはしっかりしている。

直道は、光秀のことを考えていた。ひたすら、光秀のことだけを思っていた。それは、危篤《きとく》に陥った息子の安否を気遣う父に似ていた。

光秀に済まぬことをした、と思った。結局、自分は、三瓶の奥山で指揮を執るだけで、倭王一族千年の負債の解消を、光秀ただ一人に背負わせてきた、そんな気がしてたまらなかった。

「済まぬ、光秀。」

そう口に出して、直道は、東の彼方を仰いだ。


――直道さま。

この国をその初めからやり直し、国と呼ばれてふさわしいものを創りあげるというわれらの夢は、卑しき心の持ち主どもの酷《にく》たらしい謀《はかりごと》によって、成就を目前にしながら、一瞬にして打ち砕かれてしまいました。信長公の死によって、この国は、また醜悪な国に戻るのでございます。わずかな土地や民や財を独り占めしようと思う者たちが、折角《せっかく》われらがここまで築いたものを白紙に戻して、また醜く奪い合うのでございましょう。信長公を葬ったとき、この国は、千年に一度の世直しの機会を自らの手で放擲《ほうてき》してしまったのですが、おそらく、誰も、そのことに気づいておりますまい。

それにしても、直道さま。この国の民は、なぜ、国のあるべき姿を考えるということができぬでしょうか。なぜ、あるべき国の実現よりも、保身や我欲に心や躰《からだ》を掠《かす》めとられてしまうのでありましょうか。

きっと、仏を楯《たて》にとった神武一族の治世が滲《し》みわたり、極楽浄土などというありもせぬ幻の世界の存在を信じきった時、この国の民どもは、今を懸命に生きるということを諦《あきら》め、力ある者に支配されて生きることを善しとする、隷属の生き様に慣れきったに違いありませぬ。

考えてみれば、この国の千年とは、本当に醜劣極まりない千年でありました――。

直道さま。

神武一族を廃して新しい王朝を創り、倭国の始まりの姿に戻すという直道さまの構想は、それがしには、まことに新鮮でございました。異なる血を持つ者たちが争いなく暮らすことのできる国が真の国家であるべきだ、という直道さまのお考えは、それがしの考えと一分の違いもなく合致いたしました。

正直申して、おのれが卑しい悪僧の胤《たね》と知ってからの光秀は、我が身が忌まわしく、長い懊《おう》悩《のう》の日々を過ごしました。もしも、直道さまがおられなかったら、もしも、直道さまの励ましがなかったら、この光秀は、きっと、自堕落な生き様を選んだことでありましょう。

光秀にとって、直道さまは父でありました。実の父であればどんなにか良かったろうと、いつも思ったものでござりました。

それがしは、直道さまの夢を直道さまの子として受け継ぎ、その実現を信長公に賭けました。それがしの一身だけではなく、倭の裔たちの命運までも賭け申した。

千年もの長い間、神武治世の埒外《らちがい》に身をひそめてきた倭の裔たちが、大手を振ってこの国を自由に往来できる新しい時代――。想像しただけでも、胸の躍るような夢ではありませぬか。

この十余年、その夢がそれがしの生の源でした。その夢の成就のために、懸命にわが駒をとばしてまいりました。

楽しい日々でござった――。

甘美な酔いの中で過ぎた十余年でござった――。

どんな過酷な戦さも、新しい王朝づくりのためだと思うと、苦にもなりませなんだ。

しかし、いま、信長公が消えた世を見つめながら、「この国よ。滅びてしまえ。」という、倭の裔千年の心にひそむ破壊の衝動が、激しい炎となって燃え盛り、それがしの全身を揺さぶるのを、どうしても止めることができませぬ。

直道さま――。

この国など、滅びてしまえばいいのです。神武一族だけでなく、神武一族に支配されることに慣れきった民どもも、滅びればよいのです。

いま、それがしは、心底からそう思うておりまする。

中途半端なままで改建するには、この国の土台は腐りきっております。神武一族の強制支配を受け入れ、ただの一度もその支配に叛逆することもなく、千年をやり過ごした民の心性は、奴隷の心性です。かれらが宗門に頼る心性も、実は、神武一族に隷属する心性とまったく同じものです。

この国の民どもが、自らの考えに基づいて神武一族に叛逆するということなど、おそらく、何百年待ってもありますまい。

信長公を失えば、早晩異国の侵略を受け、かつて神武一族に唯々諾々《いいだくだく》と隷属したように、異国の支配者におもねって生きるに違いありませぬ。それが、神武の民どもの心性。真の世直しを願うなら、腐臭の漂うこの国のすべての権威をことごとく破壊しつくして、この国を焦土とし、その場所からもう一度やり直させるべきなのです。そうせぬ限り、新しい何ものかが誕生することはありませぬ。

直道さま。もう一度言わせて下されませ。

この光秀にとって、直道さまこそが父でありました。これまで一度たりとも、直道さまのそれがしに対する愛情を疑ったことがありませぬ。いま、それがしの眼には、険しい西の山脈をひたすらに駈け、それがしのもとに向かっている直道さまの姿が、鮮明な像となって見えております。

しかし、直道さま。時がございませぬ。早く来てくだされ。信長公が亡くなられたとはいえ、今なら、わが明智の武力と倭の裔の力を結集させれば、まだ、勝てる見込みは十分にございます。倭の裔たちの夢であった神武王朝殲滅《せんめつ》を実現することができまする。

急いでくだされ。本当に時がございませぬ。いまの光秀は、急いた心で、直道さまの到着だけを待っております――。

光秀のそんな声を確かに聞いた。と、直道は思った。


直道一行が出雲と伯耆《ほうき》との境にある道後山にさしかかると、前方の道端に腰を下ろしている数十人の人影があった。

「誰だ?!」

直道は小刀を柄から抜き、腰をかがめ、身構えた。

光秀を陥れた敵がここまで手を伸ばしたのかと思ったのだ。つき従っていた山忍びが、直道をかばうように前に出た。

「わしじゃがよ。」

岩から腰を上げたのは、これまで直道の信長支援に消極的な姿勢をとりつづけてきた、出雲赤名の谷の長老の五助だった。

「お前のもとに向かう使いと出くわした道後山の者が、わしにも知らせてくれたのじゃ。そろそろ着く頃だと思って、待っておった。」

直道と同じ歳の頃の五助はほほえみ、

「……、どうしても往くのか？」

と訊《き》いた。哀しそうな笑みだった。

「赤名の。信長が殺された。わしの計画を案じていたお主たちには、実に申し訳のない結果となった。このような事態になったことを詫《わ》びても済まぬのは百も承知だが、光秀が危ない。ここは、黙って、わしを往かせてくれぬか。」

直道が硬い声で返した。倭の裔たちを置き去りにして単独で光秀のもとに向かうことが、長たる者のとるべき行動でないことは、当の直道が一番知っている。

「止めやせんよ。」

赤名の五助はそう答え、「さあ、わしらも往くぞ」、連れてきた数十人の山の民に、そう声をかけた。

何人かが、たくましい大鹿を引いてきた。高山の民は、山路を往くのに鹿を使う。

「お前も若くない。丹波までは遠い。これに乗るがいい。」

五助が勧めた。

「おぬしも往ってくれるのか？」

直道が驚いた声で訊いた。

五助は、若い時分には美濃《みの》の斎藤道三の元に一緒にしろがねを運んだ仲だが、直道の語る倭の裔の平入り構想にたいしては、

「山に入ってから、もう千年が経つ。千年前の祖の怨念をいつまでも受け継ぐというのは、それもまた歪《いびつ》すぎる。倭の裔は、平《ひら》入りなど考えず、山で生き永らえるのが一番の道だ。」

と渋い顔をし、お互いに譲ることができず、いつしか疎遠になっていた。

その五助が、優しく言った。

「長よ。お前も四十年の歳月をかけてここまでやったのだ。いま敗けるわけにはゆかぬだろう。敗ければ、また千年前に逆戻りじゃ。神武王族や平の者から、鬼や何やと罵《ののし》られ、もっと奥深い山に追いやられるに決まっておる。

それに、光秀もよくわしらに尽くしてくれた。あの赤子がの…、」

五助は、そこで言葉をつまらせ、少しの間彼方を見つめ、また続けた。

「覚えておるか？

光秀が丹波の集落で産声をあげた時、わしは、汚らわしい坊主の子など殺してしまえ、とお

前に言った。

……、その光秀が、わしら倭の裔のために懸命に尽くしてくれた。ここまでのことは、光秀でなければできんじゃったろう。

その光秀を、いま見捨てるわけにはいかぬじゃろうて。先々に触れは回してある。この彦三は鹿の操りが巧みだ。こやつの腰にしがみついておればよい。さあ、急ごうぞ。」

そう言うと、五助は大鹿にまたがり、直道の前を東へと進んだ。

二

六月十二日。備中から引き返してきた羽柴秀吉が摂津尼崎城に入った、との知らせが届き、京都下鳥羽の明智の陣は、羽柴軍との戦さ準備にごった返していた。

「……、早すぎる。

やはり羽柴だったのか。」

光秀は憂《う》い顔で呟《つぶや》いた。異変は、明智軍団を十分に揺さぶった。

斎藤利三のように倭の裔とは無縁の家臣たちは、

「朝廷からの支持を取りつけるべきです。京をわれわれが手中にしている今なら、それは可能でござる。ここは、帝《みかど》の詔勅《しょうちょく》を賜《たまわ》りましょう。」そう主張した。

しかし、「神武の支援を得るなどとんでもない話だ。それだけは死んでもできぬ」、妻木範武《ひろたけ》たち倭の裔は、その策に難色を示し、「あと数日もしたら、まちがいなく西から援軍がまいる。羽柴軍との戦さを一日でも遅らせて、かれらの到着を待ってから討って出れば、われわれの勝ちだ」、と主張した。

「しかしながら、今の兵の集まりようでは、戦さには勝てませぬ。妻木殿とてそれは十分ご承知でございましょう。

われらは、信長公弑逆《しぎゃく》という大不忠者の汚名がかぶせられての戦いでございますぞ。本当に来るかどうかわからぬ援軍頼りの戦さなど、でき申さぬ。この汚名を覆すには、帝のお力をお借りするよりほかない。」

「いや。それを受け入れることだけは、絶対にできぬ。」

「では、われわれだけでやらせていただく。」

「勝手になされ！」

団結を誇ってきた明智軍団に、はじめて亀裂が生じた。

二派は、それぞれの道を単独に探った。妻木範武や五右衛門たちは、山脈各地に援軍の伝令を飛ばした。斎藤利三たちは、安土城に保管されている金銀を朝廷に献上して、明智支持の表明を仰いだ。

しかし。それまで光秀に阿《おもね》っていたにもかかわらず、朝廷は明智を支持するのを渋った。いくら御所を訪ねても、取次の公家に体よくあしらわれるばかりだった。

「何故《なぜ》だ。これだけの貢ぎ物をしても、何故、一人の公家も明智になびかぬ。」

当ての外れた斎藤利三は首をひねった。

斎藤利三などには想像すらできなかったが、光秀の出自の秘密をつかんでいる長岡藤孝が、いち早く朝廷を抱きこんでいたのだ。

「最後の最後には、わしが勝つのだ。」

信長謀殺の成功に気をよくした長岡藤孝は、精気をとり戻していた。本能寺の異変と同時に彼は頭を丸め、「幽斎」と号し、丹後の国で謹慎し、しかも、嫡男忠興《ただおき》の妻である光秀の娘お玉を、人もかよわぬ味土野《みどの》の里に幽閉した。そして、辺境の丹後にいながら、反光秀の手を打ちつづけた。

彼がまっ先にしたのは、古《いにしえ》に滅んだと思われていた異族が今もなお存在している事実を、朝廷に知らせることだった。

「山人族《やま》──！」

その実態は詳《つまび》らかではなくとも、公家たちにとって、反朝廷の異族の存在はおぞましい限りだ。藤孝からの書状に驚いた公家たちは、一斉に光秀を疎《うと》んじはじめた。長岡藤孝という、これまで明智光秀の蔭に埋もれていた初老の男が、自らの存在感をこの世に誇示した瞬間だった。

光秀の信用の失墜に逆行して、長岡藤孝の朝廷における信用は、一気に増していき、羽柴筑前守がすばやく備中から駆け戻ったのを見ると、それまでのらくらと明智に対応していた公家たちは、あっという間に羽柴に身をすり寄せた。朝廷の動向を観察していた摂津衆も、明智に与《くみ》することを公然と拒みはじめた。

床几《しょうぎ》に黙然と腰かけている光秀のもとに、秀満が報告にやってきた。「筒井は当てになりそうもありませぬ。」

「殿。」

大和郡山城主である筒井順慶《じゅんけい》、彼の元に往かせた四度目の使者からの報告を受けた秀満が、言った。筒井順慶は居城である大和郡山城にこもり、いまだにどっちつかずの煮えきらぬ態度をとっている。

「あのお方は計算高いお人であるからな。」

格別の感情もない口調で光秀が答えた。

先日も、光秀みずから、筒井順慶の陣のある洞ヶ峠《ほらがとうげ》に出向いたが、順慶は大和郡山城に逃げ帰った後で、会うこともかなわなかった。彼には、何があっても光秀を守ろうというほどの連帯感はない。織田家臣団の帰趨《きすう》を見つめているにちがいない。

人が離反していく——。それも、彼が為した何ごとかのせいではなく、彼のあずかり知らぬ謀《はかりごと》の結果を理由として、離反していく。

明智日向守《ひゅうがのかみ》光秀は織田信長を殺さなかった。しかし、誰の眼にも、織田信長は寵臣《ちょうしん》明智日向守光秀の突然の謀反によって本能寺で逆殺された、としか見えなかった。虚が実よりも説得力があるという異常世界に、光秀は投げこまれていた。

利得に目敏《めざと》い者から離反がはじまった。

敬虔な吉利支丹《キリシタン》を演じながら裏切り行為を何度となくくり返してきた高山友照・右近父子は、光秀の寄騎《よりき》でありながら、早々と身を翻して、羽柴秀吉についた。

「六度訪ねても、追い返されるばかりだったそうでござる。」

秀満からそれを聞いた光秀は、「高山父子か…」、つい先ごろまで織田信忠の元に足しげく通っていた高山右近の姿を思い浮かべながら、嫌悪感に満ちた表情でつぶやいた。

光秀がその性格を愛し、娘倫子《みちこ》を長男村次《むらつぐ》に嫁がせたほどに懇意《こんい》にしていた摂津の荒木村重《むらしげ》に、主君信長への謀反をあおりにあおって、後戻りのできぬ道を走らせた挙句《あげく》、事が起きると、平然とした顔で村重を裏切った高山父子に、光秀は、自分の寄騎ではありながら、抜きがたい不信感を抱いてきた。そんな裏切者父子の助力さえ求めねばならない戦いになった境遇を、心の中だけで光秀は嘆息《たんそく》した。

「光秀の殿。」

安土城の警護に向かった秀満が去るのと入れ替わりに、五右衛門が目通りを願い出てきた。

本能寺の異変を目の当たりにしてからの五右衛門は、五十名ほどの山忍びをつかって、精力的に情報収集に取り組んでいる。

その五右衛門が顔を曇らせている。

「どうした？」

光秀が訊いた。

「それが」、光秀のすぐ側まで進むと、五右衛門は光秀の耳元にささやいた、「水色桔梗《ききょう》の旗印は、堺の染物屋が、千宗易《せんそうえき》の注文でこさえたものでございました。」

「千宗易？

なぜ、あの男が…。」

千宗易は信長の茶頭《さどう》であり、軍政顧問団の一員でもある。いうなれば、信長なくしては生きていけないほどに信長色に染まった男だ。また一人意外な人物の名を聞かされ、光秀は顔をしかめた。

「堺の商人たちの話では、去年の夏ごろから、羽柴筑前守の弟が頻繁に千宗易の家を訪れていたらしいです。」

「但馬の羽柴小一郎か。」

「あの男、昔は、京の夜盗《やとう》の間では、『血走りの弥平』というとおり名で売っていた男だそうです。」

「本当か？」

「はい。」

光秀は、羽柴小一郎の不敵そうな三白眼《さんぱくがん》を思い返した。

「……、夜盗だったのか。」

「しろがねの秘密が漏れたのかも…。」

五右衛門が重い声で言った。

「そうやもしれぬ。」

光秀は腕組をした。

「わしらが志《こころざし》で信長公と手を結んだように、かれらにもかれらで、手を結ばねばならぬ何か理由があったのであろうな」、それより、五右衛門よ、と光秀が声を潜めてつづけた。

「直道さまは山を下りてきてくださるであろうかの？」

「それは間違いございませぬ。三千や五千の山の者を連れて、おじじは必ず参ります。それを疑い召すな。」

五右衛門が断言した。

ふむ、と光秀は小さくうなずいた。

「あと何日をしのげばよい？」

「おじじが大急ぎで丹波亀山に向かっているとして、十分な数が揃うまで、あと三日は欲しいところです。」

「三日か…。」

光秀が深いため息をついた。

「厳しいのう。

見てわかるとおり、敵はあれだけの大軍じゃ。数を頼みに一気に勝負を仕掛けてくるはずだ。はたして、われらにそれだけの日時を与えてくれるかどうか。」

「倭の裔は豪胆な者ばかり。戦さになれば、だれも十人力の働きをします。光秀の殿の苦衷《くちゅう》も痛いほどわかりまするが、そこを何とかしのいでくだされ。」

五右衛門が、つらそうに頭を下げた。

「徳川殿の援軍もあてにならぬ今、もし、直道さまの到着前に戦さがはじまったら、ひょっとしたら、この戦さ、われらの敗けかもしれぬ。」

「……。」

「五右衛門。

万が一そうなったら、おぬしは倭の裔を引き連れて海を渡らぬか。」

「海を？」

五右衛門は、驚きの表情で光秀を見つめた。

光秀が小さくうなずいた。

「われらが敗れたら、もう、この国は仕舞いじゃ。この先千年待っても、われらが夢見た国にはならぬ。

世界は広い。なにも、この国だけが生くるにふさわしい国でもあるまい。異国を見てきたお主なら、それが理解できるだろう。」

「それはそうですが…。」

「五右衛門。その時は、この国を棄《す》てよ。

幸い、イスパニアから買い求めた大船が、琉球まで来ておる頃。われらが敗れたら、あれも、もう、無用となる。お前たち倭の裔のために使うといい。」

光秀は、それが既定路線であるかのように言った。

「光秀の殿。なぜそんなに気弱になられる。まだ、敗れると決まったわけではありませぬ。おじじが倭の裔を率いて、必ず駆けつけます。そんなことは、戦さが終わってから考えればいい。いまは戦さの途中。」

五右衛門が、珍しく激しい口調で反駁《はんばく》した。

倭の裔が大挙して山を下りてきて明智軍と結集すれば、必ず勝てる。五右衛門は、それを確信している。

「それはそうじゃ。誰も敗れるつもりで大戦さをする馬鹿はおらぬ。万が一の話だ。」

光秀は優しくほほえみ、「ただ、直道さまたちが、この戦さに間に合うかどうか…」、そう小さく呟いた。

五右衛門が立ち去ろうとした時、光秀が、もう一度、「五右衛門よ」、と呼んだ。

「はっ？」

振り向いた五右衛門の眼が、光秀のそれと合った。

「お玉のこと、済まなかったな。」

光秀が言った。

真顔だった。

「何のことで…。」

空とぼけで答えようとする五右衛門に、最後まで言わせず、光秀はつづけた。

「お前も少しは知っているであろうが、わしという男の人生は、まるで、その最初に莫大な負債を抱え、その負債を返さんがために生涯をあがきつづけるような、そんな生き方であった。」

「光秀の殿…。」

光秀は、自分の心の中を他人に見せることの少ない男だった。光秀のそんな言葉を耳にするのは、五右衛門は初めてだった。

「それは、倭の裔との関係において致命的なもののように感じられ、わしにとっては、歯軋《はぎし》りしてもしきれぬほどに口惜しいものであった。

五右衛門よ。

わしは、あの山の民たちが好きであった…。」

光秀は彼方を見るように眼を細めた。目袋がたわんだ。

「奥山に追われ、この国の埒外を生きる宿命を背負わされたかれらだけが、出来損ないのようなこのわしを愛してくれた。

嬉しかった。自分の持つ何もかも、自分も、娘も、それら全部を捨ててでも、かれらの見果てぬ夢を現《うつつ》のものとさせてやりたかった。それがたった一つの、かれらに対する恩返しだと思った…。」

「……、」

五右衛門は言葉が出なかった。ただ黙って聞いていた。

「そう考え、事実、今日までそうして生きてきた。

そんな自分の生き方は、いささかも後悔はしておらぬが、こんな結果になるのだったら、あの時、お玉をそなたの元へ…、そう悔《く》やまれてならぬ。」

そして、

「済まなかったな。」

五右衛門に向かって、小さく頭を下げた。

思いがけない光秀の言葉に、五右衛門は頬を紅潮させながら、

「そんなことはお気になされるな。」

無表情なぶっきら棒で答えると、光秀に背を向け、急ぎ足で陣を出た。


——丹後国宮津城。庭の木立では、蟬が騒がしそうに鳴いている。

「父上。お呼びだそうで。」

先日藤孝から家督を譲られたばかりの忠興は、妻のお玉を辺鄙《へんぴ》な味土野の里に幽閉した寂《せき》寥《りょう》感をかかえながら、庭先で焚《た》き火をしている父に近寄った。

藤孝は、額の汗をぬぐおうともせず、部屋から持ってきた手文庫から、書状のようなものを取り出すと、一つ一つ中を確かめ火にくべていた。藤孝が投げこむ度に、書状は、ボワッという音をたて、赫《あか》く輝いた。

(夏というのに焚き火とは——。)

忠興は、不思議そうに、父のすることを眺めた。

炎を見つめながら藤孝が背中で言った。

「忠興。お前は日向守から書状をもらったことがあるか。」

抑揚《よくよう》のない声だった。

「ございます。」

「その書状はいまどこに。」

「手文庫に。」

当然のように忠興は答えた。

「ここに持ってきて、燃してしまえ。」

「はあ？」

「焼き捨てよと申しておるのだ。」

「舅殿《しゅうと》からいただいた書状をでございますか？」

「そうじゃ。」

藤孝は何ごともなさそうに言った。

「しかし、あれは……。」

忠興は口ごもった。

忠興は、岳父である明智光秀を嫌いではなかった。むしろ、教養があり冷静沈着である光秀を、敬慕してきた。

「主殺しの謀反人からの書状など、後の災いとなるだけじゃ。即刻焼き捨てよ！」

藤孝は振り返ると、それまでとは打って変わった厳しい口調で、息子を怒鳴った。

「はっ、はい。」

父の剣幕に驚いた忠興は、あわてて部屋に向かった。

——手文庫を抱えてきて、光秀からの書状を火にくべている忠興の横顔に一瞥《いちべつ》を投げたあと、藤孝は、また抑揚のない声で息子に言った。

「忠興よ。そなた、これ以上はお玉との間に子をもうけるな。」

「父上！」

忠興は絶句した。

彼は、お玉が光秀の娘であることを別にしても、お玉を心底から愛していた。深夜、秘所を指でまさぐる時に見せるお玉の恥じらいに満ちた表情は、そのことが終わって朝になっても、忠興の記憶に鮮明に残ってきた。いま、光秀謀反を理由に、お玉を人もかよわぬ山里に幽閉していることさえ、彼には耐えがたい悲哀だった。

「お玉との間にできた子に、由緒ある細川家は継がさぬ。よいか、屹度《きっと》申しつけたぞ。」

毅然《きぜん》とした口調だった。

藤孝はこれまでのように長岡と言わず、旧来の姓である「細川」と言った。彼は、心の中で、信長から押しつけられた長岡の姓を、蹴飛ばしていた。

忠興はうなだれた。うなだれながらも、お玉の悩ましい肢体の記憶は、彼を絡めとっていた。

藤孝は立ち上がった。そして手の甲で額の汗を拭うと、忠興の背に声をかけた。

「わしが隠居した今、細川の棟梁《とうりょう》はお前じゃ。まだしばらくはわしも存命ゆえ安泰《あんたい》じゃが、今のままのお前では、いかにも心もとない。もう少ししっかりいたせ。」

忠興は父から叱責されていると思い、力なく立ち上がった。

しかし、藤孝の眼は、ひとつも怒ってはいなかった。

「ちょうどよい折りだから、お前に申し聞かせておこう。」

藤孝の声も、怒気を含んではいなかった。

「忠興よ。細川の家とは何か。」

そう問うた。

もちろん忠興から返事は返ってこない。若い彼は、これまでに、そんなことを深く考えこんだことがない。

忠興のそんな反応など、藤孝は百も承知している。藤孝はつづけた。

「それは、この国の武家の棟梁の血じゃ。

武家とは何か。武家とは、武力をもって帝をお守りする者たちの謂《い》いだ。武家の棟梁とは、帝をお守りする者たちの長のことをいうのだ。

わしの前までは違う。細川家はただの幕臣の家であった。しかし、わしが入り、お前が生まれたことで、細川の家は、源頼義《よりよし》殿から始まり、鎌倉、足利と続いた武家の棟梁の血を保つたった一つの家となったのじゃ。

血こそ、武家の誇りだ。いや、武家だけではない。この国そのものが、血の持続によって成り立っておる。帝がその象徴だ。

血なくしては家も国も成り立たぬ。持続できぬ血はこの国には無用の長物。帝の血ほどではないが、ここまで続いてきた細川の血の誇りを忘れるな。」

みちのくの蝦夷《えみし》との「前九年の役」「後三年の役」で名を成した武家の祖源頼義が産ませた子が、関東の足利家を継いだ。

当時は源氏の傍流に過ぎなかったが、その子孫は、征夷大将軍源頼朝の亡きあと傀儡《かいらい》将軍を擁《よう》した北条一族の執権政治がつづいても、源家の正統な血を引く家として、独自の立場をとった。そして、足利尊氏は後醍醐《ごだいご》天皇の呼びかけに応じて北条政権打倒に奔り、十五代つづいた北条政権を滅ぼした。しかも、その後すぐに、武家勢力を排除しようと企む後醍醐親政を倒し、源氏の血を引く者として征夷大将軍となり、足利幕府を樹立した。

藤孝の言うとおり、いまやこの国で、武家の始祖源頼義の正統な血を受け継いでいるのは、細川家だけとなっていた。

「お前はこれから細川家の主じゃ。今からは、お前の肩に、細川家の行く末がかかっておる。それを、くれぐれも忘れるでない。」

藤孝はそう諭《さと》した。

「血の誇り、ですか…。」

忠興がつぶやいた。

足利幕府瓦解によって財力も武力も失った藤孝にとって、武家の始祖であり、王室の血を引く「源氏の血」だけが、存在の拠《よ》りどころだった。彼が信長を憎んだのは、信長が「源氏の血」の正統性を全否定する男だったからだ。

「万が一のために、渡しておく。これを持っておけ。」

そう言うと、藤孝は、一通の書状を、忠興に渡した。

忠興は中を改めた。

そこには、

「ひょうぶだゆう藤孝どの」

へたくそな字で、しかも仮名交じりで書かれた、読みづらい一枚の紙が入っていた。

「ご恩しょうがい忘れまじく　羽柴ちくぜん秀吉」

それだけだ。

「これは？」

忠興は父を見た。

「もし、父の死後、羽柴秀吉から何か厄介を言われたときには、それを見せろ。」

藤孝はそれだけを言った。

「これは何でござる？」

忠興は、もう一度訊いた。

「うつけの空証文よ。」

藤孝はさらりと答えた。

「だが、空証文でも、しばらくはお前の身を守ってくれよう。大事にとっておくがいい。それと、当分の間は、羽柴小一郎殿と千宗易殿の下知《げじ》に従って生きろ。秀吉よりも、あの二人の言葉を聞け。あの二人はお前を守ってくれるはずだ。」

それだけを言うと、忠興に、下がれ、と命じた。

三

天正十年六月十三日、西暦では七月二日の昼前。摂津と山城の国境にある山崎の地で、円明寺川をはさんで、明智、羽柴、双方の軍兵が対峙した。

川向こうの山崎には、いちはやく羽柴方にすり寄った高山友照・右近親子が陣取り、その隣には、茨木城主の中川清秀軍が陣をおいた。その背後、標高二百七十メートルの天王山の中腹には、羽柴小一郎、黒田官兵衛たち主力隊一万五千が陣をかまえ、総大将の羽柴秀吉は、信長の四男である養子の秀勝や猶子《ゆうし》の宇喜多秀家とともに、宝積寺に本陣をおいていた。

「倍に近い数じゃのう。」

川向こうを埋め尽くしている羽柴勢を眺望《ちょうぼう》しながら、祭り見物でもしているかのような口調で、光秀がほほえんだ。

「戦さは兵の数ではござらぬよ。やつらに本当の戦さというものを見せてやりまする。」

斎藤利三が不敵な表情で答えた。

羽柴秀吉の陣には、子飼いの兵だけでなく、織田信雄《のぶかつ》、信孝《のぶたか》といった信長の子息たちも加わっていた。また、柴田勝家、滝川一益《かずます》といった大軍団が畿内不在の中の戦さでは、即戦力となる摂津衆の動向が帰趨を決するであろう、と言われていたが、結局、その摂津衆のほとんどが、羽柴方についた。高山右近、中川清秀といった摂津衆は、それまで光秀の寄騎だった。それがごっそりと羽柴方に寝返ったことは、光秀にとって少なからぬ痛手だった。

かれら摂津衆が反明智に回ったのは、後世言われるような、光秀が主君信長を葬った謀反が理由ではない。下克上の世にあっては、臣が主君に背くなど、日常茶飯事のことだった。毛利元就《もとなり》がそうであったし、松永弾正《だんじょう》も、斎藤道三も、信長の父織田信秀もそうであった。家臣にみすみす殺されるような男こそ、その無能を責められるべきだ、という視点に、かれらは立っていた。

織田家臣団の多くが、反明智に回った一番の理由は、妬《ねた》み、だった。それも、無能な者が有能な者に対して抱く、正当性はないが持続性のある暗い妬み、だった。

光秀の天下になれば、信長時代の枠組みが継承される。それでは自分たちの将来は見えている。この度の乱によって自分が一層成り上がれることを、かれらは望んだ。

羽柴方の実質的な指揮官である羽柴小一郎は、織田家臣団の欲をあおる条件を乱発して、味方に引きこんだ。そうした者たちの加勢を得た羽柴方の数は、明智軍一万五千の倍を上回る三万六千もの数となった。

一方の明智陣営では、信長の弟信行の遺児で、光秀の娘（養女）を娶《めと》っている織田信澄が、数日前、織田一族によって謀殺された。また、筒井順慶や、光秀の娘お玉を嫡男の嫁にして光秀の盟友と誰からも信じられてきた長岡藤孝は、とうとう戦場に姿を見せない。かれらは、不参加によって反明智の立場を示したのだ。つまり、「明智方」とはいうものの、その実質は明智軍本体だけで、在畿の織田軍全体から見ると、孤立無援の状態に近かった。

羽柴勢の先陣をつとめる高山軍の旗印が眼に入ると、

「実に利に敏な親子よの。」

光秀は、誰にともなく呟いた。

昵懇《じっこん》の間柄であった荒木村重への裏切りを見て以来、高山友照親子に対する不快感は、光秀の内部で抜きがたいものとなっている。それにもかかわらず、戦力としてかれら摂津衆の数を頼まねばならなかった光秀は、かれらに、味方についてくれるよう、何度も使者を出して、その度に冷たく断られた。

（あと二日もあれば…）

あの直道さまのことだ、今をしのげば、必ず倭の裔を率いて山を下りてくるに違いない、そうすれば、数の差はともかく、戦力の差は互角にまで戻る。と光秀は踏んでいた。

直道のひきいる屈強の倭の裔が西の山を下りて、背後から羽柴勢を襲えば、毛利と和議を結んで西方にたいする警戒をゆるめて、東方だけを見つめている羽柴勢は、仰天するはずだ。その挟み撃ちが実現したなら、形勢は一挙に逆転する。それが、光秀の秘かに考え抜いた戦法だった。そのために、あえて、西と東を繋《つな》ぐ要衝《ようしょう》である山崎の地に陣をかまえた。

しかし、倭の裔たちが近づいてくる気配は、いまだにない。直道一行の到着を待って戦さを開始する、というわけにいかない。戦闘開始の鍵は数の多い羽柴方が握っている。かれらが攻めてきたなら、どんなに不利であろうとも、受けて立つしかないのだが、その場合は、勝利の可能性は低い。

（諦めるしかあるまいな。）

光秀は、心の中で嘆息した。

まず羽柴勢が動いた。

丘陵に風が走り、羽柴陣営で陣太鼓が鳴り響いた。先陣は、高山軍と中川清秀軍だ。およそ四千の兵が二手に分かれて、円明寺川を渡りはじめた。

かれらは、圧倒的な数の差に安堵していた。天下分け目の戦さだというのに、兵の動きは緩《かん》慢《まん》だ。戦法というほどのものもなく、数だけを誇示している動きだった。それを光秀は見て取った。

「敵の右翼を攻めろ！　高山軍を一気に潰《つぶ》せ！」

光秀が叫んだ。その下知に、斎藤利三と柴田勝定の軍二千が、いっせいに円明寺川に向かい、高山軍をたたきに走った。光秀の岳父妻木範熙の嫡男である妻木範武《ひろたけ》の軍二千が、それに歩調を合わせた。

明智軍の中核部隊である妻木軍は、以前は光秀直属の軍だった。将から足軽まで倭の裔の血縁者で構成された軍で、行動は迅速で、死を恐れぬ勇猛ぶりは織田家中に鳴りひびいている。

「妻木軍が寄せてきたぞ！」

妻木軍と斎藤軍の四千の兵に襲われて、二千の高山軍はひるんだ。そのひるみに乗じて、妻木軍の歩兵たちが高山軍の陣の中に突入した。

戦さ慣れしている妻木軍の足軽たちの動きはすばやい。十数人が一組となり、最前線の指揮官とおぼしき将たちの馬前に近づき、槍《やり》を突き上げた。

わずかばかりの間に、高山軍の将が数人馬から崩れ落ち、指揮官を失った足軽たちは、恐怖で後ずさりをはじめた。

「退くな。進め！」

高山軍の総大将である高山右近は声を嗄《か》らして怒鳴ったが、専従兵卒ばかりで構成されている明智軍と違って、多くが百姓上がりの高山兵のひるみは止まらない。川に引き返す者が続出し、高山軍は、わずかの間に、総崩れ寸前となった。

明智の兵が勢いづいた。

「左翼の中川軍目がけて鉄砲を撃ちこめ！」

光秀は命じた。中川清秀もまた、高山親子同様、光秀の寄騎でありながら、すばやく羽柴方に寝返った男だ。銃声が鳴り響き、円明寺川を渡りきったばかりの中川清秀軍二千が、川を背にして立ち往生の態勢になった。

「往け！」

亀山城代蜷川貞栄《にながわさだえ》や並河掃部《なみかわかもん》のひきいる騎馬隊五百が、中川軍めがけて突進した。後から二千五百の足軽がつづいた。

織田家中では明智日向守光秀の戦さ上手は定評がある。光秀は幼年時から養父に軍略の講義を受け、成人してからは、みずからも研鑽を重ねてきた。

その定評に違わぬ攻めっぷりだった。圧倒的な兵の差にもめげず、要所要所に兵力を集中させる戦法で、明智軍は羽柴軍を押して押しあげた。

(さすが光秀の殿じゃ。この戦さ、勝てるかもしれぬ。)

明智の将たちの心が、瞬間、躍った。

——天王山に陣を構えている羽柴小一郎は、その戦さの様を、薄笑いを浮かべながら遠望していた。

「高山軍を助けに行かねばならぬのでは。」

そう進言する神子田正治《みこだまさはる》に、

「放っておけ。」

冷たく答えた。

「あの若僧が、力も策もないのに功を焦《あせ》ってむやみと動くから、あんな無様な敗けになるのだ。助ける必要などない。

それに、やつらは羽柴の子飼いではない。慾でこちらについただけの連中よ。あやつらが何千人死んだところで、わしらには痛くも痒《かゆ》くもない。高山右近など、死んだほうが世のためじゃ。」

羽柴小一郎の軍は、微動だにしなかった。

山崎の空では、いつの間灰色の雲が切れ、兵たちの頭上には、夏の赫い太陽が輝いている。

戦さが始まってすでに一刻が過ぎているが、不思議なことに、兵力は羽柴勢の半分もない明智方が戦いを優勢に展開させていた。誰ぞの姦計《かんけい》に嵌《は》められて「信長弑逆」の汚名を着せられた無念が、明智の将兵の働きを人一倍のものにさせたのだ。

ところが、突然、

「うおっ！」

斎藤利三軍の脇の草原から、豪声があがった。

「何ごとだ?!」

斎藤利三が、驚いて草原に眼を走らせた。

「あの旗印は池田軍のものでございます。」

家来が狼狽《ろうばい》気味に指さした。

淀川沿いに布陣していた信長の乳兄弟《ちきょうだい》でもある摂津有岡城主池田恒興《つねおき》と、かれの嫡男である池田元助や、加藤光泰《みつやす》たち尾張系の将が、ひそかに円明寺川を渡り切り、五千の兵をひきいて参陣したのだった。

信長腹心の座を光秀に奪われてから、光秀に対して嫉妬《しっと》の火を燃やしつづけてきた池田恒興は、羽柴秀吉が備中から帰るなり、反明智で秀吉と手を組んだ。その池田軍が、高山軍を攻めている斎藤利三軍を脇から襲った。

「くそっ。」

斎藤利三が舌打ちし、

「高山など放っておけ。池田勢を迎え撃て！」

そう叫んだ。

池田勢の登場に、瞬間、斎藤軍に狼狽が生じたが、波に乗っている斎藤軍は、総崩れ寸前の高山軍攻撃を放擲して、主力を池田勢に向けた。妻木軍もそれに合わせて、きびすを返して池田勢に向かった。数は互角に近い。両陣営の壮絶な斬《き》り合いとなった。

「退くな。数はこちらが勝っておる。敗けることはない。攻めよ！攻めて、攻めて、大殿の仇《あだ》をとるのだ。」

裏の事情を何も知らぬ池田恒興は、咽喉《のど》を嗄らして将兵を鼓舞した。だが、明智軍も頑強だ。兵の数だけを頼りとして押してくる池田勢の攻めを巧みにかわして、退かない。一進一退の奇妙な均衡状態が、半刻近くもつづいた。

「えーい。これだけの兵を持ちながら、わが軍は何をぐずぐずしておるのじゃ。」

宝積寺の本陣から趨勢《すうせい》を見つめていた秀吉が、耐えかねて、苛立ちの声をあげた。

ここで敗れては、今までの計画が丸つぶれになるばかりか、自分たちの暗い謀を世間に知られ、一族郎党にいたるまで、三界に身の置き所がなくなる。強烈な焦りが秀吉を苛立たせていた。

均衡状態を破ったのは、天王山にいた羽柴小一郎の軍だった。

「池田に大手柄を立てさせると、これから増長するのが眼に見えておる。そろそろわしらの出番だな。」

そう呟くと、真っ黒な甲冑《かっちゅう》姿の小一郎は、馬具も同様の漆黒の漆塗りで仕立てあげた馬に飛び乗り、一万五千の将兵を睨《にら》んで叫んだ。

「今から申し伝えておく。

敵の大将首一つが城一つだ。これには足軽も将も関係ない。これは一生に一度しかない機会ぞ。城持ち大名になりたい者は、わしに続け！」

この数年間、兵糧攻めの指揮ばかりを執ってきて、勇猛を誇りとする織田の武将たちから嘲《あざけ》りを受けつづけてきた小一郎が、太い眉《まゆ》をつり上げ、眼を見開き、鬼のような形相で馬の腹に鞭を当てると、ただ一騎、坂を駆け下りた。夜盗時代に血走りの弥平という名で仲間から恐れられた姿が、そこにあった。

城持ち大名――。

その一語は、乱世を生きる男たちには、魅惑に満ちた言葉だった。かれら戦国武者は、ただただ、いつかは城持ち大名になれるかもしれぬという、万に一つの夢を見て、むごい戦さに明け暮れてきた。

「小一郎さまぁ。待って下されぇ～！」

働き次第では城持ち大名になれるかもしれぬという夢を与えられた子飼いの福島市松や加藤虎之助、あるいは蜂須賀党の名もない小者たちが、必死の形相で小一郎の後につづいた。

小一郎の軍団が、すさまじい勢いで天王山を駆け下りてゆく。その意外な姿を見て、いく分迷いながら羽柴方に参陣した織田系の武将たちが、「いかん。これではわしらの面目は丸つぶれだ。すぐに山を駆け下りよ。羽柴殿に後れを取るな！」

あわてて後を追った。

一万五千を超える男たちの塊《かたまり》が、丘陵で大きくうねった。

それが勢いとなった。勢いさえつけば、元々が圧倒的な数の差だ。後は時間の問題だった。

「退くな！」

今度は、明智の将が叫んだ。

兵法も何もなく強引に押し寄せてくる分厚い人の壁を押し返そうと挑みかかる明智の兵は、しかし、一人、二人と、壁に押しつぶされるように斃《たお》れていく。

さしたる大戦さもなく、明智軍はじりじりと追い詰められ、やがて崩れた。

妻木範熙の嫡男の範武《ひろたけ》は、羽柴の雑兵たちの無数の槍に刺されて死んだ。「明智三羽烏」と呼ばれた安田作兵衛も討ち死にした。織田家中最強の軍団と言われてきた明智軍の、初めてで最後の敗北だった。

「やはり、兵力の差か…。」

戦場を見つめていた光秀が、無念そうに呟いた。

「光秀の殿！」

斎藤利三が、大声で叫びながら戦さ場から引き返してきた。

「どうした？」

「殿はひとまず、勝龍寺城に退かれよ。」

利三は馬上からそう進言した。

「うむ。」

崩れつつある自軍の将兵を一瞥して、黙って光秀は馬に乗った。

「どこまでも生き延びてくだされ。」

斎藤利三が言った。

光秀はそれに答えず、

「利三。さらばじゃ。」

短く言った。

「おさらばでござる。」

利三は光秀の馬の腹を叩き、光秀が去るのを見届けると、

「皆、ここに集まれ。」

残った将兵を呼び集め、下知を下した。

「いまから討って出る。

殿が勝龍寺城に無事に落ち延びるまでの時を稼ぐのだ。羽柴勢を一人でも三途の川も共連れにして、明智最後の意地を見せてやろうぞ。」

利三は、馬頭を羽柴勢に向けると、

「つづけ！」

馬に鞭をあてた。

「おー！」

二百にも満たぬ将兵が、雄叫《おたけ》びを上げながらその後につづいた。

それが、山崎の合戦最後の戦さ場面となった。

九の章　倭《わ》の裔《すえ》結集

一

光秀軍と羽柴軍の生死をかけた山崎の戦さが終わった六月十三日の夜になって、直道は丹波亀山の西北にある行者山にたどり着いた。

従う者の数は膨《ふく》れあがっている。この七日の間に、西の山脈を急ぐ直道の後を、多くの倭《わ》の裔《すえ》が追いかけてきて、今では、その数は二千を優に超えていた。

「あれに見えるが亀山城であろう。みな、少し休め。」

直道が言い、その声に、一同は疲れた躰《からだ》を地に投げ出した。

直道は懐《ふところ》から細い筒を取りだして、眼に当てた。昨秋、明智秀満が来訪の際に、信長からの土産だと持参した望遠筒だ。

山すそには、羽柴勢らしい軍兵の気配はない。

「狼煙《のろし》を上げよ。」

直道は命じた。亀山城には妻木範熙《つまきのりひろ》が留守居役でいる。かれなら倭の裔の狼煙を理解するに違いない。数人が急いで枯れ草と小枝をひろい集めて、火をつけた。月夜に白い煙が上がった。

狼煙を上げている間にも、直道の後を追いかけてきた倭の裔が、つぎつぎと合流している。それは五右衛門の指示だった。この異変が倭の裔の命運を決定すると判断した五右衛門は、直道のもとへだけでなく、西の山脈各地の長に異変の報を伝えつづけたのだ。

三瓶《さんべ》の山からばかりではなかった。那岐《なぎ》山、氷ノ山《ひょうのせん》、大江山など、西方各地の山に住む民がやってきている。大鉈《なた》を持った者、弓をたずさえた者、鉄砲を担いでいる者、それぞれが、自分の武器を持っての結集だった。

「長よ。城からも狼煙が上がったぞ。」

もの珍しさに望遠筒を覗《のぞ》いていた赤名の五助が、嬉しそうに言うと、望遠筒を直道に返した。

「確かに。」

夜の亀山城から立ち上る煙を見て、直道は満足気にうなずいた。

「今から山を下りるぞ。喜六のことだ。わしらのために、何ぞ手助けの手を打ってくれるだろう。後から来る者たちに行く先がわかるよう、合図を残しておけ。」

それだけを言うと、直道は、小走りに山を下りはじめた。つかの間の休息に浸っていた倭の裔たちが、あわてて立ち上がり、後につづいた。里に近づいたころ、息を切らしながら山を登ってくる男と遇った。

「お館さま――。」

その若い男は直道の姿を認めると、嬉しそうに駆け寄ってきた。

「竹蔵か？」

直道が声をかけた。竹蔵は五右衛門の配下である。

「はい。妻木さまからの言伝です。敵の軍勢が動いている様子はございませぬが、なにぶんにも、皆さまは大人数。念のために、夜更けに城門を開き、騎馬隊が打って出ますから、皆さまはその隙に城にお入りくだされとのことです。」

「わかった。わしらは平《ひら》には不慣れだ。案内《あない》せい。」

ところで、光秀はどうしておる。」

直道は、一番気がかりなことを訊《き》いた。

「詳しいことはわしにはわかりませぬが、敵の大将は備前から駆け戻って来た羽柴筑前守秀吉で、羽柴に与《くみ》した軍勢との戦さに備えて、京の下鳥羽に陣をかまえておられるとのことで。亀山城に残っていた兵も、ほとんどが、一日前に下鳥羽に向かいました。五右衛門さまや正姫《チョンヒ》殿もそちらに往っておりまするす。」

「そうか、光秀は無事か。」

光秀さえ無事ならば、まだいくらでも打つ手がある。直道の声がほころんだ。

行者山を下りた直道たち倭の裔は、深夜まで亀山城下外れの草原に身を潜めて待った。

その間にも、倭の裔の数は増えていった。今では三千を超えているだろう。これほどの数の男たちが、これまで、あの山脈のどこに身を潜めていたのか、と驚きたくなるような数だった。

「城に入るのは二千だけでよい。あとの者たちは、ここに潜んで、山から下りて来るであろう者たちを迎え、わしからの合図を待て。絶対に勝手な動きをするではないぞ。」

直道はそう命じた。

――深夜になった。

亀山城の城門が開かれた。と同時に、百ほどの明智の騎馬が正門から討って出てきた。騎馬隊は門を出るなり、二十騎ずつ、四方に散った。開かれた門の奥では、かがり火が赫々《あか》と燃え盛っていた。武装した兵が松明《たいまつ》を振っている姿が、鮮明に見える。きっと、それを目印にして入城せよ、ということなのだろう。

「往くぞ！」

そう叫ぶと、草むらに身を横たえて疲れを癒していた直道が立ち上がった。五助が従った。

「わき目も振らずに、門まで走れ。」

直道は駆け出した。

その直道を両側から守るように隊列を組みながら、倭の裔たちは、亀山城の正門めがけて、一気に走った。

幸いに、襲ってくる者はなかった。山崎の合戦で斎藤利三軍相手に大醜態をさらした高山親子は、戦勝の余韻に浸るどころか、顔面蒼白になって、「亀山城受け渡しの役目は、ぜひともわれら親子に」、秀吉にそう泣きつき、馬を飛ばし、夕刻亀山に着いたばかりだ。策謀ばかりを生き、戦さにはうとい高山父子から見ると、山崎での大合戦が終わり、勝敗の決したいま、裸に近い亀山城の受け渡しなど、敗者の投降処理程度の軽作業としか思えないのだろう。

「一夜の猶予を与えるから、明朝にはおとなしく城を明け渡すよう。命に従う者には危害は加えぬ。」

高山友照の言上《ごんじょう》を伝える使者を夕刻亀山城に送っただけで、その後はなんら血の気のする行為には及ぼうとせずにいた。

「父上。城の正門から騎馬武者が出てまいりましたぞ。」

高山右近が言った。

「どれほどの数じゃ？」

「さて。百にも満たぬ数と。しかも、二十騎ほどずつに別れました。」

「たったの百騎？

ふん。こけおどしの振舞いよ。この大軍に百騎やそこらで向かってくる戯《たわ》けなど、いくら明智の将兵でも、おるまい。案外、戦うふりをして、いずこにか落ち延びようとしておるのやも知れぬ。放っておけ。」

「そうですな。われらは吉利支丹《キリシタン》。余計な殺生は避けたほうがよろしかろう。」

右近もうなずいた。

「それよりも、右近よ。」

「はい。」

「これで天下の趨勢《すうせい》は決したとわしは見た。これからは、羽柴と懇意《こんい》になって高山の家を守るのだぞ。」

「まあ、明智につくよりは易しかろうと。

それがし、明智光秀という男は、どうも苦手でござった。」

「荒木村重《むらしげ》のこともあったしの。」

「父上。これからわれらの値打ちを高めるには、畿内の吉利支丹の糾合《きゅうごう》こそが要諦《ようてい》。それさえできれば、われらは大大名に匹敵する力を持てまする。それがしは、これから後は、焦《あせ》らずにそれをやっていく所存であります。」

「それがよい。石山の合戦が教えるとおり、宗教に溺《おぼ》れた者は、死をも厭《いと》わぬ。同胞《はらから》の屍を超えて突き進む。畿内と九州の吉利支丹衆をとりこめば、わしら親子は羽柴に敗けぬ大名になれる。そなたには大いに期待をしておる。弱小の寝返り大名よと蔑《さげす》まれてきたわしの無念を晴らしてくれ。」

「存分に承知しておりまする。」

高山父子はこれからの醜い夢に花を咲かせていた。

高山勢が自分たちから仕掛けようとしなかったおかげで、直道たち一行は、拍子抜けするくらいに簡単に亀山城に入った。全員が入城するのを見届けると、四方に散っていた騎馬隊も戻ってきて、ふたたび門は閉じられた。

二千を超える倭の裔は広場のいたるところに腰を下ろし、城兵が配って歩く握り飯と漬け物を、うまそうに頬ばりはじめた。

「直道さま！」

そう叫びながら広場に駈けおりてくる男がいた。

自分とそれほど歳の違わぬ白髪だらけの武士を見て、

「おお、喜六か。」

直道が懐かしそうな声で応じた。

「お久しゅうございまする。」

亀山城留守居役の妻木範煕は地に伏しながら、

「必ず直道さまがおいでになると思って、馬と武器は用意しておきました。」

と言った。

四十年の以前、直道の平入《ひら》り構想に共鳴した喜六は、平における直道の代理人として、斎藤道三《どうさん》に仕え、道三の死後は、若い光秀を支えてきた。すでに死んだが、光秀の先妻は妻木範煕の娘だ。

積もる話はたくさんあるのだが、今の直道にはそんな情緒にふけっている余裕はなかった。

「光秀はどうした？」

それを訊いた。

「……。」

妻木範煕が顔を曇らせた。

「光秀は、今、どこだ？」

直道はもう一度訊いた。

「……。遅うございました。」

妻木範熙が、無念そうに答えた。

「遅かっただと？」

まさかと思う気持ちで、直道は鋭く問い返した。

「さきほど、五右衛門殿の手の者から知らせがござりました。今日の昼前、山城と攝津の国境にある山崎の地で戦さがあり、わが軍は、三万五千を越える羽柴軍に敗れ、光秀の殿は山城の勝竜寺城に落ち延びられたとのこと。」

「光秀が敗れたのか？」

「数が違いすぎました。敵の三万五千に対して、こちらはわずか一万五千しか兵が集まらず、当てにしていた摂津衆も、ほとんどが羽柴勢方に寝返った模様。」

「光秀が敗れた。

あの光秀が…。」

直道の顔が歪んだ。

（光秀。なぜ、わしらの来るまで待てなかったのだ。わしら倭の裔なしでも戦さができるでと思ったのか――。）

恨みに似た感情を覚えたが、しかし、直道の口から出たのは別の言葉だった。

「五右衛門の手の者がおるだろう。すぐに五右衛門に連絡を取って、勝竜寺城に向かわせろ。」

直道は、強い口調で妻木範熙に命じた。

「は？」

「光秀に、ここに戻って来るように伝えよ。光秀支援のために大勢の倭の裔が西の山を下りてくる。武者顔負けの豪の者ばかりだ。一つの合戦で負けたくらいが何じゃ。まだ巻き返しはできる。そう伝えるのだ。」

「しかし、あの一帯は三万を超える羽柴勢が固めております上に、明智の敗北を聞いて、すでに各地で落ち武者狩りがはじまっておりまする。正直な話、ここに戻るは難しかろうと…。」

「他の者はいらぬ。どうせ、頼り甲斐のある者は、今日の戦さで大方討ち死にしておるじゃろう。光秀一人が戻ってくればよい。光秀一人くらいなら、五右衛門がいくらでも連れてこられよう。」

「確かに。それならば、」

得心した妻木範熙が、城内に走った。

二

山崎での戦さに敗れた光秀は、京都南部の山城国勝竜寺城に逃れていた。

明智軍団は壊滅同様になっている。頼りとしていた義弟の妻木範武《ひろたけ》や丹波城代の蜷川貞栄《にながわさだえ》は討ち死にし、斎藤利三は行方不明だ。とりあえず逃れはしたが、勝竜寺城はもともと光秀の城ではない。かつては長岡藤孝の居城で、本能寺の異変後、山崎での戦さのために手を入れた城だ。しかも小城だ。三万を超える羽柴勢に囲まれたら、こんな小城では防ぎようがない。

「ここも危のうございます。とても防ぎきれません。なんとしても坂本城にお戻り下さい。」

重臣たちが討ち死にしていなくなった勝竜寺城で指揮を執る細木新兵衛が、そう進言した。

「坂本にか？　あそこには、もう兵はおらぬのだぞ。」

光秀は迷った。

しかし、新兵衛は必死の顔つきで言った。

「多くの将は討ち死にしましたが、まだ安土城には明智秀満殿がおられます。それに、奥方様や若殿の安否が気がかりでございます。」

光秀は、万一の場合に備えて、明智秀満を山崎の合戦には参加させず、安土城守備に向かわせていた。坂本と安土は同じ琵琶湖沿いにある。光秀が坂本城に戻れば、彼と合流できる。多くの重臣が討ち死にした今、新兵衛の言うとおり、頼りとなるのは明智秀満ひとりだけだ。それはそれで理に適っていた。

「そうか…。後日を期するしかないのであれば、そうしようか。」

光秀は自分に言い聞かせるように答えた。

その時、進み出てきた男がいた。

足軽組頭の比田則家。かれも生き延びて勝竜寺城に逃げこんでいた。「それがしは京に長くおりましたゆえ、山城の地理に詳しうござる。それがしが坂本城まで先導いたしまする。」

則家は先導役を買って出た。

向った。

「そうか、頼む。」

「殿。夜道とはいえ、その派手な甲冑《かっちゅう》では人目につきまする。」

比田則家はそう忠告した。

「そうだな…。」

光秀は、甲冑を外して軽装になった。

夜更けを待って、光秀は比田則家たち少人数の護衛に守られて、勝竜寺城を抜けて、坂本に

直道の命を受けた五右衛門のひきいる山忍びたちが、光秀救出のために勝竜寺城にたどり着いたのは、光秀たちが城を抜け出てから半刻も過ぎた頃だった。

「光秀の殿は何処《いずこ》におわすか。」

五右衛門は細木新兵衛と顔を合わせると、そうたずねた。

「殿ならば、」

光秀がわずかばかりの護衛をともなって、倭の裔が待つ亀山城ではなく、手薄な坂本城に向かったと聞いて、

「なんと馬鹿な。

何故《なぜ》、亀山城に向かわせぬのじゃ。今から裸同然の坂本城に向かうなど、みすみす死にに行くようなものだ。」

五右衛門は顔色を変え、叫んだ。

「光秀の殿が危ない。すぐに後を追え！」

山忍びが、一斉に坂本に向かった。

その頃、

「こちらがようございまする。」

比田則家の先導で、光秀一行は、人気のない藪《やぶ》道に入った。闇の中では、竹の葉がざわめいている。人家の灯りも敵兵の姿もない。みなは少し安心した。

一行は無言で坂本に急いだ。

（人とは実に強欲なものよ――。）

たった九人の伴連れというみじめな逃避行の馬上で、光秀は苦笑した。

彼の肉体の内側は、無慈悲な病魔によって食い荒らされている。放っておいても、一年とは持たぬ生命のはずだ。

（それでも人は生きようとする。何のために？）

自分と信長は、新王朝創設という夢を見て、その夢のために懸命に生きた。信長亡き後、山崎の戦さにも敗れ、その夢の成就は不可能となったにもかかわらず、自分は坂本に落ち延びて再起を図ろうとしている。これが人間の業というものなのかと、刺すような痛みを腹部に感じながら、光秀はもう一度苦笑した。

（しかし、それほどをしてでも、この世直しの夢は、消すわけにはゆかぬ。）

光秀は自分自身に言い聞かせた。

——山科小栗栖《おぐるす》あたりで少し広い道にでた時、突然、馬がいななき、止まった。

「どうした？」

前をゆく比田則家に、近習の一人が訊いた。

「……。」

無言の比田則家に代わって、別の近習が、

「あれを。」

前方を指さした
光秀一行の前に黒装束の群れが立ちはだかっていた。

「何者だ！」

光秀の前を走っていた家来が、太刀を抜き、身構えながら叫んだ。

「……。」

しかし、答えのないまま、その躰に、無数の手裏剣が突き刺さった。比田則家の進言を受け入れ、みな、甲冑を脱ぎ、平装となっていたから、闇を走る手裏剣を防ぎきれない。

「うぐっ。」

家来は、小さなうめき声一つで地に落ちた。

「フフフ。」

小馬鹿にしたような笑い声がした。光秀を守ろうと、護衛の武士があわてて光秀の馬を囲んだ。

「明智日向守《ひゅうがのかみ》光秀だな。」

くぐもった声がした。

「長岡の手の者か。」

光秀は訊いた。

「……。」

返事はない。

「羽柴か？」

「ここまでのことになれば、もう、そのようなことはどうでもよろしかろう。ぬしにこれ以上生き延びられては迷惑なのよ。」

黒装束の集団の中央に立っている男は、そこまで言うと、

「たしか、比田殿、と申されたな。どこにおられる。」

光秀の護衛団に声をかけた。

「ここじゃ。ここじゃ。」

いつのまにか光秀の後ろに下がっていた比田則家が、手を振って答えた。

「ご苦労でござった。わが主からも言いつかっております。そこにおられると巻き添えを食いまするぞ。早くこちらへ。」

男の声に、比田則家があわてて馬から降り、走り去ろうとした。

「則家。お前が内通しておったのか?!」

光秀は驚きの声を発しながら、比田則家の明智家への仕官を斡旋《あっせん》したのが長岡藤孝であった
ことを、そのとき思い出した。

「ほ、ほ、ほ、ほっ。」

比田則家は、光秀の声など聞こえぬ様子で、公家のような卑しい笑い声を発しながら、黒装
束たちの場所に走った。

(最後の最後まで、こんな下衆《げす》どもにいいようにあしらわれるのか――。)

光秀は、口惜しさに震えた。

背後に人の気配がした。光秀は振り返った。いつの間にか、光秀一行の背後にも、黒装束が
姿を現していた。四方をすっかり囲まれていて、もう逃げ場はない。

「やれ!」

その声に、数十本の卍手裏剣が投げつけられた。

「ウッ。」

光秀を護衛していた武者たちが、次々と馬から落ちた。

光秀は一人だけになった。

「もう、観念なされよ。いくらあがいても、武者の腕ではわしらには勝てぬ。」

今度は、数本のクナイが闇を飛んだ。

一本が、甲冑を脱いでいる光秀の背中に深く食いこみ、もう一本が、左の肩を刺した。

「うむっ！」

光秀は耐え切れず、馬からずり落ちた。

鈍い音がした。

「フフ。だから言ったではないか。」

黒装束の一人が、短い笑い声をもらした。

「何のこれしき…。」

光秀は面《おも》を上げた。

地に爪をたてて這いずった。必死に這いずった。右手の中指の爪が割れて血があふれた。

そんな光秀の足掻《あが》きの様を、能見物でもするかのような冷ややかな眼で、黒装束の男たちは眺めている。

「……！」

前方の闇を見つめた光秀の眼に、直道の顔が浮かんだ。

束ねた白髪、額に刻まれた深い皺、いつもどこかに怒りと哀しみを沁みこませた眼…。四十余年を共に生きてきた光秀にとって、盟友とも父とも呼ぶべきたった一人の男の顔だった。

その直道と二人して見続けた夢が、今、潰《つい》えようとしている。光秀の内部で、無念が充満した。

下衆ども――。

自分をこの世に誕生させた悪僧どもと同じ心性の持ち主であるこの者たちが、己と同じような存在をこの国に垂《た》れ流し、その行為を恥とも感じずに生きていく。このような存在は、この千年の間に幾千度も再生産され、そのような民でこの国は満ち溢れているのだ。

何と哀しく、なんと薄汚い国であることか。自分のこの国への憎悪は、自分のような存在をこの世に送り出した者たち、仮にそれを父と呼ぶならば、この国の恥知らずな父性に対する憎悪であった。

光秀はそう思った。

（直道さま…。）

光秀は、直道の幻に何ごとかを語りかけようとした。だが、あまりの痛みに、言葉が出ない。

光秀は顔を歪めた。

「光秀。もう、よい。

人は必ず死ぬるものよ。思えば、二人して面白き夢を見た。」

光秀は、直道のそんな声を聞いたような気がした。

だが、それでも光秀は躰を起こそうと、懸命に足掻いた。破れた爪から血をしたたらせながら、懸命に足掻き、面《おも》を上げた。

直道の顔が浮かんだ。幼い日を過ごした丹波の山脈が浮かんだ。大海を進む大船の群れが浮かんだ。

（夢…。

まだ、われらの悲願が…。）

心で、何度も、何度も、そう呟《つぶや》きながら、少しでも前に進もうと、五指を地にくいこませた。

指という指が、血だらけになった。

今の光秀の心には、薄汚い暗殺者たちなどなかった。彼はただ、月明かりの中に黒く揺れている竹林のその彼方にあるもの、闇の果てにあるはずの光だけを求めて、血だらけの指で地を搔《か》いていた。

その左の背中に、もう一本、クナイが深く突き刺さった。

「……！」

言葉もなく、光秀は地に伏した。この国の長い歴史上、きわめて稀な一つの強靭な意志が斃《たお》れた瞬間だった。

「やっとくたばったか。

踏ん張ったところはなかなか立派なものじゃった。」

黒装束の一人が、そううそぶきながら動きを止めた光秀に近づいた。光秀の首をかき切って止めを刺そうとするのを、篠田重蔵の後に羽柴忍び頭領の座に就いた冶助が、

「それはよせ。」

と止めた。

「小一郎さまからの厳命じゃ。絶対にわしらの仕業と気取《けど》られてはならぬ。落ち武者狩りに見せかけるのだ。クナイを抜き取れ。用意してきた竹槍《やり》で刺し直せ。」

「はっ。」

抜き取られたクナイの刺さったと同じ場所に、先を焼いた真新しい竹槍が突きつけられた。

光秀の口から、もはや、うめき声すら出なかった。

「そこいらから人を呼んで来きて、これが織田信長を殺した明智日向守光秀だと教えてやれ。褒美の銭欲しさに届け出るだろう。」

冶助は配下の忍びに命じた。


月明かりだけを頼りに、光秀を探して坂本に続く裏道を走っていた五右衛門たちが、人の騒ぎ声を聴いたのは、山科小栗栖《おぐるす》のあたりだった。

何ごとか、と近づくと、篝火を焚《た》いて大笑いをしていた十人ほどの土民が、五右衛門一行に気づき、

「逃げろ！」

大声を出して、村に向かって走り出した。

追いかけようとした五右衛門を、正姫が、

「五右衛門！」

と呼び止めた。

「どうした？」

「あそこに。」

五右衛門は正姫の指さす方向に眼をやった。そこにはいくつかの武者の死体が転がっている。

「何者だ？」

五右衛門の配下が、死体の顔を一人ずつ確かめはじめた。六造が、うつ伏せになった若い武者の顔を覗き込みながら言った。

「これは、光秀の殿の近習の矢島殿だ。」

「なに？」

五右衛門が駆け寄ろうとした。

「五右衛門さま。それよりも、あそこに！」

もう一人が、大声とともに、道の端を指した。

「何？」

五右衛門が振り向くと、さっき土民が屯《たむろ》していた場所に、首を失った武者の亡骸があった。

「キャー！」

正姫のつんざくような悲鳴が響き渡った。

「これは――！」

五右衛門は、絶句して、立ちすくんだ。


「すべて、お言いつけどおりの仕儀にしてまいりました。」

羽柴忍びの棟梁《とうりょう》の治助が、光秀暗殺成功の報告にやってきた。

「そうか。御苦労じゃった。下忍たちに女でも抱かせてやるといい。」

羽柴小一郎はすべてが片づいたことに満足し、軽くはない銭袋を治助の前に投げた。

「こんなにも。」

「遠慮はいらぬ。取っておけ。」

「は、はい！」

小一郎独特の気前の良さに治助は感激して部屋を下がった。

秀吉と二人きりになった小一郎は、瓶子《へいし》をつかむと盃に酒を注ぎ、一気に飲み干した。胸のあたりに濁《にご》りのない清涼感を与える、格別の味のする今夜の酒だった。

(天下だ。天下――。

これで、天下は、間違いなくわしら兄弟のものじゃ。阿呆《あほう》な弟の尻を叩きながら、とうとうここまでたどり着いたぞ。

光秀。どうだ？　暗闇で正体不明の下衆どもに殺される気持ちは。

死ぬ間際にお前を襲ったのはどのようなものだった？　絶望であったか？　苦痛であったか？　無念であったか？　それをわしに聞かせよ。

お前には、戦さ場での討ち死になど、晴れ舞台は決して与えぬ。その惨《みじ》めで無様な死が、わしからの餞《はなむけ》だ。お前は、これから、未来永劫、土民に殺された謀反人という汚名を着つづけるのだ。

光秀よ。わしがぬしらを好かぬのは、ぬしや信長が、何やら、意味のある生を生きようとしたからじゃ。

人は無意味を生きつづけるものよ。無意味を生きつづける者を指して、ヒトと呼ぶのよ。おのれの生に意味を与えようなどとする者たちを、わしは絶対に認めぬ。）

小一郎は秀吉に視線を移すと、

「藤吉郎。ぬしはこれから、欲望のおもむくままに生きればよい。おなごが抱きたければ、何百人でも抱けばよい。豪奢な城が欲しければ、いくつでも造ればいい。なんなら、好いた女のためだけの城をつくってみせるのも面白かろう。わしが何でも手伝ってやる。」

そう言い放った。

「本当か？」

織田家中には大勢の老臣がいる。誰もが一癖も二癖もある男たちだ。光秀暗殺が即座に天下取りに結びつくとは、秀吉には思えない。眼を丸くして訊き返した。

「ああ、かまわぬ。天下を取るとは、そういうことじゃ。心配するな。これで天下はぬしのものだ。光秀に比べれば、ほかの織田の家来など雑魚ばかりだ。黙っていても、天下はぬしの手に転がってくる。

のう、弟よ。欲望こそが、人が生くる糧《かて》よ。ぬしは、好き放題の放埒《ほうらつ》を生くればよい。たとえば、石くれを指さして、ぬしが、「これは丸い」、と言えば、それは丸いのだ。いや、これは四角だ、と言うやつがいたら、そんなやつは殺せばいい。そのために死ぬ者が何万人出ようがかまわぬ。何万、何十万の者が悲嘆や怨嗟《えんさ》の声を上げようと、それも一向にかまわぬ。おのれの欲望のままに生きて、それでも天下を取った者がいるという事実が、何より大切なのじゃ。それが、後の世の者たちにどれだけの励みになることか――。

この日ノ本がつづく限り、この国の誰もが、ぬしを敬《うやま》いあこがれ続けることだろう。」

「そうか？

本当にそうかのう？」

「ああ、わしが保証する。」

「そうかい。うん、そうかい。」

小一郎の言葉に、秀吉は、嬉しそうに何度もうなずいた。


六月十四日の早朝、光秀の死を確認した五右衛門一行が丹波亀山城にたどり着いた。

「光秀が殺された？

それは本当の話か！」

直道は、思いもよらぬ五右衛門の報告に、呆然とした。

「一足違いじゃった。勝竜寺城を出て坂本城に落ちるところを襲われた。」

五右衛門は無念そうに言った。

「なぜ、坂本城などに向かおうとしたのだ。あんなところに戻ったとて、何にもならぬではないか。光秀らしくもない。」

直道が口惜しげに言った。

「おじじ。羽柴勢は、光秀の殿に援軍が駆けつける前に勝敗を決しようと急いだのだ。」

「ふむ。」

「何もかもが、事前に打ち合わせされていたのだ。」

「……。」

「これが、光秀の殿の形見になった。」

五右衛門は、懐から漆塗りの木片を取り出して、直道に見せた。

「何じゃ。それは？」

「南蛮人から買った大船の引き換えの割符じゃ。光秀の殿は、合戦の前にこれを俺に渡して、おじじたちの到着が間に合わず、もしも戦さに敗れたら、倭の裔はこの国を棄《す》てて南海に渡れ、と申された。いにしえ、わしらの先祖もそうしてあの半島から海をわたって、出雲の地に来たのだと。」

「自分が死にかけておる時にわしらの心配をして、何になるというのだ…。」

最後の最後まで倭の裔を思いやったに違いない光秀の誠実を想像して、直道が痛ましげに呟いた。

「正姫の話では、光秀の殿は血を吐《は》いていたらしい。」

「光秀が血を？」

「胃の腑《ふ》の病だったらしい。」

「……！」

驚きと怒りで、直道の顔が真っ赤になった。

「そんな大事なことを、なぜ今までわしに黙っておったのだ。このたわけ者！」

直道は、孫である五右衛門を力まかせに殴りつけた。五右衛門の躰は、音を立てて板間を転げた。

「五右衛門！」

転がる五右衛門を正姫が追いかけた。

「くそっ。」

あまりの口惜しさに、直道の眼がつり上がった。直道は、その拳で壁を思い切り叩いた。何度も、何度も、たたいた。手の甲から血がにじみ出た。

「おじじ…。」

そんなに激昂した祖父をはじめて見た五右衛門が、正姫の手を振り切って起き上がると、直道に近づき、その腕を取り、血をぬぐった。

直道がそれほどまでに光秀を愛していたことに、五右衛門はあらためて気づき、光秀の傍にいながら何の役にも立てなかった自分の無力を、口惜しく思った。

「くそっ。」

直道は、憤怒で満ちた表情で、もう一度歯ぎしりをした。

「京に行くぞ。

神武《じんむ》を攻める。」

直道が叫んだ、「これでは、光秀が、あまりに哀れだ。」

――六月十四日、山城の土民によって明智光秀の首が届けられ、ただちに、山崎の陣に逗《とう》留《りゅう》している羽柴兄弟のもとに運ばれた。

首は夏の熱で腐敗して崩れかかっていたが、小一郎はその首を見つめると、薄く嗤《わら》い、

「間違いない。大謀反人明智光秀の首だ。京に持ち帰って、晒《さら》せ。」

彼らしくもない大声で命じた。

「光秀は屈強の男。さぞかし手強かったであろう?」

首を持ってきた二人の土民に、今回のからくりを何一つ知らない、信長の次男の信雄《のぶかつ》がたずねた。

「へへへっ。」

実際には手を下していない土民は、どう答えてよいかわからず、頭を掻いた。

「この二人、よく見ると、なかなか腕っぷしが強そうじゃの。どうじゃ。これを機会にわしの家来にならぬか?」

秀吉が助け舟を出した。

「めっ、滅相もない。」

土民たちは、あわてて両手を振った。その様を見て、秀吉が哄笑《こうしょう》した。

「銭を持って来い。」

小一郎はそう命じると、土民に過分な恩賞を与えて帰した。

秀吉と小一郎は二人きりになった。

眼前には、光秀の首がある。光秀の眼は開いたままだった。死者の眼を閉じさせるのは、この国において死者に対する礼だが、光秀にはそれすらも与えられなかった。

「この阿呆《あほう》さえいなければ、信長公も死なずに済んだのじゃ。こやつがいつも出しゃばるから、こんなことになったのだ。」

そう言うと、秀吉は、右の手で光秀の頭をたたいた。秀吉の掌《てのひら》は、腐りかけた皮膚にくっつき、光秀の首の付け根が、ぐしゃりと歪んだ。

「おお、汚ない。」

秀吉はあわてて掌をひっこめ、懐紙で拭いた。

「……。」

小一郎は光秀の首に見入っていた。切り落とされた生首から放たれる光秀の無念を、感じ取っていた。

どのようないきさつから、誰によって、どのような方法で自分が陥れられたのか、何ひとつ知らずに死んでいった明智日向守光秀の激しい無念が、小一郎の全身を、ずぶっ、ずぶっ、と刺した。

無念の中で死んだ者の眼には、最後に見た映像が残るという話を思い出し、小一郎は光秀の眼を覗き込んだ。しかし、光秀の瞳には、何の残像もありはしなかった。

「ふふふ。」

たとえようのない歓喜が小一郎を襲い、彼の眼が妖しく緩んだ。

「またか。」

思わず秀吉が呟き、気味悪そうに小一郎の顔を覗き見て、すぐに顔をそむけた。

(ざまを見ろ、光秀。

無様な死――。

不本意な死――。

滑稽な死――。

これこそが、汚らしい澄まし顔で何十年もこの世を生きてきたお前に、一番似つかわしい死に様じゃ。口惜しがるがいい。死してなお、わしを憎みつづけるがいい。宙に漂って、わしを呪いつづけるがいい。お前の無念に染まったその眼こそが、わしの生くる糧――。)

小一郎の視界に、性に長けた女から愛撫《あいぶ》を受けている時のような、焦点の定まらぬ青空の光景が浮かんできた。

その空では、次第に太陽が溶け、青い空が色を変え、やがて、全てがドロドロとした、海でもなければ空でもない、淫靡《いんび》な紫一色に染まってゆく。

「おお…。」

陶酔が小一郎を襲った。

視界が虚ろになり、小一郎は、自分の肉体の芯が硬直しているのを感じた。それは、どのような死を見ても、どのような女を抱いても、いまだかつて味わったことない恍惚《こうこつ》だった。

「――！」

小一郎は、狂うように、その無上の恍惚をむさぼっていた。

十の章　帝都襲撃

一

丸一日待っても丹波亀山城から城明け渡し受諾の使者がこないのに業を煮やし、六月十四日の夕暮れには、羽柴兄弟に与《くみ》した高山友照・右近親子の軍兵二千が亀山城門前にまで押しかけてきた。裏切り仲間の中川清秀も、城の裏側に陣どっている。

「今度はしくじりは許されぬぞ。手向かって来た時はみな殺しの気概で向かえ。」

高山友照は、息子の右近にきびしい表情で言った。

「わかっております。」

右近は神妙に応じた。

「まあ、誰しも命は惜しいもの。山崎の合戦の結果を知った上に、この大軍を目の当たりにしたならば、抵抗の愚かさを悟り、一刻も経《た》たぬうちに出てくるじゃろう。」

高山友照は床几《しょうぎ》に腰を下ろすと、息子に笑った。

その亀山城内では、夕闇が周囲を包みこむのを待って、直道が丹波亀山城に集結した二千の山の民を広場に集めた。

水を浴び、束ねていた髪を下ろし、白い死装束に着替えをした直道が姿を現した。亀山城に入ってからの直道のかたわらには、常に赤名の五助と妻木《つまき》範煕《のりひろ》がいる。

広場に静寂が走った。静寂の中に直道のしわがれた声が響いた。

「信長は死んだ。そして、光秀も、昨夜、京都山科の竹やぶで殺された。首のない無惭な屍体となってな。

あの二人に託したわしら倭《わ》の裔《すえ》千年の夢は、潰《つい》えた。これから先、誰がこの国の覇者になっても、わしらがこの国を大手を振って歩けることは、もはや、ない。

千年前、継体（天皇）を担いだ大伴金村に謀られて、都を追われ、出雲を追われ、西の山に逃れてから、わしらは山に身を潜めてきた。

神武《じんむ》一族が、この千年の間に、民のための政《まつりごと》をおろそかにして、仏にすがるばかりの愚劣な国を創ったのは事実だが、わしらもまた、千年の間に、奥山にこもる生活を唯一の暮らしと思い込むようになっていた。

光秀は、そんなわしらに、奥山を出て、いま一度、われらの夢見る国を創ろうと勧めた。わしは、信長や光秀とともに、神武一族を滅し、新しい国を創る方途を探ってきた——。

しかし。その夢が、いま潰えた。」

直道はそこまで言うと、眼を瞑《つぶ》り、無言のまま夜空を仰ぎ、唇を強く噛《か》んだ。

広場に静寂が流れた。

「……。」

その無言が、直道の無念を何よりも如実に物語っていた。

やがて、直道は眼を開くと、ふたたび、山の者たちを鋭く見つめた。

「倭の裔を束ねてきた長として、千年の昔にこの国を治めた倭の大王の血を引く宗家の主として、ここにいる皆に言う。

わしは、光秀を死に追いやったこの国を、心の底から憎む。

この国は愚劣だ。

この国は醜悪だ。

わしらは、未来永劫、神武一族とは親和できぬ。神武一族が存在する限り、この国に自由な往来などない。

わしは、これから、京に攻め入る。光秀をなぶり殺しにするような民を育ててきたやつらの本拠地、京の町を灰にしてみせる。千年の遠い昔、わしらの祖は神武の帝都を攻め滅ぼし、一たびは倭国を奪回したことがあるという。一度できたことが二度できぬことはない。やつらは今ごろ、光秀との大戦さに勝って気を緩めているはずだ。同じ思いを持つ者は、わしと共に来い。

ただ、これは命令ではない。今までと同じように山に身を隠してでも生き抜きたい者は、今からすぐ、この闇に紛れて山に戻るがよい。それを責めはせぬ。山に残っておる女や子供の面倒を見る者も必要だからのう。山に戻りたい者は、わしらが城門を開くと同時に裏門を出て、反対の方向に立ち去れ。五右衛門の手の者が道案内するから、無事に逃れることができるだろう。」

広場にざわめきが起きた。そんなざわめきを無視して、直道はつづけた。

「この城の蔵には、鉄砲も、槍《やり》も、刀も、充分に残っておる。神武一族に一矢《いっし》報いたい者は、それを持ってわしに続け。

光秀は、倭の血を受けてもおらぬのに、わしら倭の裔のために、信長と組んで戦いつづけてくれた。それが、汚らしい謀《はかりごと》で信長殺しの汚名を着せられて、殺された。これでは、光秀が、あまりに哀れすぎる。」これでは光秀が哀れすぎる、と直道はくり返した。

「五右衛門の調べでは、この謀の首謀者は、羽柴秀吉と長岡藤孝じゃそうな。この二人は、わしら倭の裔の存在も、しろがねの存在も知ったようじゃ。いずれわしらも追われる身となるは必定。

千年前の出雲襲撃の時と同じだ。神武の取り巻きたちは、いつもわしらのものを、手も汚さずに奪い取ろうとする。もはや言葉は要らぬ。同じ思いの者だけ、蔵の武器をとってわしについてくるがいい。」

語り終わると、直道は、悲憤をたぎらせた眼で、二千の倭の裔を見渡した。

「長よ。」

群衆の中から太い声がした。

「いまさら、山に戻れなどと、情けないことを言わっしゃるな。いままで一緒に戦ってきた仲ではないか。

皆の衆よ。わしは那岐《なぎ》山の小太郎だ。わしも長とともに往くぞ。」

那岐山の小太郎は、すぐれたマタギとして西の山脈では有名な男だ。その小太郎の言葉には格別の迫力があった。

「わしも往くぞ。わしは赤名の彦三だ。」

赤名の五助が連れてきた大鹿乗りの青年が続いた。

赤名の彦三の言葉を聞いて、直道の隣にいる五助が嬉しそうに頷いた。ここに来てからの五助は、ここが倭の裔の正念場と悟り、それまでの持論を棄《す》て、若い時分のように、直道と一心同体の間柄に戻っている。

「そうだ。京を焼き払え！」

声がした。

「光秀殿の仇《あだ》をとれ！」

また、声がした。

信長と光秀が殺された今、死を覚悟せねば言えない言葉ばかりだ。それを二千の倭の裔は大声で口にした。

それぞれの声が、やがてひとつの大きな雄叫《おたけ》びとなった。

「神武を討て！」

二千の倭の裔たちが、武器庫に向かって一斉に走った。

亀山城の正門が開いた。

門の内で赫々《あか》と燃え盛るかがり火を背に、城門から続々と男たちが出てきた。男たちは鞍のない馬を引いている。

「とうとう白旗を揚げたか。意外と早かったな。」

高山友照は盃を置くと、満足そうに床几から立ち上がって、陣幕の外に出て、

「山崎に早馬を飛ばし、羽柴殿に報告せよ」、笑顔で家来に命じた。

城門前に人だかりができつつあった。城内に残っている人間の数は、高山親子の想像とは大きく隔たっていた。すでに千は優に超えているのに、城門から出てくる人影が、いつまで経っても途切れない。

「まだあれほどの兵をこの城に残しておったのですか？」

これだけの兵があれば、決戦場である山崎に動員するのが常識だ。将として合点がいかない。

息子の右近が疑問の声を発した。

「なあに、城下の者どもを避難させていたのであろうよ。」

もう戦さは終わったと思いこんでいる友照は、こともなげに答えた。半刻ほどして、人影の動きが止まった。

「やっと、みな出終わったか。」

迎える高山軍の将が、安堵の表情でつぶやいた。

しかし、明智軍は、城門のあたりに集結したまま、一向に動く気配がない。

「何だ？　あの風体は。」

高山軍の最前列にいる兵が、驚いた表情で、城門の群れを指さした。城門前に集まった明智の兵は、どこで探し出したのか、だれもみな、赤や黒の染料を、全身に塗りたくっていた。着ているものも同じ色で染めてある。頭から爪先までを一色に染め上げ、しかも、腰には何本もの松明《たいまつ》をぶら下げている。そんな男たちの群れは、異様としか言いようがない。

「やつら、本当に降服するつもりなのか？」

その異様な集団を見て、取り囲んでいた高山軍から、とまどいの声が上がった。

「驚いておるわ。」

五助が嗤《わら》った。

「鉄砲隊、前に出ろ。」

倭の裔を指揮する妻木範熙が、馬上からそう叫んだ。いまは老いて留守居役となってはいるが、かつては無敵の明智軍の副将として、娘婿の光秀のために、幾多の戦いを指揮してきた男だ。軍の指揮には慣れている。

全身を黒く染めた百人を超える男たちが、鉄砲を構えながら集団の最前列に出た。狩猟で生きるマタギたちだった。

「あのなりはどうしたのだ？」

全員を見渡した直道が、不思議そうに赤名の五助に訊《き》いた。

「神武一族から、鬼と罵《ののし》られてきたわしらじゃ。神武の王宮に攻め入るには、鬼のなりこそが相応しろかうと申してのう…。」

五助が笑顔で答えた。

「そうか。それもよかろう。」

直道が破顔した。

火縄のにおいが城門前に流れ、マタギたちが鉄砲を構えた。その後方で、五百頭ほどの馬に、赤に染まった男と全身紫の男が、前後一組となって飛び乗った。

「火蓋《ひぶた》を切れ。明智得意の三段撃ちじゃ。撃って、撃って、撃ちつづけろ。」

妻木範熙の声に、銃声が鳴り響いた。

「何のつもりだ?!」

まさかの攻撃に、驚きふためいた高山軍の兵は、思わず地に伏した。

「今の鉄砲の音は何じゃ?」

本陣で盃を口にしながら明智兵の投降を待っていた高山父子も、意外な事態に驚き、思わず床几から立ち上がった。

「撃て！　撃て！　撃ち殺せ！」

妻木範熙は軍配を振りつづけた。

火縄銃は、弾丸を籠めてから発射までに十秒ほどかかる。この十秒は長い。騎馬で七十間（約百二十㍍）も進むことが可能な時間だ。弾丸詰めにもたついている間に、騎馬が押し寄せたら、折角《せっかく》の新兵器もお手上げだ。

その欠点を補うために信長と光秀が考案したのが、射手を前後三列に置いた「三段撃ち」だった。鉄砲を撃ちつくした一隊が、弾丸籠めのために後方に下がると、すぐに次の一隊が前に出て弾を放つのだ。この三交代方式だと、敵は鉄砲隊に近寄ることができない。深夜の亀山城下に銃声が響き渡った。

第二段、第三段と、間断なく明智軍の銃声が鳴りつづける。まさかの攻撃に、高山軍はなすすべなく地に身を伏したまま、身動きできないでいる。

そこに、

「往け！」

「走れ！」

突然、その高山軍の背後で雄叫びが起きた。

行者山を下りて草原に潜んでいた千ほどの倭の裔が、直道たちとの合流のために草原を出て、山陰街道めがけて走り出したのだ。

「今度は何ごとだ!?」

たて続けに起きる不測の事態に、高山友照が、また狼狽《ろうばい》の声をあげた。

「山に潜んでいた敵の襲撃です。」

前線から駆け戻ってきた兵が、蒼《あお》ざめた声で告げた。

「山からの襲撃？　山にも兵を潜ませておったのか。」

高山右近が驚きの声を放った。

思いがけぬ大軍。しかも、夜――。高山陣営が浮き足立った。

「こっ、こら、落ち着け！　みな、落ち着くのだ。」

高山右近は大声を上げたが、兵の狼狽はおさまらない。百姓上がりの者が多い高山軍の雑兵たちは、驚き、うろたえ、逃げ腰になって、小人数ごとに固まろうとした。

そんな高山軍の乱れを見透かしたように、妻木範熙がにやりと嗤い、

「往くぞ。一同、わしに続け！」

馬の腹を強く蹴った。

鉄砲隊に援護射撃される中を、五百の騎馬隊は、高山軍の一番手薄そうな場所目がけて一気に進んだ。

「進め！」

妻木範熙の馬の後を、思い思いの染料で全身を染めた千を超える異形の者たちが、怒濤《どとう》のように走った。

「鬼じゃ……！」

高山軍に怯《おび》えが走り、兵たちが脇にどいた。その空隙を、倭の裔たちは走りぬけた。

街道には、山から下りてきた千を超える群集が埋めていた。

「おお。長じゃ！」

倭の裔たちが歓声を上げた。

「みな、よく来てくれたな。礼を言うぞ。」

直道が、手を振って笑顔を見せた。

三千を超える倭の裔が合流した。

「進め！」

倭の裔の足は速い。かれらは、あっという間に高山軍を振り切ると、山陰街道に入った。

京を目指して馬の腹を蹴りながら、倭《わの》直道は、四十年もの昔にはかなく死んだ、細い眉《まゆ》とたわんだ目袋を持った一人の娘のことを、思い出していた。

（とうとう、名前さえ知らぬままじゃった。）

名前も知らずに終わったその娘との邂逅《かいこう》と永訣《えいけつ》が、こんにちの事態を惹起《じゃっき》したかもしれぬ、と直道はひとり思った。

あの秋の夕べ。里者には関わらぬという山の掟を破って、京の山路で行き倒れていた娘を背負って丹波の集落に運んだときから、娘に心惹《ひ》かれた。どこの誰ともわからぬ悪僧の胤《たね》を宿して悲嘆に暮れている娘の、暗い表情を見るにつけ、若い心が痛んだ。

今にして思うと、あれが恋情というものであったのだろう。娘の出産を待つ丹波山中での半年ほどの生活は、若い直道にとっては、胸ときめく半年でもあった。無口な娘も、命の恩人である直道だけには、わずかながらでも心を開き、時々は笑顔を見せて言葉を交わした。

生きてほしい、と思った。生きる気力を取りもどせば、産まれた赤子ともども三瓶《さんべ》の山に連れていって、今を生くる満足を与えてやりたい、と夢想した。赤子の父親が何者であるかなど、直道には、どうでもよかった。

しかし、あまりの悲嘆の重さに耐えかねた娘は、生よりも死を選んだ。なぜあの時、もっと強く励ましの言葉を口にしなかったのか――。娘が死んでから、後悔が生じた。

「生きろ！」

たった一言、そう言えばよかったのだ。

「自分のためにも、気を持ち直して生きてくれ。」

それだけを言えばよかったのだ。

だが、それが、言えなかった。あれは若さだったのか、照れだったのか。取り返しのつかない深い後悔――。

娘は死に、赤子だけが残った。平《ひら》者の親なし子など殺してしまえ、と言う者もいたが、そんなことが、できるわけがなかった。娘の血を引くその子が可愛くてたまらなかった。

その子の将来を考えて、三歳の時に、斎藤道三《どうさん》に頼み、美濃《みの》の明智という豪族夫婦に預けた。

その子の様子を見に美濃まで出かけるときは、父親のような気になって、心が弾んだ。

その子は、元服して、明智十兵衛光秀、と名乗るようになった。文武に秀でた利発な青年だった。

母親に似たたわんだ眼袋を持つ明智十兵衛という青年は、生真面目な男で、倭の血を引いてもおらぬのに、倭の裔よりも熱心に、倭の裔が自由に平《ひら》で生きられる途を考え、そのことのためだけに生きようとした。

「ぬしは自分のことを考えて生くればよいのだぞ。」

そう言うと、

「いや。自分以外の誰かのために生くる生き方がしとうござる。」

光秀は、衒《てら》いなく、そう答えた。光秀にとって「自分以外の誰か」とは、倭の裔を指すことは、直道にも容易に想像できた。

道三が嫡男義龍《ちゃくなんよしたつ》の謀叛によって長良川で戦死して、平における倭の裔の要が不在になると、信長に仕え、その片腕として、倭の裔の明日のために、身を粉にして働きつづけた。

そのことの成就のためだけに生きようとする光秀の不器用な誠実さは、不憫《ふびん》と思いながらも、直道には嬉しかった。

「この男に倭の裔の将来を託してみよう。」

そう決心し、五助のような現状維持派を説き伏せて、強引に、ここまで、光秀と信長を支援してきた。

その光秀が死んだ。無残に死んだ。

（光秀よ。ぬしは親不孝者じゃ。親よりも先に死ぬる息子がいるか――。）

直道は、今はいない光秀を叱った。

今の直道は、紛れもなく、光秀の〈父親〉だった。子は、父の見果てぬ夢を受け継いで生きてゆこうとするものだが、もし、夢を両手いっぱいに抱えた息子が志《こころざし》半ばで斃《たお》れた時には、残された父が、息子の無念まで抱え込まねばならない。

今の直道は、息子光秀の無念を晴らすためだけに、残された生命と時を、そして、倭の裔たちさえをも使おうとしていた。

二

淡い月の光の下、六月一日の夜に光秀軍が京に向かったと同じ経路を、直道たち倭の裔三千人は、懸命に馬兵を走らせている。

羽柴兄弟も、「光秀を討ってしまえば、もう、兵の出払った亀山城など高山・中川軍だけで簡単に落ちる」、と思っているらしく、山陰街道を西上してくる軍勢はなかった。

直道たち騎馬隊のあとにつづく倭の歩兵たちは皆、左手に松明を抱えていた。かれらは汗だくになって走りながらも、集落に入ると、手にした松明を道沿いの家屋に投げつけた。かれらが通り過ぎた後には、家々から濃い煙が立ち上り、いくつもの叫び声が起こった。

山陰街道を進むその赤く長い隊列は、天上から見たなら、きっと、京を目がけてうねる、赤い大蛇のように見えたことだろう。赤い大蛇は、周囲を燃やしながら、駆けつづけた。沓掛《くつかけ》を抜け、もう間もなく桂川だ。桂川を渡れば京の町に入る。

「桂川を越えるまではひたすら急げ！」

先頭を走る妻木範熙が叫んだ。

――直道がひきいる倭の裔軍の到着を待つ桂川のたもとでは、血みどろの戦いがつづいていた。

久世橋を守っているのは、明智の残党だった。五右衛門や正姫《チョンヒ》たち山忍びもここにいる。十三日の山崎の戦さでの敗北で多くの兵が四散していくなか、倭の裔の血を引く者たちは、山忍びから直道の伝達を受け、坂本、あるいは安土から、桂川に結集した。十四日の夕方になって、気を緩めた羽柴勢の隙をついて久世橋を押さえると、寄せてくる羽柴勢の攻撃に、必死で耐えた。

自分たちが敗れ、久世橋を壊されたら、直道軍の京侵攻が不可能になる。その義務感だけで、かれらはふんばっていた。

「もうすぐ、亀山から直道さまがやってまいる。ここを取られたら直道さまたちが京に攻め入ることができなくなる。なんとしてもこの橋を死守せよ。」

妻木範熙の次男の正之が、声を嗄《か》らして兵たちを鼓舞した。

山崎の戦さで死にそこねた妻木正之は、父範熙のいる亀山城に向かう山道で五右衛門と出逢い、桂川の指揮を頼まれたのだった。

明智の残党は、近隣の家屋を壊し、その材をあつめ、久世橋周辺に二重三重に散らして柵としていた。橋につづく道が一ヶ所だけ、直道たちが京に抜けられるように空けてある。そこに、羽柴方の兵が執拗《しつよう》に攻撃を仕かけてくる。

「直道さまたちはまだか？」

妻木正之が、焦《こ》がれた表情で五右衛門に訊いた。

「あと半刻ほどには…。」

五右衛門がつらそうに答えた。

「半刻か…。」

正之が、眉をひそめ、不安げにつぶやいた。

かれらの兵力は、もう限界に近い。ここまで持ちこたえているのも、この小さな戦さに倭の裔の意気地がかかっていることを知っている者たちなればこそだ。並の兵なら、とっくの昔に壊滅している。そのかれらにしても、果たしてあと半刻を持ち堪えることができるかどうか、はなはだ心もとないというのが実情だ。

久世橋一帯で羽柴方の指揮を取っているのは、羽柴小一郎から、「抵抗する明智の残党は皆殺しにしろ。」と厳命を受けている、秀吉の義弟浅野長吉（後の長政）だった。

長吉の妻は秀吉の妻であるねねの義妹だ。山崎の戦さの勝利の報を受けて、京の治安維持のために、留守を預かっていた姫路城から出向いてきた。

信長の死を機に備中から駆け戻った小一郎は、「弥兵衛よ」、と昔の名で呼び、「これがぬしが大名になれる一度きりの機会だぞ」、そう囁《ささや》いた。

それが真実ならば、氏素性の分からぬ者たちで構成されている羽柴の武者団は、下克上の勝者となれる。長吉は必死だった。戦さ下手の浅野軍には珍しく、銃弾の嵐の中を押した。自軍の兵の大量死をなんとも思っていない強引な攻めだった。それだけでも、浅野軍の必死さがよくわかる。

「それにしても、山崎の戦さで大敗したにもかかわらず、なぜ明智の残党は、このちっぽけな橋に、これほどに執着するのであろうか。どうしても解せぬ。」

　長吉は首をかしげ、

「これくらいの兵などものの数ではないが、とりあえず、今の状況を京におられる小一郎殿に早馬で知らせておけ。」

　家来にそう命じ、山崎でくつろいでいる秀吉の代わりに京で指揮を執っている小一郎のもとへ駈けさせた。

　その浅野軍の攻撃を、明智の残党は必死でしのいでいる。

　しかし、最前列の兵は、浅野軍の執拗な攻撃に、一人、二人と倒れていく。指揮をとる妻木正之の顔が、焦燥で曇りはじめた。

「この橋だけは何としても守らなくてはならぬが、もう鉄砲の弾が残り少ない。弾が切れたら、とても持ちこたえられぬ。」

　正之は苦しそうに言った。

「そうだな。」

　それは、そばで見ている五右衛門にも瞭然《りょうぜん》だった。あと一刻戦いを続ければ、まちがいなく、久世橋の明智残党は壊滅する。

　また敵陣から突貫の声が響いた。浅野軍が大挙して向かってきた。

「撃て！　撃ち殺せ！」

　正之が叫び、いっせいに銃声が鳴り、浅野の軍兵が倒れていく。しかし、その死をものともせず、次の兵が向かってくる。

むごたらしい戦いが、延々とつづいていた。

それでも、桂川の明智軍は何とか持ちこたえた。

かれらが持ちこたえられたのは、討って出ることをせず、ひたすら、鉄砲による守備に徹したためだった。久世橋の周辺にへばりつきながら、橋の破壊を防いだ。

「おっ。蹄《ひづめ》の音が聴こえる。おじじだ。」

地面に耳を当てていた五右衛門が、顔を上げると、ほっとした声で正之に告げた。

「そうか、着いたか。」

正之も安堵の表情になった。

五右衛門と正之が息を呑《の》んで後方の闇を見つめていると、まもなく、五右衛門の言葉どおり、久世橋に異形の集団が到着した。

橋のたもとに馬を停めた直道と妻木範煕に、正之と五右衛門が駆け寄った。直道は、兵をねぎらうこともせず、馬上から、「橋は無事か?」とだけ訊いた。五右衛門が無言で頷いた。

「しばらく皆が到着するのを待ちましょう。」

妻木範煕が言った。

「そうだな。」

二人は、馬から下りることなく、後続の兵馬の到着を待った。

「おじじ。俺も往かせてくれ。」

五右衛門が叫んだ。

「ならぬ。」

直道は冷たく拒絶した。

「五右衛門。お前は残るのじゃ。わしと光秀がいなくなれば、これからはお前が倭を名乗る長じゃ。わしには全うすることができなかったが、倭の裔の長として、皆の後々を見るのだ。それに、お前には、お前にしかできぬ務めが残っておる。

喜六から聞いたところによると、あの秀満という男が、まだ安土城に生きておるそうではないか。あれは頼り甲斐のある男じゃ。お前たちは今から安土城に向かい、あの男を山に落ち延びさせよ。」

「秀満殿を。」

五右衛門も、彼なりに思い当たることがあるとみえて、直道の言葉に素直にうなずいた。

――それから四半刻ほどの間に、高山軍の追撃を振りきった後続部隊が、次々と桂川にたどりつき、その数は千を超えた。

「これくらいの数なら、もうよろしかろう。これ以上ここに留まって浅野軍に気づかれると面倒でござる。

それに、橋を守っておる兵たちも、もう限界の様子――。」

妻木範煕が直道に進言した。

「ふむ。」

直道は、つかの間、後方にそびえる夜の山脈を見つめ、それから橋の向こうに視線を移した。

この橋を渡ったら再び生きて帰ることはない。

「そうだな。往くか。」

直道が微笑んだ。

「おじじさま。往くのか…。」

正姫が哀しげに呟《つぶや》いた。

その正姫に、直道は無言の笑みを返し、

「五右衛門。羽柴の血は、根絶やしにせよ。

羽柴の一族を許すな。やつらはいにしえの物部《もののべ》や大伴と同じだ。許しがたい裏切り者だ。わしらの祖が、山に潜みながらも物部や大伴の血を根絶やしにしたように、お前は羽柴の血を根絶やしにせよ。光秀とわしの怨みを晴らせ。それが、倭の大王の血を引く長たるお前の務めだ。」

そう言った。

直道の言葉に、

「必ず！」

間髪入れず、五右衛門は応じた。

直道はつづけた。

「そのためには、徳川を後押ししろ。信長にくらべると一回りも二回りも小粒な男と思えるが、光秀も信長も死んだ今となっては、羽柴を潰《つぶ》すには、やつを後押ししてやるしか方途がない。やつに力を与えるのだ。ひと時でよいから、鉱山《かなやま》掘りの藤十郎一族を徳川に貸してやれ。徳川のために、まだ人に知られておらぬ日本中の金山銀山を掘らせて、徳川を羽柴を凌《しの》ぐ大名にしてやれ。

頼むぞ。長殿。」

直道は、眼を細めて孫に微笑んだ。

「おじじ…。」

直道から、「長」と呼ばれて、五右衛門は唇を強く結んだ。

その光景を、妻木範熙が感慨深そうに見、

「正之。援護せよ。」

息子に命じた。

直道の平《ひら》における代理人として四十年を生きてきた彼も、死を覚悟している。

「はい。」

正之は駆け足で橋を渡ると、鉄砲隊に声をかけた。

「ありったけの鉄砲を撃て。直道さまの走る道を作れ。

それでわしらの役目は終わりだ。撃ち尽くしたら、みな、妙高山に逃げろ。無駄に生命を落とすことはするな。」

正之の声に応じて、傷だらけの兵が、最後の力を振り絞って、鉄砲を構えた。

「撃て！」

一斉に銃声が響いた。ひるんだ浅野軍が、地に伏した。

「わしに続け！」

直道が叫び、馬の腹を蹴った。千の馬兵が後につづいた。

「何ごとだ？」

橋の向こうから突如として現れた軍団に、浅野の兵はたじろいだ。

旗印を持たない正体不明の一団だ。しかも、突進してくる誰もが、全身を赤や黒や紫の染料で塗りたくっている。それは異形としか言いようがなかった。

「何だ、あれは鬼か!?」

亀山の高山軍がそうであったように、浅野の兵もまたひるみ、動きが止まった。その間隙を縫って、千の騎馬が駈けすぎていく。

「撃て！　弾のある限り撃ち続けろ。やつらに後を追わせるな。」

橋の畔《ほとり》で、正之が叫んだ。再び銃声が響き、浅野の軍は地に伏せつづけた。

しかし。さすがに、これまで幾多の戦さを経験してきた浅野長吉は、すぐに正気に戻った。

「えーい。何をおびえておるのだ。

鬼でなどあるものか。やつらは京に向かう気じゃ。追え！　絶対にやつらを京の町に入れるな。」

軍配を振り上げて、そう怒鳴った。

気をとり直した浅野軍が、あわてて鉄砲を構えた。眼の前を、倭の裔の騎馬が、列をなして駆けすぎる。

「撃て！　撃て！」

今度は浅野の将が叫んだ。浅野の陣営から銃声が鳴り響いた。

「うっ。」

中ほどを駈けていた赤名の五助の躰《からだ》が、宙に浮き、音を立てて地に落ちた。

内裏《だいり》は安堵の中で寝静まっている。

本能寺の異変以来、朝廷でも不安の日々がつづいたが、山崎の合戦で、とりあえずの武家間の争いに決着がつき、天下の趨勢《すうせい》は決まった。この二日間、公家の世界にも久しぶりの平安が戻っていた

ところが、

「一大事じゃ。一大事でごじゃるぞ。」

近衛前久《このえさきひさ》が、勧修寺晴豊《かじゅうじはるとよ》とともに蒼白な顔で駆けこんできて、御常御殿《おつね》で就寝中の正親町《おおぎまち》天皇に謁見を願い出た。

近衛前久は、信長の後押しでこの二月に太政大臣に就任していたが、廃朝準備のために一切の官位を辞退した信長に太政大臣の座を譲ろうと、五月に辞任したところに本能寺の異変が勃発《ぼっ ぱつ》し、身の処し方に窮し、細川藤孝同様に出家したばかりだった。

「何ごとか？」

「一大事でごじゃりまする。丹波亀山城に立て籠もっていた明智の残党数千騎が、京に向かって馬を走らせているとの知らせが…、」

丹後宮津の長岡藤孝あらため細川幽斎の京屋敷からもたらされた情報を、前久は早口で伝えた。

「明智の残党がこの京に？」

同席していた公家たちの間から、驚きの声が上がった。

「いったい、何のために？」

公家たちはすでに、明智の軍が大和朝廷に怨みを持つ倭の裔たちで構成されていることを知っている。

「まさか、ここに向かっているのではあるまいな。」

正親町天皇が前久にたずねた。

「そのおそれもあろうかと…。」

前久が、額の汗をぬぐいながら言葉を濁《にご》した。

「それは何としたこと！」

一同が浮き足立った。

明智の残党の攻撃から逃れるといっても、朝廷が武から離れて千年も経つ。かれらには、自らの力でこの事態に処する方途が思い浮かばない。頼りとなるのやはり武士であるが、この現状では、誰に頼ればよいのか、判断がつかない。

「藤孝殿が京都にあらっしゃれば…。」

甘露寺経元《かんろじつねもと》が、丹後で信長の喪に服しているはずの細川幽斎藤孝の名を口にした。しかし、ほかの誰も、押し黙るばかりで何の返答も返さない。

「……。」

「……。」

重い沈黙がつづいた。

「羽柴筑前守は今いずこにおるのか。」

簾《みす》の中から、心細げな声がした。

「まだ連絡が取れませせぬ。」

「そうか…。」

ため息が落ちた。

「どこぞに身を隠すと申しても、何処《いずこ》に向かえば安全なのやら…。」

前久が呟きかけたその時、廊下を走る足音が近づいてきた。

伝奏の者が駆けこんできた。

「主上。ただいま、羽柴筑前守殿の名代として、弟御の羽柴小一郎殿が御意を得たいとまかりこしました。」

「おお、羽柴殿がまいられたか。すぐに麿《まろ》がゆく。」

前久がうれしそうに腰を上げた。

「それが…。」

伝奏役がモジモジしている。

「どうしたのじゃ。」

その時、伝奏役の背後で低い声がした。

「いや。このような危急の折じゃ。時が惜しゅうござる。面倒くさい手順はお構いめさるな。」

夜盗《やとう》上がりの三白眼《さんぱくがん》の男が、いまだかって高位の公卿以外に入ったことのない帝《みかど》の部屋に、無遠慮に入ってきた。


桂川の囲みを破られた浅野軍は、騒然となっていた。

明智の騎馬隊は走り去り、倭の斎を援護していた鉄砲隊も兵もすでに久世橋から引き上げて、姿が見えない。

「これでは筑前守さまに申し開きができぬ。追え！　追いかけて、何としてでもやつらが京に入るのを食い止めるのだ。」

浅野長吉は叫んだ。その言葉に、浅野の将たちは馬に飛び乗ると、倭の斎たちのあとを追おうとした。

しかし、その背後、久世橋の向こうから、大声が聞こえてきた。

直道たちの後を遅れて久世橋を渡ろうとする倭の斎たちだった。神武一族への憎悪で全身を燃やした千人を超える歩兵軍が、殺到している。

「まだ来る。あやつらも仲間じゃ。やつらを京に行かせるな。」

浅野長吉が蒼白な顔で怒鳴った。直道軍を追おうとしていた将兵たちが、あわてて久世橋に向きを変えた。

倭の裔たちが、橋を駈けて来る。

「撃て！

一人も橋を通すな。皆殺しにしろ。」

浅野軍の銃声が響いた。久世橋の中央で、倭の裔が次々と斃れた。

三

直道も妻木範煕も、執念だけで京の町を駈けている。

かつて、自分たちの出雲の地がそうされたように、神武王宮を焼き払い、神武の王の血を引く者たちを一人でも多く殺すという、その執念だけで、肉体を馬上に貼りつけていた。

「もうすぐだ。もうすぐに神武の王宮に着く。

火矢を構えよ。ところかまわず、火矢を放て。京の町を焼け野原にするのだ。」

京の地理に詳しい妻木範煕が、かすれ声で叫んだ。

馬上の男たちが、必死の形相で弓を構え、京の家々に火を放った。淡い月の光の下を、赤い流星のような火矢が、無数に走った。しかし、人々の避難した家々からは、声もない。

「燃やせ！　京を、神武一族を、灰にしろ！　滅びよ！　まやかしの国など滅びてしまえ。」

直道が、顔を引きつらせて、狂ったような甲高《かんだか》い声で叫んだ。

「神武の一族を根絶やしにしろ！　倭とはわしらの創った国じゃ。神武のものではない。直道さまこそが倭の王。今こそ思い知らせてくれる！」

妻木範熙が叫んだ。

彼の眼も、あとにつづく倭の裔たちの眼も、憤怒と憎悪で血走っている。

かれらはまさしく、この国において異端の集団であった。

この国で生き永らえるためには、民は健忘症でなくてはならない。

志も、憎しみも、哀しみも、時の移ろいと共に風化させていくことのできる者だけが、神武ヤマトの民たる資格を持ちうる。怨念を千年も持続するなどという狂気の志を持つ者は、この国の民ではない。

その意味において、かれら倭の裔たちは、未来永劫、この国とは相容れることのない、真正の異端者たちだった。

――とうとう、直道たちは、御所の正門である建礼《けんれい》門の前にたどり着いた。

「ここか。」

馬を止め、直道は、感慨深そうに門を見つめた。

(光秀よ。ぬしや信長は平《ひら》に染まりすぎておった。

手間隙をかけず、初めからこうすればよかったのだ。)

直道は、光秀の幻に語りかけた。

後続の騎馬がつぎつぎと到着してきて、千の倭の裔が、御所の四方を囲んだ。

深夜の内裏周辺は静寂に包まれていた。意気地のない公家どもだ、きっとわしらの突然の襲撃に震えていることだろう、と直道は想像し、かれらの臆病を嗤った。

「誰ぞ、塀を乗り越えて、門を開けよ。」

直道が命じた。

数人が建礼門の築地塀をすばやく乗り越えて、内側から門を開けた。警護の兵の姿はない。次にある承明門の奥には、神武の大王の寝所があるという。

直道たちは承明門の前に進んだ。

「火矢を構えよ。」

ふたたび直道が命じた。

御所を取り巻いた数百の倭の裔が、つぎつぎと火矢を構えた。

数人の倭の裔が、小走りに承明門に向かいかけたその時、承明門の扉が、ぎーっ、と重い音を立てて、内側に開いた。

「――――!」

直道たちは門の奥を見つめて、言葉を失った。

南庭には、紫宸殿《ししん》を背にして、羽柴の鉄砲隊数百人が、銃口をこちらに向けて身構えていた。その後ろに、三白眼の男が薄笑いを浮かべている。

「来たか。」

羽柴小一郎が、頬を歪めながら呟いた。

「たかだか千や二千の兵で、この京の町を焼き滅ぼせると、本気で信じておるのか？もしそうだとしたら、山人《やま》族などという輩《やから》は、世間知らずの田舎者よのう。」

火縄の臭いが、庭内に充満している。

「はかったな…。」

直道がうめいた。

「馬鹿め。」

倭の裔たちの狼狽ぶりを見て、

「信長がいなくなった今、帝はわれらの大切な御輿《みこし》じゃ。朝廷など、阿呆《あほう》の集まりだが、阿呆は阿呆なりに使いようがある。やつらには、これからわしら兄弟のために働いてもらわねばならぬ。ぬしらごときに討たせるわけにはゆかぬのよ。」

そううそぶくと、小一郎は哄笑《こうしょう》した。

「くそっ！」

門の入口を振り返った妻木範熙が、眉をつり上げて口惜しがった。

狭い南庭に閉じ込められてしまっては、馬を回して逃げることもできない。

「火矢を放て！」

直道が叫んだ。

「撃て！」

小一郎が叫んだ。

同時に声がして、銃声が南庭に響き渡り、御所の外からは、御所めがけて数百の火矢が飛んだ。

「危ない！」

直道をかばうように直道の前に馬を進めた妻木範熙の躰と馬を、いくつもの銃弾が貫いた。妻木範熙は突き飛ばされたように馬から落ちた。南庭にいた倭の裔は、あっという間に半分ほどが鉄砲に倒れ、直道も、流れ弾で肩から血をしたたらせた。

しかし、倭の裔たちの火矢も、的確に放たれていた。御所の柱や板にも、幾百の矢が突き刺さり、赫く光った。放っておけば、そのうちに、御所は火に包まれる。

だが、小一郎は、そんなことは一向に気にならぬ顔で、直道を見つめて言った。

「じじい。どうやら、ぬしが山の連中の頭のようだな。

ぬしらは阿呆よ。これまで山の世界で自由気ままに生きてきたものを、何故《なぜ》、信長や光秀のような、民の自由を縛ろうとする連中と組んでまで、里に下りようとしたのか、わしには、ぬしらの気が知れぬ。

なぜ、山で気ままに生きつづけなかったのだ。ぬしらも、やっぱり、生くる意味などというつまらぬ価値が欲しかったのか。」

「ふん。小僧が何を。」

直道が鼻先で嗤った。

「ぬしのような戯《たわ》けに、わしら山の者の心はわからぬ。光秀や信長が、ぬしらのような戯《たわ》けどもに謀られて命を落としたのかと思うと、二人が哀れでならぬわ。

羽柴の小僧。きっとぬしは死ぬまでわからぬだろうから、わしが教えてやる。

光秀や信長には、人の世を懸命に生きる者だけが放つひたむきと哀切の匂いがあった。それがわしらを惹きつけたから、わしらは信長と光秀に賭けたのよ。だが、ぬしらの生き様にはそれがない。雲泥の差だ。そんな者たちに、誰が肩入れしようか。」

「ふふっ、戯けか。わしに向かって戯けとほざいたのは、ぬしくらいのもよ。なかなか肝《きも》が据《す》わっておるわ。

のう、じじい。ぬしは役に立ちそうじゃ。殺すにはいささか惜しい。ぬしらの銀山のありかを教えれば、命は助けてやってもよいぞ。」

小一郎が言った。

「ぬしこそ阿呆よ。そんな言葉に騙《だま》される者など、山にはおらぬ。」

直道が答えた、「ぬしや長岡藤孝が、しろがね欲しさに、汚らしい謀で信長と光秀をたばかったことなど、わしらは先刻承知だ。」

「ほう。」

小一郎が、わずかに顔色を変えた。

「そうか。それほどの馬鹿ではなかったのだな。

そこまで知られているとなると、生きて返すわけにはゆかぬな。もう、しろがねなど、どうでもよい。」

そう言うと、鉄砲隊を振り返り、

「あのじじいを狙え。」

直道に的を絞らせた。

直道が身構えた。

「撃て！」

再び轟音がした。

直道の額に、胸に、腹に、銃弾が襲いかかった。一言の言葉を発する間もなく、直道の躰はふっ飛んだ。

「こやつら、一人残らず生きて山に帰すな。皆殺しにしろ。」

小一郎の言葉に、銃声が鳴りつづけた。声もなく倭の裔たちが倒れていった。

一方では、直道の死を知らぬ御所の外から、赫い矢が間断なく降り注いでくる。焦《こ》げ臭いにおいがし、御所が煙をあげはじめた。奥の方で、悲鳴に似た声がいくつも上がった。

しかし、小一郎はそんなことに動じることなく、

「御所など、放っておけ。こんなものは、建て替えれば、すぐに元に戻る。焼きたいだけ焼か

せてやれ。

それよりも、こやつらを一人も生きて帰すな。」

そう叫んだ。

夜の洛中にほら貝が鳴った。それを合図に、洛中の家蔭に待機していた羽柴軍が、一斉に、御所めがけて駆け出した。

「じじい。」

小一郎は、血だらけになった直道の屍体を蹴飛ばしてうそぶいた。

「ぬしらは、本当に阿呆よ。朝廷など何ほどのものか。わしらがその気になれば、御所を攻め落とすなど、このとおり、簡単なものよ。こんな下らぬものに千年もこだわり続けたぬしらの気が知れぬ。」

「羽柴殿…。」

戦いの間中御所の奥に身をひそめていた近衛前久が、様子を見てくるようにとの帝の命を受け、身を震わせながら紫宸殿の階《きざはし》までやってきて、小一郎に声をかけた。

小一郎は前久に振り返った。

「のう、近衛殿。よいかな。山人族などという、異族の血を引く者など、この世におらなかった。ましてや、その者どもが京の都に押しかけて御所を焼いたなど、そんなことはなかった。

おわかりじゃな？　そんなことなど、何一つなかった。ありはしなかった。この国のどのような書にも、そんな不浄な話は、噂話《うわさ》としても書き残されてはならぬ。たとえおぬしの日記の類にもじゃ。ぬしなら、そんなことは言わなくともわかると思っておるがのう。」

小一郎は暗い笑みを浮かべながら、前久を見つめ、言葉をつづけた。「おぬしが、光秀と殊《こと》のほか懇意《こんい》にしておったことは、この京でも知らぬ者がない。ずい分とあやつの世話になったであろう？　息子も関白にして、親子二代で関白職を取ったしのう。それに、噂では、光秀の兵は、おぬしの屋敷から本能寺めがけて鉄砲を撃ったというではないか。

本来なら、ここでこやつらと一緒に葬り去っても、誰も不思議に思わぬはずじゃ。」

前久の屋敷は信長の殺された本能寺と隣接している。言いがかりをつけようと思えばたやすいことだ。

「羽柴殿…。」

いまにも自分を殺しかねない小一郎の暗く残忍な視線に、前久は思わず後退りした。

小一郎が唇を歪めて嗤った。

「だが、それでは、おぬしも名門近衛家の当主として立つ瀬がなかろう。この度は命だけは助けてやる。その代わり、これからはわしら兄弟のために尽くせ。信長や光秀の時代は終わった。これからはわしら羽柴の時代じゃ。わしら兄弟に尽くせば、またおぬしにも良いことがある。ただ、尽くし足りぬと思った時は、容赦なくその命をもらうぞ。近衛であろうが、朝廷であろうが、わしは一つも恐ろしくない。

これは、ただの脅しではない。わしは、嘘はつかぬ男だ。やると言ったことは、必ずやってみせる。わかったか？」

近衛前久は、両手を顎《あご》のあたりに置いて、ガタガタと身を震わせながら、怯えきった表情で、大きく何度もうなずいた。

やがて、洛中から人の争う声が絶え、この国最後の反逆者集団が、滅びた。

四

直道たちの京都襲撃から二ヶ月が過ぎた。

中国山地を尾根伝いに西に向かい、そこから川沿いにすべるようにして北に下りると、空滝のように窪《くぼ》んだ土地に小さな集落がある。倭五右衛門と妻木正之が、そのうちの一軒の縁側に腰掛け、人を迎えている。今日訪れたのは、若い男女だ。

「どこから来た？」

五右衛門が問うた。

「美濃から。」

「夫婦か。」

「はい。」

「そうか。遠いところをよく来たな。飯の仕度がしてあるし、奥には出湯もある。長旅で疲れただろう。湯になどつかって寛《くつろ》ぐがいい。」

「ありがとうござりまする。」

若い二人連れはうれしそうに頭を下げると、手をつなぎ合い、示された出湯に向かった。

この二人のように、ここ一ヶ月ほどの間に、その集落に、一人、二人と、山の男女が、わずかな荷を背負って入ってきた。今日でその数は三百人近くにもなる。

直道という強烈な指導者を失い、千年の夢が頓挫《とんざ》した倭の裔たちは、重大な決意を余儀なくされた。秀吉たちに世の埒外《らちがい》を生きる自分たちの存在を知られ、銀山の存在を知られた以上、ただでは済まなくなるのは、眼に見えていた。協議が重ねられ、その結論が、新しい長である倭五右衛門の名によって、各地に伝えられた。

倭の裔は二通りの生き方を選んだ。

迫害されてもっと山深く逃げこむことになっても、この国で生涯を終えたい、と思う者たちは、石見の銀山を捨てて山脈を東に、その目的地は下野《しもつけ》の二荒山であったが、そこに向かうことになり、異国に渡って新しい楽土を創ろうと夢見る者たちは、美保屋宗兵衛に従うこととなった。

当然のことながら、東に向かう者は老人が多く、宗兵衛に従うと名乗り出た者たちは、青壮年が多かった。

「あと三日か…。」

五右衛門はつぶやいた。

まもなく、琉球に停泊していた南蛮船が迎えに来る。今頃は九州の沖をこちらに向かっているはずだ。

本能寺の異変の直後、光秀は、南蛮船引き換えの割符を五右衛門に渡した。美保屋の手の者がそれを持って琉球に飛んだ。いま、この集落に集ってきているのは、美保屋宗兵衛に従って海を渡ろう、と決めた者たちだった。子連れの若い夫婦もあった。明智の家臣団であった者もいる。

「よい湯であったぞ。そなたたちもどうじゃ。」

野良着に丸坊主という奇妙な風体の男が、坂道を降りて縁側に近づきながら、二人に声をかけた。

明智秀満だった。彼は坂本城で光秀の家族の自害を見届け、自らも自刃しようとしたのを、追いかけてきた五右衛門に、

「生くるも死ぬるも同じことでござる。この後を眺めるも、死に損なった俺たちの務めでありましょう。」

そう止められて、山忍びたちと共に山に入った。そして、海を渡る美保屋宗兵衛の助《す》けを引き受けた。しかも、何を思ったのか、髪を剃《そ》った。

「なかなかお似合いですな。」

正之が、まだ青光りしている頭を指差した。

「そうからかうな。」

秀満は、照れくさそうに自分の頭をなでた。

光秀の娘である秀満の妻倫子《みちこ》は、夫のいない福知山城で、羽柴軍に囲まれ自刃して果てた。その供養のつもりで頭を丸めたのだが、仏を嫌う宗兵衛たち倭の裔たちには、そのことを言いかねた。


——夜になった。

まだ夏であるから、戸外に寝ても苦にならない。倭の裔の青年たちは、あてがわれた筵《むしろ》を草の上に広げると、身を横たえた。

「雲のないきれいな夜空じゃのう。」

誰かが言った。

「ああ、本当に美しい月じゃ。」

こうしてこの国でくつろぐのも間もなく終わるのだ、という思いがあったから、かれらの眼に映る夜空は、ことさらに愛しい光景のように思えたし、虫の羽音も、子守唄のように聴こえた。

「だけど、山から見ると、もっときれいだけどねえ。」

女が、ぽつりとそう呟いた。

「そうだな。山から見る夜の空は、本当に美しかった。」

その言葉に触発されたかのように、誰かが低い声で詠いはじめた。

「山に花咲け
平《ひら》に怨降れ……、」

山中御詠歌だった。
いにしえの時代に祖が追われて入った奥深い山ではあったが、その山脈《やまなみ》は、そこで生まれ育った彼や彼女たちにとっては、紛れもなく故郷そのものだった。
茜の空、吹雪の森、雪解け時の草木、沐浴の滝……。平の人間たちの知りようもない自然の中に、彼や彼女たちのささやかな生の証しは刻まれてきた。
しかし、一族の命運を賭けた最後の戦いに敗れ、故郷と呼ぶべき山脈さえも追われ、もう二度と再び戻ることはない。つまり、彼や彼女たちは、それまでの生の刻みを永久に失ったのだ。
感傷が、彼や彼女たちを包んだ。
「渓谷《たに》に水湧け
平に憎満ちよ
怨こそ証し
憎こそ証し
雨を溜めては河と成せ
河は溢れて平覆え
怨を矯《た》めては仇を為せ
山咲く花で平覆え」
三百の倭の裔たちの、無念と、愛惜の、低い声が、闇に震え、夜風に流れ、そして、地に落ちて滲《し》みた。

四日目の早朝、集落に潜んでいた三百人の倭の裔は、五右衛門の合図で、滑るようにして海辺へと駆け下りた。

石見国都野《ゆの》都の沖に、大船が停泊していた。

「なんと大きい船じゃ！」

感嘆の声が上がった。

三百人が乗れる南蛮船だ。今朝の海を見た里人たちはきっと、何ごとか、と驚いているに違いない。ただ、光秀が死んだ今となっては、描かれた水色桔梗《ききょう》の紋が痛々しい。

かれらが下りついた黒い岩に囲まれた小さな湾には、磯の香が充満していた。里者とおぼしき人影はなく、数十艘の小船が、かれらの乗船を待っていた。直道が蓄えてきた銀の大半は、渡海組のために、山忍びによって、すでに大船に積みこまれている。

「さて、往くか。」

明智秀満は山脈を背にすると、先頭を切って小船に乗り移った。三百の倭の裔が、後につづいた。

——大船は碇を上げると、桔梗の紋の入った帆を膨《ふく》らませ、西に向かって走りはじめた。

夏の潮の香が船を包む。

遠ざかっていく風景を、船に乗りこんだ多くの人々が、それでも名残惜しそうに見つめていた。港に向かって手を振りつづける者もいる。

空は雲もなく、青く澄んでいた。東方には、まだ熱くない太陽が見える。

「チェジュ（斉州）島には、雪が降るのかい？」

潮風に髪を撫《な》でられながら、本能寺の異変の後は憂《う》い顔しか見せずにきた正姫が、かたわらの父美保屋宗兵衛にたずねた。

慕っていた光秀の無念を晴らしたい一心の正姫は、

「私も日本に残る。」

そう主張したが、

「駄目だ。お前は宗兵衛殿と往け。」

当分の間は苦難がつづくと読んだ五右衛門は、無理やり、正姫を大船に乗せた。

チェジュ（斉州）島は、次の寄港地だ。美保屋宗兵衛の商船が数隻、すでにそこに入っていて、かれらを迎える準備をしている。とりあえずはそこで長い船旅の疲れを癒し、そこに留まるのか、もっと南に向かうのかは、その時になって決めればいい、ということになった。

「暖かい島で、雪は一年中降ることがないらしいぞ。」

宗兵衛は、両腕を伸ばして潮風を吸いこみながら、娘に答えた。

「それでは、雪解けの曲がり筍《たけ》も食べられぬのか。つまらぬ。」

不足そうに、正姫は口をとがらせた。

そんな会話のかたわらで、明智秀満は船の進む方角を凝視していた。死んだ光秀や、一度会ったただけの倭直道の顔が、浮かんできた。

水平線のかなたに、光秀の幻が、目袋をたわませて人懐っこくほほえんでいる。

「人は血によってのみ繋《つな》がるのではない。人と人とを結ぶのは志じゃ。わしと直道さまは、そうであった。」

あの秋の夜、光秀が言った言葉がよみがえってきた。わずか一年前のことなのに、ずいぶん昔のことのように思えてならない。

（あの夜の光秀の殿は、実に嬉しそうであった。）

秀満は、光秀を恋しく想った。

正姫が寄ってきて、秀満の背中に声をかけた。

「何を見ているの？」

「……。」

秀満は振り返って何ごとかを言ったが、その声は、潮風にかき消されて、正姫の耳には届かなかった。

三瓶の奥山は、紅蓮《ぐれん》の火焔に包まれていた。

夏の太陽よりも赫い炎が、大空めがけて噴き上げている。家々が炎の中で崩れ、集落を囲んでいた樹々が、横倒しに倒れていく。

山の頂《いただき》から、五十人ほどの男女が、感慨深そうに、その光景を見つめている。

「とうとう、われらだけになりもうしたな。」

五右衛門が、重く暗い声で、隣の妻木正之に言った。

三瓶の倭の裔は数日前に北に向かった。この国を棄てようと決意した三百の民は、美保屋宗兵衛の先導で、かれらの遠いいにしえの祖国である海の向こうの半島へと旅立った。

それらとも異なった生き方を選んだ五右衛門の元には、山忍びとして鍛錬してきた五十人ほどの男女が残り、今しがた、以後一切が人目に触れぬように、しろがね山の坑道を爆破し、懐かしい三瓶の集落に火を放ったところだ。

五右衛門は、炎の中に崩れ落ちていく集落の無慚《むざん》な光景を、愛惜の表情で見つめつづけている。粗末な段々畑、澄んだ小川、黒光りした館の柱、それらが今、みな失せてゆく――。

(俺たち倭の者は、こうやって、いつも神武から追われるのか。)

口惜しさが全身を包んだ。

この数十年間、倭の裔たちは夢を見つづけた。

神武王朝殲滅《せんめつ》――。

新国家建設――。

それは、夢想に近い果てしない夢だったが、それだけに、走り出した倭の裔たちの心は燃えあがった。

誰よりも、若い五右衛門の心が燃えた。五右衛門は、同じ世代の若者を引き連れて、直道に賭け、光秀に賭け、信長に賭け、そして敗れた。その敗北は、五右衛門のこれからを決定した。

直道の死んだいま、二十六歳の倭《わの》五右衛門は、この集落でだけでなく、西国の山脈全域に住む倭の裔を束ねる長だ。長である彼は、斃れた倭の裔たちの無念を自分の無念として抱きかかえて生きることを、自分に課した。

(酷《むご》たらしい謀によって潰された夢。この口惜しさを、誰がわかる。

おじじや光秀の殿の怨みは、必ずこの俺が晴らして見せる。待っていろ。羽柴兄弟!)

五右衛門は、あの夜から、心のうちで叫びつづけてきた。

「お互い、親に言いつかった務めが残っておるゆえな。それを果たさぬうちはこの国を出るわけにはゆかぬ。」

正之も、瞳を曇らせながら、そう答えた。

「俺は、あの羽柴の兄弟は、『逃《のが》れ』の裔《すえ》のような気がしてならぬ。」

五右衛門が言った。

「逃れ? 羽柴兄弟がか?」

「逃れ」とは、千年の間に、山の生活を嫌って平《ひら》に逃げた者たちのことという。倭の裔から見れば裏切り者だ。

「ああ。確たる証しはないけれど、小一郎という弟のやり方を見ていると、そんな気がしてならぬのですよ。」

「それなら、なおさらに許しがたい。」

正之が、憮然とした表情になった。

「さよう。必ず根絶やしにしてみせる。」

五右衛門が断言した。

五右衛門も正之も、直道が最後に五右衛門に命じた、「羽柴一族の血を根絶やしにせよ。」という言葉を、直道からの自分たちに対する遺言だ、と受け取っている。

「しばらくは京に潜みまするか？　じきに徳川家康に繋ぎを取りますから、その気がござれば、三河あたりに身を潜めてもよろしゅうございますぞ。」

五右衛門が訊いた。

羽柴兄弟に対する憎悪は、溢れんばかりにあるが、これからの復讐劇をどう組み立てていいのか、今のところ、その手立てが浮かばない。とりあえず、直道の遺命に従って、鉱山《かなやま》掘りの藤十郎一族を徳川に提供しよう、と決めている。

「いや。羽柴の力が強くなればなるほど明智の残党に対する監視の目は厳しくなるやも知れぬが、潜むならば、やはり京であろう。」

と正之は答え、

「ただ、落ち着いたら、羽柴小一郎の後を追っていきたいのう。そなたの話を聞くにつけ、この度の謀の首謀者はあの男だという気がしてならぬ。」

「たしかに。」

五右衛門がうなずいた。

「では、それまでに、俺も、自分の用を済ませてきます。」

五

天正十年九月の終わり。憂い顔の若い女が一人、縁側に腰を下ろし、西方の山脈《やまなみ》を眺めていた。陽が落ちるにはまだ間があって、澄み切った青空では、はかなげな薄い雲が風に流されている。

丹後半島、味土野《みどの》（現京丹後市弥栄町）の里の粗末な一軒家だ。近隣には人家はない。それどころか、家の周辺は太く高い竹垣で囲ってあり、出入り口には頑丈そうな錠前がかかっていて、その前に見張り小屋がある。番士は腕の立ちそうな武者三人で、暇さえあれば家のまわりを巡回している。

それが侵入者から女を守るためなのか、それとも、この女が逃亡するのを防ぐためなのか、その真偽のほどは、女にも定かではない。部屋の奥には侍女が二人だけいて、一人は部屋の掃除を、もう一人はまもなく訪れる夕餉《ゆうげ》の支度をしている。

ポトッ。

突然、風もないのに、その女の膝《ひざ》あたりに、紫色をした五弁の花が一輪、落ちてきた。

「？」

垂髪《すいはつ》の女は、何気なく、その花を手にした。

桔梗の花だった。

「……！」

桔梗の花に思い当たることがあるらしく、女は、思わずあたりを見渡した。

しかし、どこにも人の姿はない。女は、もう一度、桔梗の花を手に取った。この地方では、桔梗の時期はとうに過ぎている。今の時期なら、もっと北方の土地か、奥深い山にしか咲いていないはずだ。

花びらの一枚に、墨で、五、という文字が小さく書かれてあった。

「——！」

その文字の意味が理解できたらしく、女は黙ってうつむいた。

「後ほど、夜になりましたら。」

天井付近から、男の声が小さく聴こえた。

女は無言でうなずくと、後は何ごともなかったかのように、ふたたび西方の山脈に視線を戻した。

夜になった。

寝所に入った女に、天井から声がした。

「お玉さま。五右衛門でござる。」

「はい。承知いたしております。」

細川忠興《ただおき》夫人お玉は、声を潜めて答えると、畳に座した。

五右衛門——。

それは、母熙子《ひろこ》を亡くしてしばらくの間、石見の奥山で三年ほど一緒に過ごしたことのある男の名だ。五つ年上だったが、自分も両親《ふた》のない境遇でありながら、母を亡くし父と離れて慣れぬ奥山で暮らすことになったお玉と姉の倫子を慰めようと、あれこれ気遣いをしてくれた優しい少年だった。

「侍女も見張りも眠らせましたからご安心を。

いま下りていきまする。」

五右衛門はのどやかな口調で言った。

「こんなところにお一人で来られては、危険ではないのですか？」

お玉は不安げに訊いた。

「なあに、大丈夫。」

五右衛門は天井で小さく笑った、「それより、お玉さまにはつらい知らせです。光秀の殿が殺されました。」

「存じております。父上は信長公に御謀反なさったとか、」

お玉は、舅《しゅうと》長岡藤孝から聞かされたことを言葉にした。

あれは宮津城の藤孝の茶室だった。

藤孝は窪んだ眼で、お玉を睨《にら》むように見つめながら、本能寺の異変を説明し、「そなたは謀反人の娘となったのだ」、とまで言い放った。

恥辱で身が強張った。

「そのために、しばらくの間、そなたを幽閉しているように見せかけねばならなくなった。ほとぼりが冷めれば、じきに宮津の城に呼び戻すゆえ、しばらくの間だけ辛抱してくれ。」

藤孝を隣にした夫の長岡忠興は、沈痛な表情でそう言った。

「明智の父のせいでご迷惑をかけてして、申し訳もございませぬ。仰せのとおりにいたします。」

わずか二十四歳の嫁は、心の底から舅と夫に詫《わ》び、この幽閉生活に入った。

「ふん、いかにも藤孝の言いそうなことよ。」

五右衛門が鼻先で嗤った。

「お玉さま。そんなことは、すべて嘘でござる。光秀の殿も信長も、きたならしい謀にかかりました。わが祖父の直道も、京の町で殺されました。三人とも、無慚な死に様でありましたぞ。光秀の殿を信長殺しの謀反人に仕立て上げて殺したのは、羽柴筑前守秀吉と、信長の茶頭《さどう》である千宗易《せんそうえき》。そして、あなたさまの舅の長岡藤孝。それをお知らせしたくて参上した。」

「長岡の舅殿が？」

舅藤孝と五右衛門、二人の話が違いすぎている。お玉は驚きの声を上げた。

「さよう。謀反人の一軍の中に長岡の者がいるのを、俺のこの眼で確かに認めた。理由は定かではないが、長岡藤孝は光秀の殿に以前より深い恨みを抱いていた様子。われら山の民のしろがねの秘密も、長岡の手の者によって暴かれました。」

お玉は、信じられぬ、という表情になった。

「ただ、この一件に忠興殿は絡んでおりませんな。あのお方は、父親の藤孝から何も知らされてない様子。」

「そうですか…。」

「倫子さまも、光秀の殿の奥方様も、お玉さまのご弟妹も、明智の一族の方はことごとく亡くなられました。この世で光秀の殿の血を引くお方は、お玉さまただ一人《いちにん》だけとなりました。

この度のことについては、俺たちには俺たちの存念がありますが、お玉さまのご意向もお伺いしておきたいと思いまして、本日こうして参上した次第。」

「五右衛門さま。とにかく、お姿を見せてくださいまし。」

お玉が懇願した。

「では」、声とともに天井の板が外され、五右衛門が降りてきた。

「お久しゅうござるな。」

五右衛門が笑みを投げた。

お玉は五つ違いの五右衛門の顔を懐かしそうに見た。幼女時代、石見の奥山で一緒に過ごした頃の五右衛門と同じ、涼やかな眼をした今の五右衛門だった。父光秀を失ってから、心細さに負けまいと張り詰めていた心が、その笑顔に緩んだ。

「何があったのですか。」

お玉は訊《たず》ねた。

「さよう、話せば長い話になりまするが、」

そう切り出すと、五右衛門はお玉と対座する形で胡坐《あぐら》をかき、これまでの経緯を語りはじめた。

直道の構想、光秀の行動、羽柴兄弟のたくらみ、長岡藤孝の裏切り、それらのすべてを、包み隠さず五右衛門は語って聞かせた。

その話に耳を傾けるお玉は、時には驚き、時には怒り、時には哀しみの深淵に投げこまれた。

「それでは、私は、父を憎んでいる舅殿の言葉に誑《たぶら》かされて、忠興さまのもとに嫁がされ、二人の子をもうけ、今は邪魔者として、この山里に幽閉されているのですか？」

お玉は、哀しげな眼で、五右衛門に訊ねた。

「お玉さまには気の毒ですが、事実としてはそのとおりだとしか言えぬ。長岡藤孝は、あなたさまを息子の嫁にもらうことで、光秀の殿を油断させようとしたのだ。」

五右衛門は、痛ましそうに答えた。

「そうですか…。」

お玉は、唇をかみ締めて、うつむいた。

「……、」

沈黙が続いた。

深夜の森では梟《ふくろう》の鳴く声がした。

お玉が面《おも》を上げた。

「私の五年を返して！」

小さく叫ぶと、五右衛門を見つめた。小さな瞳が激しく燃えていた。

「私の五年を取り戻してください。あの五年間がすべて偽りだったとしたら、このまま生きることはできない。私には、どうしてもできない。」

「……。」

五右衛門が、無言のまま、優しい視線をお玉に返した。

十五年前、五右衛門は幼い恋をした。もちろん、その相手はここにいるお玉だ。月日が経ち、織田の重臣となった光秀のもとに頻繁に通うようになって、成長したお玉とも口をきく機会が増えると、幼く淡い恋は、本物の恋心に変わっていった。

自分が望めばその恋が成就することは、五右衛門にはわかっていた。それくらいに光秀は自分のことを可愛がっていた。

しかし、五右衛門の前には、大人たちの思い描く壮大な構想が立ち塞がっていた。それは新王朝創設という山の民千年の悲願だった。

「信長と光秀の子供たちの婚姻によって、新王朝の骨格を強固にするのじゃそうな。」

祖父の直道は、得意そうに五右衛門にそう教えた。

それを聞いたとき、自分の恋心にお玉が気づいていないのを幸いに、五右衛門は、お玉への恋情を心のうちに封じこめ、長岡忠興に嫁ぐお玉を黙って見送った。

「必ず取り戻してみせる。約束する。」

五右衛門は低い声で答えた。

それから再び重い沈黙の時がつづいた。

——時が過ぎるのは早い。やがてどこかで夜明けの鳥の声がした。

「朝が来る。そろそろ退散いたす。」

五右衛門は立ち上がった。

お玉も立ち上がった。

「五右衛門さま。必ず父上の恨みを、」

そう言いかけると、突然、お玉は五右衛門にしがみつき、その胸に顔を埋めた。

五右衛門は振り払うこともせず、お玉のするがままに任せていた。お玉のうなじの辺りから淡い香料の匂いが漂い、五右衛門を息苦しくさせた。

「ここからお玉さまを連れ出すくらいは造作のないことですが、今は時期尚早。しばらくは辛うございましょうが、忍んでくだされ。」

「ええ。」

お玉は、五右衛門の胸の中で、幼女のように素直にうなずいた。

「俺は羽柴一族を葬るために、しばらく徳川家康を助けねばならぬ。しばらくは忙《せわ》しない日々がつづくが、必ずお迎えに参る。お玉さまは、高山右近という吉利支丹《キリシタン》大名から眼を離さないようにしてくだされ。」

その香料の誘惑から逃げようとするように、五右衛門はお玉の耳にささやいた。

「あの方も？」

お玉が面を上げ、意外そうな声で訊いた。

「高山さまは細川屋敷に頻繁に出入りしておられますよ。私も何度かお会いして、吉利支丹のお話をお伺いいたしたことがございます。」

「いつも土壇場で光秀の殿を裏切ってきた男だ。」

「そうですか…。」

そう呟くと、再び、お玉は、五右衛門の胸に、顔をうずめた。

荒い吐息がした。また香料の香が五右衛門を包みこんだ。

このまま二人して床に崩れ落ちれば、それなりの新しい世界が始まるかもしれぬ、と五右衛門は思った。今であれば、それはそれほどに難しいことではない、とも思った。

しかし。光秀の無残な死に様が、鮮明な記憶として五右衛門の心と肉体をとらえて、放さない。そういう人生を選んでもいいのだと思いながらも、どうしても、五右衛門はそれができなかった。

彼の背には倭の裔千年の憎悪が覆いかぶさっている。それは、一人の女に対する恋情で蹴飛ばすことなどできないくらい重かった。彼は、お玉に抱きしめられるまま、初心な少年のように無言で突っ立っていた。

突然、

「口惜しい！」

お玉が、低く叫んだ。

それは、大名夫人として深窓に生きてきたお玉には、似つかわしくない叫びだった。

しかし、

「口惜しい！」

もう一度叫ぶと、お玉は、両眼からポロポロと涙を滴らせ、五右衛門の背に、爪を食いこませた。

その叫びが、五右衛門の心を刺した。五右衛門は背の痛みを黙って受け止めながら、

「お玉さま…、」

お玉を強く抱きしめた。

その弾みで、二人は均衡を失い、床にくずれて落ちた。

最終章　南海通信

――ジェファーソン帝国海軍副総督閣下。

凄まじい勢いでアジア侵攻を進めるイスパニアの力を削《そ》げ！　という閣下の内命を受けて、わたしが本国を発ってから、早いもので、丸十年の歳月が流れました。

年中うだるような暑さに、季節感を持つことすらできない異郷の地で、わたしも、この十二月には、四十歳を迎えます。

この十余年、南米大陸の植民地に、アカプルコ、ポトシといった豊富な銀山を持つイスパニアの、財にものをいわせたアジア侵略は勢いを増すばかりで、かれらは、ルソン群島を占領し、属国とした群島に皇太子フェリペ二世の名を冠したフィリピンなる名をつけ、ルソン島の港町マニラを拠点とした南海交易で、巨大な富を得てきました。

イスパニアほどの銀も海軍も持たぬわが英国帝国は、心ならずも、南海侵攻においては、かれらの後塵を拝さなければなりませんでした。

アジアを制した国が世界を制するという持論を抱く閣下におかれましては、さぞかしご心痛の毎日であったことと想像いたします。

先行するイスパニアと正面きって戦うことができない以上、策をもってあの国の国力を削ぐしかなく、しかも、それはきわめて至難の業でありましたから、閣下の内命を受けて、とりあえず南アジアに渡ったものの、最初の五年間は、商人を装い、ジョホール、バンコク、ブルネイ、マカオと、南海の商港を渡り歩き、糸口を探し求めるばかりの日々でありました。

炎天下のマニラの町で行き倒れていた、スケサという名の、欲深そうな眼をしたジパングの青年を拾ったのは、一年半前でした。

スケサは強欲で、知性も品性もない、未開の地の青年そのものでした。しかし、ジパングで最も繁栄している商港サカイに生まれ育ったため、ジパングの情報が豊富でした。

われわれは、スケサから多くの知識を得ました。

それまでのわれわれは、三百年も前に記された、「ジパングは黄金の島である。」という、マルコポーロの書いたまったく根拠のない伝説を信じていましたから、ジパングが、実は、黄金の国ではなく、銀の宝庫であることを知った時の驚愕《きょうがく》、そして、本来なら、アジアという未開の地には存在するはずもない、異能の王ノブナガの存在を知ったときの驚愕は、今でも忘れることができません。

ノブナガは、実に、異能の王でした。無学な土着民しかいないはずのアジアに、われわれユーロピアンと同じ思考法を持つ人間がいたことは、特筆に値します。

ただ、その存在が、われわれにとって有益であるかどうかは、また別の話であります。

ノブナガは、ジパングの外を見ていました。かれは、蒼《あお》くうねる大海の彼方を見つめていました。かれが十余年前から遂行してきたジパング統一が、後々の国外進出を視野に入れたものであることは、わたしにはすぐに理解できました。

そして、撰銭令《えりぜにれい》という通貨統制令を発令して、金銀比率の安定化に乗り出したと聞かされたとき、早晩、かれが、銀の海外流出防止策を講じるであろうことも、容易に理解できました。

辺境の地の王であるノブナガは、ロンドンやパリの知識など、何ひとつ持ち合わせておりませんが、しかし、かれが目ざしていた国家の姿とは、まちがいなく、われわれと同じ、海軍力を背景にした貿易国家の創設でありました。

遠く海を隔てたマニラの町にさえも、ノブナガの率いる軍団は数千の鉄砲隊を主力とする部隊で構成されていて、向かうところに敵なしである、との噂《うわさ》が流れていました。もしも、軍事力を高めたノブナガが、その武力を海外に向けたら…、という想像は、わたしの心を震撼させました。

(眼前のイスパニアよりも、ノブナガの率いるジパングの方が、これから後、アジア制圧をめざすわが帝国にとって真の脅威になるのではないのか――)

いつしか、わたしはそんな不安を抱くようになりました。

何故《なぜ》なら、信長のジパングは、元来は大西洋の小さな島国にすぎなかった、わが帝国の幼い日の姿であったからです。われわれができたことはノブナガにもできる。そう思わなければなりません。

二年前。ノブナガの命を受けたと思われるジパングの若い男たちが、南海の商港に姿を見せ、われわれがそうしたように、かれらもまた、南海で取引される産物の交換比率や、銀価格の動向を詳細に調査している様子だと聞いたとき、わたしの漠然とした不安は、確信に変わりました。それは、未開の地の暗愚な王では思いつくはずのない調査だったからです。あの時、危機感に駆られて、走り書きのような報告書を閣下に書き送った記憶があります。

早急にノブナガを抹殺しなければ、それも、かれがジパング統一を実現する前に抹殺しなければ、わが帝国は、アジアどころか南海の雄になることすら不可能かもしれない、と危惧《きぐ》していた矢先、閣下から、「ジパングとイスパニアの所有する銀を、価値なきものにするように。」との内命を受け、その時点で、作戦の骨格ができ上がりました。

スケサの話を聞いたわれわれが想像したとおり、スケサの主人であるソエキは、スケサ以上に強欲な商人でありました。わたしは、スケサを通じて、銀を武器とした南海交易から得られる利潤の大きさを、ソエキに吹きこみました。そして、ノブナガを倒さなければ、それらの莫大な利潤はノブナガ一人のものになってしまうであろうことを、必ずつけ加えました。

ソエキはうまく乗りました。奇妙なことに、欲深な商人にすぎないソエキが、ジパングでは教養人として通っており、交友関係も広く、騎士団長（ジパングではかれらをダイミョーと呼びます）たちから信頼されておりました。

人は自分と同じ匂いのする者と群れを作るものです。きっと、ソエキは、ノブナガを疎《うと》ましく感じている愚昧で欲深な騎士団長を探しだすに違いない、とわたしは読みました。

間もなくして、スケサからの便りに、チクセンという男の名を頻繁に見るようになった時、わたしは内心ほくそえみました。文面から浮かび上がってくるチクセンという男のどこからも、知性の匂いが感じられなかったからです。いかにも未開の地の民たちが喜びそうな、淫と慾の匂いの充満する人物像でした。この男たちは、われわれの思い通りに動いてくれるに違いない。わたしはそう確信いたしました。

そして、ただひたすら、待つことに決めました。欲にからめとられたソエキやチクセンが動くのを、海を隔てたこのマニラの町で待ちながら、あらゆる便を通じて、スケサに南海の情報を流し続けました。

特に、以前かれらの宗主国であった明《みん》では銀の価格が高騰し、明は銀を大量に欲しがっていて、ここ数年が巨利を得る絶好の機会であること、その明の商人と我々は深くつながっており、われわれと結べば巨額の利が稼げることをほのめかし、かれらを激しく煽《あお》りました。

そして一年半が経《た》ちました。

本日、ジパングから船が着きました。大量の銀を積み込んだスケサの交易船です。船主になったわが身がよほど誇らしかったのでしょうか、スケサは意気揚々とした顔で、われわれの前に現れました。

かれは、チクセンから与えられたという、二十人ほどの野蛮そうな騎士（ジパングでは、かれらのことをサムライと呼びます）を引き連れていました。そして、われわれが待ち焦《こ》がれていた報告をくれました。

ジェファーソン閣下。

一五八二年六月未明、ジパングの王であるノブナガが殺されました。

あのノブナガが、です。

「誰がノブナガを殺したのか。」

と訊《き》くわたしに、スケサは薄笑いを浮かべるだけでした。それだけで、わたしはすべてを悟りました。やはり、かれらは、われわれの期待通りに働いてくれたのです。

ジパングの王が、ノブナガであるか、ほかの誰かであるかでは、統一された国の姿に、天と地ほどの違いがあります。ノブナガ以外の誰も、統一ジパングに、国家としての生命を与えることはできません。スケサの話には身贔屓《みびいき》が多すぎるとしても、ノブナガが殺された後にジパングの王座に就くのは、チクセンに間違いなさそうです。

冷静に考えますと、すでにノブナガによって大方平定のなされたジパングは、ノブナガの突然の死によって一時的な混乱はあるかもしれませんが、何者が後継者になっても、国家統一は容易でありましょう。

チクセンは、無能の王です。貧しい農夫の出であるチクセンは、われわれがこれまでにうんざりするほど出遭ってきたアジア各国の愚昧な王たちと同様、国家とはどうあるべきかなどと考える能力はなく、自身の欲望を充足させることだけを目的として生きている、未開人であります。ノブナガと違って、チクセンもその側近も、われわれユーロピアンが各国に設置しているマーケットの意味や、通貨によって国を動かす経済の重要性を、まるで理解することができません。つまり、ノブナガを失ったジパングは、無能な未開人たちの集合体にすぎず、あと何百年放置しておいても、われわれを脅かすことはない、と断言できます。

それでよいのです。劣性の民は劣性の王に統治させるのが肝要です。おそらく、ここ数年のうちに、無能の王チクセンが、国中の銀をかき集めて、南海交易に向かうことでありましょう。行く手にあるのが地獄だとは知らず、欲に顔を光らせながら、大船団をしたてて海原を渡ってくる姿が、今から眼に浮かぶようです。

そして、無制限なジパングの銀放出によって、わが帝国最大の敵であるイスパニアが大量に所有する銀の価格までもが、下落に下落を重ね、かの国は落日の坂を転がりはじめるのです。


ジェファーソン閣下。

以上のとおり、われわれの作戦は、つつがなく完了いたしました。間もなく、わが大英帝国の大船団が、アジアの海を群れなして航行する日が来ることでありましょう。

長い十年が終わりました。

この報告書を書き上げ、四十回目の誕生日をこのマニラの町で祝ったら、わたくしも懐かしい祖国に向かう船に乗るつもりであります。

イスパニアに対抗できるほどの大量の銀を産出するジパングを、武力で征服するのではなく、その銀を南海に流出させることで、世界の銀価格を暴落させ、銀の威力を背景に南海に猛攻をかけてきたイスパニアの国力を削ぐという閣下の深謀は、余人の思い及ばぬものでありました。わが帝国は、閣下のような有能な指揮官を持ったことを、世界に誇るべきであります。

　この輝かしい報告書を、みずからの手で書く日を迎えたことを、大英帝国海軍の軍人として、何よりの誇りと感じております。

　わが大英帝国に栄えあれ。


（『戦国倭人伝』第一部『本能寺奇伝』、了）

●参考文献

脇田晴子『大航海時代の世界経済と石見銀山』（『太陽』掲載）

その他は、気ままな想像力に拠った。

●本文中には差別語の使われている箇所がありますが、歴史小説の特性上やむなく使用しているもので、決して差別を助長するものではありません。

〈写真提供〉

島根県立古代出雲歴史博物館

東京国立博物館　Image: TNM Image Archives

（長久保赤水編「大日本輿地全図」）

株式会社　大和文庫

著者プロフィール

世川行介（せがわ こうすけ）

島根県生。大和証券、特定郵便局長を経た後、20余年間、〈野垂れ死にをも許される自由〉を求めて、日本各地を放浪。その破天荒な軌跡をブログ『世川行介放浪日記』に記述。彦根市在住。

著書に『歌舞伎町ドリーム』（新潮社）、『泣かない小沢一郎が憎らしい』（同時代社）、『郵政　何が問われたか』『地デジ利権』（現代書館）、『小泉純一郎と特定郵便局長の闘い』（エール出版社）他がある。

戦国倭人伝 第一部

本能寺奇伝

平成29年2月7日　初版第1刷発行
平成29年4月23日　初版第2刷発行

著者　世川行介
発行者　鈴木一寿

発行所　株式会社 彩雲出版　埼玉県越谷市花田4-12-11　〒343-0015
TEL 048-972-4801　FAX 048-988-7161

発売所　株式会社 星雲社　東京都文京区水道1-3-30　〒112-0005
TEL 03-3868-3275　FAX 03-3868-6588

印刷・製本　中央精版印刷

ISBN978-4-434-22903-9
定価はカバーに表示しています